Silent Witch IV

沉默魔女的祕密

Secrets of the Silent Witch

依空まつり
Illustration
藤実なんな

Kadokawa Fantastic Novels

彩頁、內文插畫／藤実なんな

Contents

Secrets of the Silent Witch

✦ 序章　逃進數字世界的少女

〈沉默魔女〉莫妮卡・艾瓦雷特是歷代最年少的七賢人，但在她被養母希爾達・艾瓦雷特收養之前——在她還是莫妮卡・雷因的時候，曾有段時期遺忘了人類的語言。

莫妮卡十歲的時候，親生父親韋內迪克特・雷因在禁術研究罪的罪名之下遭到處刑，沒有母親的莫妮卡因此被父親那方的叔父給收養，每天抱著對叔父的恐懼度日。

叔父對莫妮卡的父親恨之入骨。

都怪大哥搞那什麼蠢研究，害自己也被貼上犯罪者的弟弟這個標籤。人生全被大哥給搞砸了。

每每聽見叔父如此痛罵父親，莫妮卡總忍不住拚命反駁。

爸爸的研究是能夠拯救許多人命的偉大研究。爸爸什麼壞事都沒有做。

可是，每當莫妮卡開口，得到的都是叔父的怒吼。

「吵死了。閉嘴。不准頂撞大人！」

惡毒的罵聲響起，拳頭也隨之揮下，接著更被禁止用餐。

在「沒反省完別給我回來」的指示下被趕出家門，無精打采地在街上徘徊時，看到莫妮卡的路人們，都在背後指指點點，交頭接耳說些父親的壞話。

就在這種身心反覆一點一滴磨耗的生活中，莫妮卡終於開始學會逃進數字的世界。

無論是被叔父毆打的時候，或是在嚴冬中被關進倉庫的時候，莫妮卡都會回想在父親書房讀過的書，把裡頭的算式或魔術式死命在腦海裡重現。只要這麼做，就能把身上的疼痛與冬天的酷寒，都不知不覺拋在腦後。

對莫妮卡而言，算式與魔術式就是種救贖。完美而動人的數字世界不會傷害莫妮卡。就只是維持著一貫的完美，純粹地存在著。

就這樣，變得會逃進數字的世界之後，經過一陣子，莫妮卡的認知逐漸出現扭曲。

首先，莫妮卡無法再將人類認知為人類。

臉的大小、眼睛的寬度、眼角的角度、鼻子的長寬高、下巴的角度、身高、手臂的長度、腳的長度……雖然能辨認出這些數字，卻無法將之認知成人類。

映入眼簾的一切，在莫妮卡看來全都成了數字的集合體。

接著，莫妮卡開始無法認知人類的語言。

雖然知道眼前的數字集合體在發出某種聲音，腦袋卻無法理解那些聲音的意義。

既然不曉得那些聲音到底在說些什麼，莫妮卡乾脆把聲音所呈現的數字組成算式，並將計算得到的結果一一念出口。

『滿嘴數字嘀嘀咕咕的噁心死了！給我閉嘴！』

就算叔父開口罵人，那些斥責的言語，也已經無法被莫妮卡給理解。

存在於身邊的，就只是美麗的數字世界。

被叔父收養約一年之後，莫妮卡已經扭曲到除了數字之外，什麼都無法認知的地步。

——這個世界是由數字所構成的。

父親總是這麼說。

莫妮卡以這句話作為內心支柱，從殘酷的現實別開視線，逃進了不會傷害自己的美麗數字世界中。

身體變得只能做到維持生存的最低限度行動，原本就瘦弱的身體如今更加骨瘦如柴。

莫妮卡的身體日漸衰弱，一步步邁向死亡。但，那又有什麼大不了的呢。

（只要記住很多很多算式跟魔術式，爸爸他，一定會誇獎我的。）

腦海裡勾勒出父親帶著溫柔微笑為自己摸頭的情景，被趕出家門的莫妮卡依偎在外牆上露出空洞的笑容。

「五一四二二九，八三二零四零……」

「一三四六二六九。」

一道嗓音響起，搶先念出莫妮卡口中咕噥著的數列。

靠著牆壁癱坐在地的莫妮卡，遲鈍地抬起了頭。

眼前的數字集合體，開始繼續發出聲音。

「《沙姆叔叔的小豬》的數列……是雷因博士教妳的對吧，莫妮卡。」

「……莫妮卡？」

上一次被人這樣好好喚著名字是多久以前了呀。叔父在叫莫妮卡時，不是叫成廢物就是飯桶。

也不僅自己的名字，父親的名字同樣很久沒傳進耳裡了。因為無論是誰，都把父親的名字當成不得提起的禁忌看待。

自己的名字，還有父親的名字，喚回了原本正在算式與魔術式的世界中搖蕩不安的莫妮卡，將意識拉回到現實。
「我的，名字……爸爸，幫我取好的，名字……莫妮卡．雷因。」
久違地開口說出數字以外的內容，這才注意到自己的喉嚨既乾澀又沙啞。
一想起喉嚨的乾渴，原本已遺忘的空腹、寒冷，以及身體的痛苦便跟著一一到來。
即使如此，莫妮卡還是驚訝地睜大雙眼，仰著頭朝面前的數字集合體——不，朝站在眼前的人物緊緊凝視。
眼前站著的，是一位年約三十五，將茶色頭髮整齊地紮在一起，戴著眼鏡的女性。莫妮卡知道她的名字。
那是從前擔任父親助手的研究者希爾達．艾瓦雷特。
希爾達蹲了下來，跪著為莫妮卡披上自己原本圍在頸子的長披肩，並將莫妮卡抱進懷裡。
「看到妳這個樣子，雷因博士會很傷心的。」
「爸爸……爸爸……爸爸……」
就算開口提到父親，這個人也沒有動手動腳毆打自己。只是純粹悼念父親的死，以及慈祥地抱緊莫妮卡。
淚水自莫妮卡乾澀不已的雙眼滲出。
「爸爸他，沒有，錯……爸爸他……爸爸，他……」
「沒錯，雷因博士是個偉大的人。」
「爸爸被，燒掉了，全部都，全部都……啊，嗚哇……啊……」
聽到莫妮卡開始抽噎，希爾達雙手頓時抱得更加使勁。

光是如此，便令莫妮卡明白感受到，希爾達也同樣為了父親的死亡而悲傷。

「……咿，嗚哇，唔，嗚、嗚噎～……爸，爸……爸爸～～……」

在希爾達的懷裡，莫妮卡久違地放聲哭泣了起來。

就像個年幼的孩童般哇哇大哭。

希爾達是所屬於王立魔法研究所的優秀研究員，是個工作忙碌的女性。

即使如此，她還是將莫妮卡收作養女，在能力所及範圍內盡心盡力照顧莫妮卡。

好比為了莫妮卡下廚，或與莫妮卡一起烤點心——結果搞到廚房失火，希爾達只好慌忙僱用宅邸女僕。原來她同時也是個不善處理家務到近乎致命程度的女性。

拜宅邸女僕之賜，兩人的生活有了戲劇性的改善，經過數個月後，莫妮卡的語言能力已經有了顯著的恢復。

希爾達在研究所工作的期間，莫妮卡就待在希爾達房間裡研讀她的魔術書籍。

希爾達與宅邸女僕瑪蒂達都是很溫柔的人。可是要莫妮卡離開房子外出與人接觸，果然還是會覺得害怕。

所以莫妮卡就成天忘情研讀魔術書，解讀魔術式，或思考如何將術式分解再構築等等。

就在這樣的生活中，某一天，從研究所返回宅邸的希爾達，望見莫妮卡默默地寫在紙上的魔術式內容，驚訝得雙眼圓睜。

「這個魔術式……是有固定座標軸的極小火炎魔術，對吧？」

眼見莫妮卡點了點頭，希爾達一臉狐疑地歪頭不解。

「可是我記得，家裡沒有關於這種魔術式的書才對……」

「這是希爾達阿姨，在烤餅乾的時候，用過的，魔術式。」

操著還有點不太流暢的語調，莫妮卡一字一句地回答。

「我思考該用什麼魔術式，烤餅乾才最不容易烤焦，然後就愈想，愈開心……」

餅乾要做得好吃，可不是只需要放在火上烤烤這麼簡單，必須讓整塊餅乾均勻受熱加溫才行。

所以，為了不令熱能流失，莫妮卡想出了將特化抗熱能力的防禦結界與火炎魔術組合起來的方法。

只要用防禦結界把火炎魔術整個包起來，就能在不流失一絲熱能的狀況下，將結界內的餅乾烤得酥脆又美味。

莫妮卡口吻笨拙地解說著自己構思的魔術式。

在王立魔法研究所的研究者中，希爾達算是名列前茅的一流魔術師。莫妮卡讓這麼傑出的人看自己想出的魔術式，其實覺得很害羞。

更別提，這個魔術式還是從希爾達烤餅乾時的大失敗中獲取靈感的。

就在莫妮卡感到忐忑不安，不曉得希爾達是否會因此不悅時，希爾達突然一把抱緊了莫妮卡。

「妳太厲害了，莫妮卡！竟然只靠自修就讀懂複合魔術的原理，甚至還實際組合出魔術式，這可不是誰都辦得到的呀！」

在歡欣鼓舞的希爾達身後，幹練女僕瑪蒂達擺出了嚴肅的表情。

「希爾達大人，不過就只是烤個點心，請問要怎麼樣的陰錯陽差，才會演變到需要靠魔術來解決。」

「那可是最為合理的選擇呀。」
「該不會，廚房的牆壁之所以有焦痕……」
希爾達釋放緊抱在懷裡的莫妮卡，伸手推了推眼鏡。
接著，擺出一副挑戰困難實驗的研究者風範開口：
「最為合理的選擇，並不一定就會導出最為理想的結果。」
「請用烤箱去烤。」
希爾達把宅邸女僕提出的最合理建議當耳邊風，直直凝視起莫妮卡。
那溫柔又慈祥的眼神，好似參雜著幾分瞭望遠方的色彩。
想必她一定是在莫妮卡身上，望見了莫妮卡的亡父——韋內迪克特・雷因的影子。
「妳果然是有天分的。嗳，莫妮卡……」
希爾達牽起莫妮卡的手，道出了一項提議。
「我來教妳魔術的基礎。之後，妳想不想去參加米妮瓦的入學考？」
米妮瓦是利迪爾王國最高峰的魔術師養成機構。
說實話，莫妮卡一點都不想上什麼學。要跟人接觸就已經恐怖無比，更遑論米妮瓦還是寄宿學校。一旦入學了，就要與希爾達分隔兩地。
可是，莫妮卡心裡也明白，不可能一輩子就這麼窩在希爾達家裡足不出戶。
只要能從米妮瓦畢業，取得魔術師資格，找工作基本上手到擒來。想報答希爾達收養自己的恩情，也就不再是夢想。
「米妮瓦的入學考……我願意，似似看。」

眼見莫妮卡忸忸怩怩地點頭，希爾達以中氣十足的嗓音說道：

「如果是妳的話，一定能成為了不起的魔術師！事不宜遲，我們趕快來實踐！現在就去用莫妮卡構思的複合魔術烤餅乾吧！」

「所以說，請用烤箱去烤！」

不顧宅邸女僕的制止，極小火炎魔術與抗熱防禦結界的複合魔術實驗漂亮地實踐成功，餅乾在火焰均勻加熱之下，燒成了精緻的黑炭。

The "Silent Witch" is shy and impersonal.

She's a creepy little girl who sees people as

nothing more than a bunch of numbers.

〈沉默魔女〉既內向又怕生，而且毫無人性。
她就是個只把人類看成數字集合體，教人毛骨悚然的小丫頭。

But what does it matter?

可是，那又有什麼大不了的呢？

The "Silent Witch" is a true genius.

〈沉默魔女〉是個名副其實的超級天才。

Silent Witch IV

沉默魔女的祕密

Secrets of the Silent Witch

第一章　我的白馬王子

距離賽蓮蒂亞學園的校慶只剩四天，學生會幹部們的忙碌程度也變得更勝以往。

身為學生會會計的莫妮卡自然也不例外。

平時總在學生會室內處理事務性工作的莫妮卡，今天罕見地離開社辦，出差前往協商。

說什麼魔法史研究社事到如今才在抗議，對校慶時分配到的展覽地點與預算感到不滿。

姑且先不論展覽地點，預算相關事項莫妮卡的確也有份。

所以，最後就決定由莫妮卡直接前往魔法史研究社，聽聽對方怎麼說。

（我有辦法好好交涉嗎……對方好像對預算的分配不甚滿意，要是向我破口大罵怎麼辦……）

對於怕生又內向的莫妮卡而言，需要與他人接觸的工作基本上就是無盡的痛苦。

更何況這會兒要協商的，還是對自己抱著強烈不滿的對象。

說真的，腳都已經怕得有點走不穩了，但莫妮卡還是大口大口深呼吸，邁著顫抖的步伐走向魔法史研究社的研究室。

（比起剛來到賽蓮蒂亞學園的時候，我應該有所成長了，才對……）

學生會會計莫妮卡・諾頓只是掩人耳目的假身分。真正的莫妮卡，是立於利迪爾王國魔術師頂點的七賢人——〈沉默魔女〉莫妮卡・艾瓦雷特。

莫妮卡直到前陣子都還過著窩在山間小屋避人耳目的生活，但自從接獲暗中護衛第二王子菲利克斯・亞克・利迪爾的任務之後，跑到大庭廣眾面前的機會便逐漸增加了。

日前甚至還出道成為不良少女，在舉辦慶典的鎮上夜遊逛街。

直到現在，只要回想起那晚發生的事，莫妮卡還是會湧現一股不可思議的心情。

夜遊過後隔天，在學生會室碰面時，菲利克斯已經變回了一如往常的完美王子殿下。

那個會露出壞心眼笑容，為了魔術書雙眼閃閃發亮的艾伊克已經不在了。

莫妮卡覺得，自己為此感到有點寂寞。曾經一起遊玩的好朋友，如今卻再也無法碰面了，就是這樣的寂寞。

（總覺得好奇怪。明明我這個殿下的護衛，每天都會和殿下見面。）

思索這些事情走著走著，曾幾何時已經抵達了魔法史研究社的研究室前。

莫妮卡在門口握緊拳頭，重新確認自己該做的事。

（魔法史研究社，對於展覽地點與預算抱有不滿。我的工作，首先是詢問意見。希利爾大人也說了，要是覺得無法達成共識，就先暫且打住，把對方的說詞帶回去找大家討論……）

魔法史研究社的成員，一定都會對身為學生會幹部的莫妮卡表現出敵意吧。

提醒自己要時時注意不能被敵意給吞沒，莫妮卡挺直背脊，舉手敲了敲門。

「來了來了，久等啦……唉唷唉唷唉唷？妳是……」

打開研究室大門從中現身的，是一位微胖的黑髮男同學。臉上掛著一副圓眼鏡。

他正是魔法史研究社的社長──康拉德・艾斯卡姆。莫妮卡接下來要聽取意見的對象。

「我是學生會會計莫妮卡・諾頓。我是來，聽取貴社的意見的。」

莫妮卡抱著比往常更嚴謹的心理準備，清楚報上名號，等著觀察對方作何反應。

是會被狠瞪呢，還是挨罵呢——莫妮卡思考了各種可能性，但康拉德的反應卻徹底出乎意料。

隨著一陣沉穩嗓音道出的「還請稍待一會兒」之後，康拉德關上了研究室大門。

吃了記閉門羹的莫妮卡還在目瞪口呆，室內便傳出了康拉德的吶喊。

「弟兄們，學生會幹部大人來視察啦啦啦啦！」

就好像要回應康拉德中氣十足的吶喊，室內接著響起男同學們的「喔喔——！」呼聲。

「去準備最高檔的坐墊！還有茶點跟紅茶！務必……務必招待到人家感覺賓至如歸！」

「這就動手準備，社長！」

「應對時常保笑容！別忘記對淑女的體貼！」

「收到，社長！」

正當莫妮卡對此目瞪口呆時，門隨即開啟。

康拉德再度現身時，圓滾滾的臉上已經掛著親切的笑容，他無微不至地邀請莫妮卡入內。

「讓妳久等了。來來來，快請進，諾頓小姐。」

「好、好的……」

魔法史研究社的研究室，是一間感覺起來莫名狹窄的房間。這是因為原本格局就沒有多大，卻又擺滿書櫃與置物櫃的關係。

才剛入內，左手邊的牆壁就擺了兩列收納資料的櫃子，每列都有三櫃，光這樣就已經帶來不小的壓迫感。

另一側牆壁雖然沒擺東西，卻以大頭針釘滿了一整面的資料。牆邊有兩位男同學正在待命。魔法史研究社包含社長康拉德在內，總計就只有三名社員。

然而，研究室內卻存在著第四位人物。

房間深處的接待用沙發上，一位留有黑色長直髮，雙眼呈瑠璃色，五官散發神祕感的貌美千金，正慵懶地坐著。

「克、克勞蒂亞大人……？」

自己的名字傳入耳裡，海恩侯爵千金——克勞蒂亞．艾仕利卻只動了動眼珠望向莫妮卡，接著在絕望之下皺起那美麗的容顏。

也不曉得是不是錯覺，總覺得室內的溼度好像上升了。

「……為什麼不是尼爾？」

「咦？呃——……？」

克勞蒂亞應該並未所屬於社團或委員會之類的。既然如此，她又為什麼會待在魔法史研究社的研究室呢？

莫妮卡還在困惑，康拉德就笑咪咪地督促莫妮卡往沙發就坐。

「來來來，諾頓小姐快請坐。本次有幸讓公務繁忙的學生會幹部大人大駕光臨，實在教人不勝惶恐，真的。」

「啊，是的，呃——……聽說貴社，對於預算與展覽地點，有所不滿。」

莫妮卡坐上克勞蒂亞旁邊的座位，戰戰兢兢地切入正題，隨後，坐到對面位子的康拉德立刻深深地點頭。

「是的，沒錯，妳說的絲毫不假。正如學生會所知，我們魔法史研究社預定要趁校慶時展覽研究的內容……」

講到這裡，康拉德中斷發言，把他看起來柔軟無比的下巴擺到交疊的指頭上。

然後將眼鏡下的圓圓雙眸強而有力地睜大。

「而我們明明申請了第一展覽室的使用許可，但豈止申請沒過，甚至叫我們在這間研究室展覽就好！在這間遠離玄關，微妙地難找、微妙地不起眼的研究室！」

一如康拉德所言，相較於人潮最熱鬧的第一展覽室，魔法史研究社的研究室地點確實位於更後方的後方。

既然如此，或許可以通融一下，改分配在附近的空教室參展？可惜事情沒那麼簡單。

「那個～為了配合警備需求，有些教室跟走廊都已經封閉了，所以……現在才想要更改展覽地點，不太……」

雖然態度略顯唯唯諾諾，莫妮卡還是卯足了勁回應。

面對這樣的莫妮卡，康拉德則是以溫和至極的笑容與肉麻的嗓音繼續開口：

「是的，有鑑於此，我們也四處東奔西走，尋覓其他可供展覽的地點。最後終於被我們找到的，就是正面玄關旁！」

原來如此，康拉德說得沒錯，正面玄關旁邊是有處還算寬敞的空間。

但，研究發表的展覽，一般而言都是在室內舉行。

「呃——我想在賽蓮蒂亞學園，應該是沒有設備可供室外展覽……」

「所以說，希望學生會可以批准追加預算，讓我們湊齊室外展覽所需的設備。現在的話，還勉強趕得上校慶。」

就好像把喉嚨的空氣擠出來似的，康拉德不停發出咕呼、咕呼的笑聲，將視線移往莫妮卡隔壁座位上的克勞蒂亞。

「然後呢～關於展覽物的解說，希望能拜託由這邊的克勞蒂亞．艾仕利小姐擔綱。」

「讓、讓克勞蒂亞大人解說？」

「咕呼，對於身為〈識者家系〉末裔，有移動圖書館之稱的克勞蒂亞小姐而言，解說資料想必輕而易舉吧？最重要的是，若有幸請到校園三大美女之一到我們的室外展覽所站台，就等於獲得了門庭若市的保證！」

莫妮卡膽戰心驚地轉頭望向克勞蒂亞。

只見克勞蒂亞正擺出一臉由衷不耐煩的表情，癱在沙發上不斷散發陰鬱的氣場。

「那個～克勞蒂亞大人，請問這件事……妳打算答應嗎？」

話一問完，克勞蒂亞便溫吞地挪起身子，朝莫妮卡的方向癱去，在耳邊低語起來。

「沒可能答應吧。」

低沉到令人背脊凍僵的嗓音裡，少見地夾雜了沉靜的怒意。

「我啊，平時最痛恨那些想把我當成方便的圖書館利用的人。更遑論要我當什麼攬客吉祥物，少開玩笑了。」

「那、那麼，妳為什麼……」

三兩下駁倒康拉德，早早離開現場，這才像討厭白費力氣的克勞蒂亞會有的作風。既然如此，她又為什麼直到現在都還留在這間研究室裡呢？

也不知是否察覺到莫妮卡內心這份疑慮，克勞蒂亞揚起兩邊嘴角，露出一副邪惡的笑容。

「我要是遭到不當的拘束，學生會幹部不就會來救我嗎？所以我扮演遭囚禁的公主，等著我的白馬王子前來搭救……可為什麼來的人不是尼爾而是妳呢？」

「對、對不起。」

即使心想這也未免太過無理取鬧，莫妮卡還是怯弱地道歉。

雖然對期待未婚夫尼爾登場的克勞蒂亞很不好意思，但被交付到場應對的人還是莫妮卡。

非得靠自己解決現場的問題，解放克勞蒂亞才行——如此下定決心的莫妮卡，再度轉頭面向康拉德。

「呃那個——使用展覽室的優先順位與參展預算，全都是依照社團的實際成果與人數來決定的，所以……」

「沒錯，沒錯，我很明白諾頓小姐的言下之意。我們社團只有僅僅三位社員，又沒有什麼像樣的成果，說到底，魔法史研究本來就不是多麼大不了的領域。」

康拉德滿臉哀傷地垂下頭，莫妮卡感到一股罪惡感刺痛著胸口。

說起來，魔法史原本就只是基礎魔法學的其中一項分支領域，發表成果的機會並不多。正因如此，想留下成果更是難上加難。

這個殘酷的現實，莫妮卡還在就讀米妮瓦時早已目睹不只一次，所以更加過意不去。

沒辦法幫上什麼忙嗎……正當莫妮卡如此心想時，康拉德朝牆邊待命的兩位男同學使了記眼色。

「所以說呢～缺乏實際成果的我們，現在想讓身為學生會幹部的妳，直接確認看看我們的發表內容。」

「由我來，確認嗎？」

「是的，希望妳能在看過內容之後，重新給予我們社團公正的評價！」

兩位男同學俐落而迅速地攤開原先捲好的資料。
緊接著，康拉德開始流暢地道出預備參展的研究內容。

＊＊＊

在學生會室裡過目文件的學生會副會長希利爾．艾仕利一瞥一瞥地望向牆上的時鐘後，忍不住皺起了眉頭。
打從莫妮卡前往魔法史研究社去聽取詳情開始，早就經過了相當一段時間。
莫妮卡處理事務的能力雖然出類拔萃，協商之類的卻讓她甚感棘手。
光是與素未謀面的人打招呼就會渾身僵硬的少女，是否真能順利聽取對方的說詞？
（雖然有提醒過她，用不著硬要當場解決，把話聽過就可以先回來了……）
魔法史研究社的社長不是會高聲恐嚇他人的人物，即使如此，考慮到莫妮卡極度怕生的個性，內心還是充滿不安。
緊張過度到口吐白沫，不省人事的莫妮卡想像圖浮現腦海，希利爾再也按耐不住，將羽毛筆插回筆座站了起來。
「殿下，請容我稍微離席。」
「嗯。」
菲利克斯點頭的同時不知為何還發出竊笑。八成是想法早已被看穿了吧。
雖然有點尷尬，希利爾還是用比平常略快的步伐走出了學生會室，往魔法史研究社的研究室移動。

來到現場敲門後，社長康拉德帶著滿面的笑容開門迎接。

「哎唷喂哎唷喂，這不是艾仕利副會長嗎！咕呼、咕呼呼，歡迎光臨魔法史研究社。」

「失禮了，我們的諾頓會計方才應該有到貴社來……」

朝康拉德身後望去，只見沙發上有兩位少女就坐的身影。

一位是莫妮卡，而另一位則是希利爾的妹妹克勞蒂亞。姑且不論莫妮卡，為什麼克勞蒂亞會出現在這裡呢？

希利爾正感狐疑，克勞蒂亞就整個人往沙發背一癱，帶著有如世界末日來臨般的表情仰望天花板。

「……為什麼是兄長啊。」

「妳在說什麼。」

自己可是出於正當的理由來到這間研究室的。沒有為此遭人抱怨的必要。

希利爾露出不悅的神情，克勞蒂亞隨即抖著喉嚨陰沉地竊笑。

「我是被囚禁的公主，正在等待白馬王子前來拯救喔……明、白、了、嗎？」

那張笑臉與其說是等待拯救的公主，分明就是不法占領這間研究室的邪惡魔女。

就在希利爾內心困惑不已時，莫妮卡忽然使勁抬起頭來跑向他。

「希利爾大人！」

那表情既不膽怯也不軟弱，不如說顯得興高采烈。

看到莫妮卡活力充沛過頭的反應，希利爾總算放下心中一塊大石頭，可沒想到莫妮卡立刻秀出手上抓著的資料，以驚人的速度開始解說。

「希利爾大人，請你快看看，這個，這份資料，真的很厲害喔！內容把王國史上魔術師與魔導具的職責，用非常淺顯易懂的方式整理得鉅細靡遺呢！資料的數字不但十分具體，圖表又運用得相當得宜……」

「咕呼呼呼呼。還好啦～就是有她說得那麼厲害喔。呼呼呼，咕呼。」

在極度歡欣鼓舞的莫妮卡身旁，康拉德得意地咕呼咕呼笑個不停。

希利爾臉上的表情消失，開始飄散出令人打顫的冰冷氣息，但莫妮卡並沒有注意到。

「而且啊，這份資料，提及的不只是魔導具與古代魔導具，就連咒術師製作的咒具都有好好介紹呢。在魔導具歷史上，有接觸到咒具的文獻真的是少之又少……」

「諾頓會計。」

希利爾冰冷的嗓音，令莫妮卡的動作當場凍結。

「展覽地點與預算的問題，處理得怎樣了？」

手裡緊握資料的莫妮卡，滾動著不靈活的眼珠，露出徬徨不定的視線。

「呃——那個，就是～……」

莫妮卡支支吾吾地含糊其辭，克勞蒂亞則是擺著一臉空洞的微笑。

就好像要打破這種令人不知如何是好的氣氛，康拉德以格外開朗的聲音向希利爾開口。

「來來來，副會長也別乾站著，快這邊請坐。」

「對我懷柔是沒有意義的。變更展覽地點也好，追加預算也好，學生會都不打算批准。」

「好嘛好嘛好嘛，我只是想讓希利爾副會長聽聽我們研究會的理念嘍。我們研究會的其中一項目的，就是透過研究魔法史，從中學習偉大利迪爾王國王家的信念與作風，藉此對王國的美妙之處獲得更進一步的理解……」

＊＊＊

「如上所述，利迪爾王國王家僱有魔術名門羅斯堡家，以及國內唯一的咒術師家系歐布萊特家，藉此與地方貴族及魔術師工會達成絕妙的制衡關係。」

康拉德的解說，聽得莫妮卡與希利爾都一臉認真地點頭稱是。

魔法史研究社的資料，就算讓莫妮卡以七賢人的眼光來評價，也製作得極為出色。

尤其康拉德的解說更是堪稱一絕，即便是早已心知肚明的事實，聽過康拉德的講解，都可能獲得新的啟發。

因此，莫妮卡與希利爾都忍不住聽得無法自拔，甚至沉迷到沒能及時發現——

……菲利克斯正雙手抱胸，一臉傻眼地站在研究室的門口。

「竟然不只莫妮卡，連希利爾都……」

那夾雜著難以置信語氣的喃喃自語，令莫妮卡與希利爾同時以如出一轍的動作回過頭來。

「噫嗚?殿、殿殿，殿～殿～」

「殿、殿下!為何會跑到這裡來?」

菲利克斯揚嘴一笑，瞇細了雙眼。

「你們默契真好。」

莫妮卡與希利爾雙雙臉色泛青。聽康拉德的解說聽得太入迷，曾幾何時已經接近放學時間。

在狼狽不堪的莫妮卡與希利爾身旁，克勞蒂亞正仰望著天花板，操起有如隨時都要赴黃泉一般的嗓音笑道：

「造化真這麼弄人啊，竟然連正牌的王子殿下都跑來了……我的白馬王子什麼時後才會登場呢？誰來告訴我？」

瞄了眼克勞蒂亞之後，菲利克斯便將視線移回莫妮卡與希利爾身上。

「那麼，你們究竟是把校慶前貴重的時間花在什麼事情上，可以一一向我說明嗎？」

「那個～呃——就是～……」

「不了，沒關係，諾頓會計。讓我來說明吧。」

希利爾重新端正姿勢，將魔法史研究社的實際情形告訴菲利克斯。

聽著希利爾報告的同時，菲利克斯轉頭看了看貼在牆上的資料。

總算，待希利爾的說明告一段落，眼見機不可失的康拉德，馬上開始向菲利克斯打交道。

「來來來，學生會長也別乾站著，快這邊請坐……咕呼。」

「不必費心嘍。貴社製作的資料，我已經看過了。用不著再解說。」

看來是希利爾回報的過程中，菲利克斯已將貼在牆上的展覽資料全數過目完畢。

始終維持著高貴笑容的菲利克斯，交互望向莫妮卡與希利爾開口：

「那麼，讓我聽聽吧，你們看過這些資料有何感想？」

「呃——我覺得統整的方式非常出色……那個～希望可以讓更多人，都看到。」

「這些資料讓我對王家有了更進一步的理解。做為王家人士就讀的賽蓮蒂亞學園展覽物，我認為相當合適。」

聽完莫妮卡與希利爾的回答，菲利克斯點點頭，轉身面向康拉德。

「魔法史研究社社長——康拉德．艾斯卡姆。關於展覽地點的變更與追加預算等相關申請，很遺憾，學生會無法批准。」

康拉德的表情明顯地失落。就連莫妮卡與希利爾也跟著垂頭喪氣了起來。

魔法史研究社的展覽資料中，滿滿洋溢著康拉德等人製作時的熱誠。肯定是耗費了相當的工夫與勞力吧。

即使如此，做為校慶主辦方的學生會，無論如何都還是得重視社團過去的實際成果。

（這些資料明明這麼出色……）

優秀的研究成果無法為更多世人所認知，這是相當令莫妮卡難受的事情。

正當莫妮卡低頭緊咬嘴唇時，菲利克斯環視研究室內的眾人一圈，開口宣言：

「話雖如此，支援學生的活動乃學生會之職責。這裡就為貴社斡旋一位優秀的人才吧——我國引以為傲的〈調停者家系〉的出身者。」

始終如具死屍般癱倒在沙發背上的克勞蒂亞忽地直起身子，露出一抹微笑。

＊　＊　＊

「好的，事情我明白了。」

受菲利克斯傳喚而來的學生會總務尼爾．庫雷．梅伍德以乾脆的口吻答覆後，轉身面向康拉德。

身形龐大的康拉德，以及個頭嬌小，外表比實際年齡幼齒的尼爾，簡直就像是大人與小孩。

即使如此，尼爾也未顯一絲懼色，自然地開口：

「首先關於展覽地點，現階段實在無法更動。不過，若只是把部分研究內容布置在第一展覽室的自由展覽區，我想應該是不成問題。」

「不不不，請稍等一下呀。」

康拉德焦急地打斷尼爾的話。

「若改為布置到自由展覽區，按規定那兒能展覽的數量有限……」

尼爾「是的」一聲點頭，轉而望向貼在牆上的紙張。

「能夠布置到自由展覽區的量，最多就只有這樣一張紙的程度。因此請嚴加篩選內容，設法統整得精采些。」

魔法史研究會的展覽資料共計有八張，每張大小都不下研究室門扉。要將八張濃縮為一張，再怎麼說都過於強人所難了。

面對一臉不滿的康拉德，尼爾態度平穩地繼續提議：

「將統整過的大綱展示在自由展覽區，再附上『欲知更進一步詳情請洽本社研究室』這樣的說明……就用這種方式引導來賓吧。也另外用紙張製作些導引的標示，貼在走廊避免來賓迷路。」

秉持著以這間研究室為主要展覽地點的原則，尼爾接二連三地提出引導來賓到這間房間參觀的方法。

「社長，這些研究內容，應該格外希望讓與魔術領域相關的來賓參觀對吧？」

「這、這是當然了。」

「那到時就讓接待處在確認來賓是魔術相關人士時，分發引路小卡給對方好了。只要在小卡上標註簡易地圖，指引該如何來到這間房間，再附上研究內容簡介，應該就比較容易招到來賓了。」

康拉德似乎開始被尼爾的提議給說動。

即使變更展覽地點的要求無法實現，只要最終能讓更多來賓看到社團研究成果，就康拉德而言應該也就沒問題了。

可是，康拉德好像還是有所不滿。

「一如各位所見，這間研究室還空著的牆面很少吧？要做為展覽空間只怕是不太適合……」

「那麼，就挪動一下這些櫃子怎麼樣？」

康拉德並未善罷干休，尼爾則毫不遲疑地回以更深入的建議。

尼爾轉頭望向左側牆壁前擺成兩列的書櫃。

「牆邊的櫃子是固定的，就把第二列櫃子反過來擺，蓋上布條當作展示架，將資料貼在上頭展覽，這樣應該能夠讓來賓參觀起來容易些。如果這麼做，只需要多找些布條來就行了。」

包含康拉德在內，魔法史研究社社員們聽了尼爾這項提議，都紛紛點頭直稱：「原來如此。」

尼爾笑容可掬地繼續接話：

「演劇社應該還有些沒用到的大布條。再者移動書櫃應該也需要人手，就去拜託舞台班給予支援吧。」

尼爾高明的地方，就在於並非只是單純提出新的大方針，而是連必須的小細節都明確具體化，進而幫忙處理人手相關安排。正因如此，康拉德等人也比較容易接納折衷方案。

就這樣，尼爾不但守住學生會不可退讓的一線，又同時解決了康拉德的不滿，如此卓越的手腕實在只有高明可言。至少是莫妮卡絕對辦不到的應對。

在對話大致上告一段落時，莫妮卡戰戰兢兢地向尼爾問道：

「梅伍德大人，太厲害了。那個，請問要怎麼練習，交涉的本領才有辦法像你一樣，高竿呢？」

莫妮卡直率的讚賞，令尼爾眉尾下垂笑了起來。那是令人微妙地感覺靠不住，他一如往常的笑法。

「雖然我其實也只是向家父有樣學樣……但所謂的交涉，重要的似乎就是要看清——對方最無法退讓的部分是什麼。」

對於魔法史研究社而言，最無法退讓的部分，就是讓更多來賓看到展覽資料的訴求。

所以尼爾才選擇不變更展覽地點，只引導來賓的方法做為建議。

尼爾實踐這種理論實踐得輕描淡寫，但莫妮卡還是覺得這絕非易事。

眼見莫妮卡看向自己的眼神中充滿尊敬，尼爾滿臉通紅地低下了頭。

「那個，不過，跟家父比起來，我的本事根本就還不到家……」

這麼一提，方才菲利克斯把尼爾說是〈調停者家系〉的出身者。該不會，尼爾的家族其實很有名？

身為七賢人，莫妮卡雖然也具備魔法伯這個相當於伯爵的地位，可對於國內貴族的詳情與政治局勢，其實都不怎麼了解。

就好像要回答莫妮卡內心的疑惑似的，菲利克斯開口插了嘴。

「梅伍德家代代都是優秀調停者輩出的家系。他的父親梅伍德男爵，做為調停員的手腕可是連諸侯們都另眼看待的喔。」

「沒有錯……」

也不知幾時已經離開了沙發，克勞蒂亞出現在莫妮卡的背後低語咕噥。

「我們艾仕利家是〈識者家系〉，梅伍德家是〈調停者家系〉。是不是很有聯起手來天下無敵的感覺？」

「妳根本什麼都沒做吧，克勞蒂亞。」
希利爾面有難色地出聲斥責，克勞蒂亞卻一副良機勿失的模樣，露出美豔的微笑。
「哎呀，方才跟莫妮卡一起被遊說得天花亂墜的人，也不知是哪裡的誰呀……」
「唔咕……」
無言以對的希利爾別開了視線。
也不知是不是錯覺，他別過頭去的側臉，看起來似乎有點消沉。
（……希利爾大人？）
該不會，是為了自己被康拉德說服的事感到自責吧？倘若如此，率先被攻陷的莫妮卡自然也是同罪。
感到掛心的莫妮卡正打算開口搭話，康拉德就搓著雙手湊向了克勞蒂亞。
「咕呼，話說回來呀～關於想拜託克勞蒂亞小姐解說敝社團展覽資料的事……」
「恕、我、拒、絕、喔。」
「唔唔……在舞會擄獲眾心的美貌，以及國寶級的聰明才智。〈識者家系〉正統血脈繼承人克勞蒂亞小姐要是願意幫忙，當天人潮保證源源不絕……」
滿臉悲痛地呻吟一會兒，康拉德突然又抬起頭來，不知為何望向了希利爾。
希利爾什麼也沒說，就只是繼續低著頭。
康拉德趕緊端正姿勢，向希利爾深深一鞠躬。
「失禮了。那麼，就容我按照梅伍德總務熱心提供的方法，開始進行展覽相關準備。」
看來問題這樣算是解決了。

莫妮卡才剛鬆一口氣，克勞蒂亞就宛若蛇般滑溜地勾住尼爾的手臂。

「我的未婚夫，很迷人吧？」

用臉頰磨蹭著尼爾翹在頭上的毛髮，貌美千金扭起嘴角露出了邪惡的微笑。

＊＊＊

——克勞蒂亞‧艾仕利與尼爾‧庫雷‧梅伍德相遇，是在她十二歲的時候。

身為〈識者家系〉一員的克勞蒂亞打從懂事時開始，就成天不放過任何機會，一有空就看書。

周圍大人們見狀，都認為克勞蒂亞是個喜歡讀書的小女孩，然而讀書這件事本身並沒有令克勞蒂亞特別喜愛。與嗜好也稍微有點不同。

就與肚子餓了會想吃飯一樣，只要有什麼不懂的事，克勞蒂亞就會看書尋找答案。如此而已。

明明如此，周圍的人們卻連自己動手調查都不願意，每次一遇到問題立刻就拜託〈識者家系〉的人幫忙。

找上門來的問題，每則都是書一打開，答案就寫在裡頭的東西。

即使如此，也沒有任何人願意主動查詢，就只想直接問出答案。

每個人都沒兩樣，只把艾仕利家的人當成〈移動圖書館〉在利用。

被人感謝更是教人深惡痛絕。只要一度拜託克勞蒂亞幫忙並道謝的人，一定會食髓知味，一次又一次再度上門。

所以克勞蒂亞決定讓自己舉止陰沉到周圍再也不會有人想向自己搭話的地步。

而且還是教人看了以為家裡辦喪事一般，極限等級的陰鬱。

效果超乎想像，不再有人接近之後，克勞蒂亞得到了能夠一個人靜靜閱讀的時間。

克勞蒂亞對此打從心底感到滿足。

某天，父親的朋友，叫做梅伍德的男爵帶著他兒子一同到宅邸拜訪。

梅伍德男爵是個不起眼的男人，外表年輕到幾乎看不出來與父親同年代，衣著打扮也不拘小節。看來雖有爵位，生活八成也稱不上多麼奢侈富裕。

他那種微妙地令人感覺靠不住的笑法，充滿好好先生的印象，怎麼樣都不像個精明的人物。

「今天我帶小犬一起上門嘍。尼爾，來跟人家打招呼。」

在梅伍德男爵催促下，躲在他背後的嬌小少年害羞地開口問候。

「初次見面，我是尼爾·庫雷·梅伍德。有機會拜見大家，實在甚感榮幸。」

那是位眼神直率的少年。看起來頂多才十歲出頭，似乎卻與克勞蒂亞同樣是十二歲。外表比實際年輕，八成是這家人的遺傳。

之後大家移動到接待間，梅伍德男爵與克勞蒂亞的父親海恩侯爵暫時議論了一陣子。

話題主要都圍繞在魔術師工會與貴族議會之間的調停相關。

魔術師工會方似乎在向議會要求解禁醫療用的魔術。

梅伍德男爵的工作，就是這場會議的調停。

即使立場上身為貴族，依然要嚴守公平，絕不偏袒貴族議會方，引導議論雙方走向彼此都能接受的折衷結果，就是調停者的職責。

「若是解禁醫療魔術，確實是有些性命能因此獲救吧。這是事實。但就我個人的見解，現階段解禁只怕是操之過急了。想運用醫療魔術，必須建立在醫學與魔術雙方都已經成熟到某種程度，能彼此制衡的前提上……然而，這個國家的醫療技術，目前實在仍稱不上成熟。」

梅伍德男爵這番話，聽得海恩伯爵深深點頭。

「我有同感。直到現在，某些地區仍有些將唬人迷信謊稱為醫術的醫師橫行霸道。一旦在這種狀況下解禁醫療魔術，難保民眾不會將魔術與迷信混為一談。」

「我認為首先必須更加深入檢證……確認魔力對於人體的有害程度才行。魔術師工會方的數據實在太不充分了。」

「一點也沒錯。必須在這個條件下，培育對醫術及魔術雙方都精通的人才。有朝一日，醫療魔術一定會大肆發展……但，現在就連供其發芽成長的土壤都尚未籌備完畢。既然如此，眼下首要的任務，應該是專注在土壤的耕耘。」

就在克勞蒂亞靜靜地傾聽大人們對話時，梅伍德男爵忽然抬起頭，朝這兒望了過來。

接著垂下眉尾，老神在在地笑道：

「對不起唷，聽叔叔們聊這些很無聊吧。」

「不會，我覺得很有趣……連充分的數據都沒準備好，就打算強硬爭取開放醫療魔術的魔術師方，以及擔心醫師與魔術師結盟後，醫師會的利益是否將因此流向魔術師方的貴族議會，雙方的攻防重心都顯而易見。」

聽到克勞蒂亞的回答，梅伍德男爵雖然有點訝異地瞪大了雙眼，但並未因此顯得不悅，反而是平靜地笑了起來。

「大小姐好聰明呀。沒錯，就是這樣。所以在為雙方尋找折衷妥協的方案時，才非得慎重行事不可。」

坐在梅伍德男爵身旁的尼爾，就只是一臉吃驚地望著克勞蒂亞。

真不曉得這位外貌年幼的少年，對於方才的話題究竟了解到什麼程度。

（反正八成就完全狀況外吧。）

暗自思索著這種事情時，父親以低沉的嗓音對克勞蒂亞發出了指示。

「克勞蒂亞。給尼爾小弟帶路去，向他介紹我們的宅邸。」

相信父親並不認為克勞蒂亞會覺得無聊，換句話說，接下來要談的話題，萬一被小孩聽到了會傷腦筋。

克勞蒂亞無言地站了起來，尼爾也慌慌張張地從椅子上起身。

「呃——請、請多多指教！」

「……」

克勞蒂亞轉過身去，背對尼爾打開了通往走廊的門。

「你想看哪些地方？」

「呃——我想看看庭院！」

「……是嗎。」

艾仕利家向來以壓倒性龐大的藏書量為傲。到艾仕利家作客，卻不想參觀藏書，而是對庭院感興趣，這倒也十分罕見。

他要是願意乾脆點，乖乖找書看，自己就樂得輕鬆了——內心如此作想的克勞蒂亞帶著尼爾來到了庭院。

並肩而行就發現，尼爾的外表果真很年幼。身高也比克勞蒂亞低，兩人怎麼看都不像同樣歲數。側著眼睛觀察尼爾時，不知是否視線被尼爾注意到，只見他垂下眉尾笑了起來。那是與他父親十分神似，看了令人感覺靠不住的笑容。

「克勞蒂亞小姐好厲害呢。那麼複雜的話題，卻能精準掌握到本質。」

「……」

「像我就沒有連貴族議會打的算盤都一起考慮到。原先我根本就不曉得，醫師會與貴族議會之間的聯繫有那麼強……明明爸爸是特地讓我同席吸收經驗的，我實在還不到家呢。」

看來，兩位父親談論的話題，他倒也不是左耳進右耳出。

雙手抱胸的尼爾，擺出一副嚴肅的表情「唔嗯～」地喃喃自語起來。

「有沒有什麼資料是能夠明確指出貴族議會與醫師會之間的聯繫的呢……醫師會當前的大頭是，呃——……」

尼爾一句接一句念著接二連三浮現心頭的疑惑，但並未拿這些問題去向克勞蒂亞求助。

克勞蒂亞忍不住開了口。

「你不問我嗎？」

「咦？」

「我是〈識者家系〉出身喔。你所有的疑問，我幾乎都有習得足夠的知識可以回答。」

實際上，尼爾念念有詞的那些疑問，克勞蒂亞的確全都知道答案。

但，尼爾做出稍稍沉思的動作之後，便乾脆地搖了頭。

「不了，我等回家後自己查。『遇到不懂的事，首先要學會自己查。要是真的怎麼都查不懂，到時再去向人求助』——爸爸是這樣教我的。」

「……是嗎。」

「那、那個，非常對不起！難得克勞蒂亞小姐主動表示要教我……」

克勞蒂亞並沒有表示要教他。從頭到尾，就只是說自己知道答案而已。

但這個光看就像個好好先生的少年，似乎是自行將克勞蒂亞的發言做了善意的解釋。

「回家後，我自己會先好好用功查詢的，如果查完還是不懂，再請克勞蒂亞小姐指導我吧。」

克勞蒂亞沒有肯定也沒有否定。並不是刻意想捉弄他，只是迷惘著不知該如何判斷。

我沒道理平白指導你吧——只要這樣冷淡地回應，這個少年一定就再也不會來到自己身邊了吧。不知為何，總覺得這樣莫名可惜。

默不作聲開門的克勞蒂亞，直直地走在整備完善的走道上。

「這裡就是庭院。」

「哇，有好多藥草喔！」

宅邸的庭院有一半種著觀賞用的花，另一半則是藥草類的植物。

後者是為了實踐藥草相關書籍的知識，由克勞蒂亞的父親栽種的。父親的個性，就是認為這類知識必須加以實踐才有價值。

「妳看，克勞蒂亞小姐。這種藥草，對於割傷的療效很好喔！」

「我沒理由不知道吧。」

「啊，也對喔。」

難為情地搔著臉頰的同時，尼爾就地蹲了下來，朝花壇外叢生的雜草伸手。

「那～這個妳也知道嗎？」

「就雜草呀。」

真想知道的話，直接把學名告訴你也沒問題，還可以一並報上繁殖生長區域。

就在思考著這些事情的克勞蒂亞面前，尼爾摘下了雜草，將兩端俐落地折彎。然後將折過的邊緣含在嘴裡，用力吹氣。

嗶——的一聲，一陣高亢的笛音響起。

「這種草，只要從這邊折彎，就可以當笛子吹喔。我們家放羊的就常常折來吹呢。」

「……這我第一次知道。」

聽見克勞蒂亞小聲地回答，尼爾開心地吹響草笛。

高亢而清澈，令人心曠神怡的音色響徹了青空。

梅伍德男爵帶著他兒子回去後，克勞蒂亞便向父親開了口：

「爸爸，我決定了，我要和尼爾結婚。」

克勞蒂亞唐突的發言，海恩侯爵既不吃驚也沒開口斥責，就只是望著女兒不放。

「尼爾小弟是嫡男，不能收作婿養子呢。」

原以為他要接著道出否定的說詞，沒想到卻只是撥弄著嘴邊的鬍鬚咕噥起來。

「該來收留一位養子，讓他繼承我們家嗎。」

克勞蒂亞的母親在產後隨即亡故，父親又沒有迎娶第二任妻子，因此就這個時間點而言，海恩侯爵的直系血親就只有克勞蒂亞一個人。

確實，只要收養一位養子來繼承海恩侯爵家業，克勞蒂亞就可以圓滿出嫁。

可是，父親最希望的應該還是讓克勞蒂亞找一位婿養子入贅吧。

「……爸爸不阻止我呢。」

「那小子，想也知道妳會喜歡。」

父親咬牙切齒道出的發言莫名地充滿說服力。原來如此，其實父女倆都拿梅伍德家沒轍。

父親對於〈識者家系〉的直系血統斷絕一事並未言及。因為他知道，知識並不是傳承於血統裡，而是留存在記憶中。

海恩侯爵接連從辦公桌取出文件，開口說道：

「那麼，來進行收養相關準備吧。遠親也無妨，能找到上進心強的最好。」

就這樣，克勞蒂亞和尼爾訂下婚約，並且為了繼承家業，收養當時十三歲的希利爾當養子。

＊＊＊

在魔法史研究社發生的小騷動隔天，一位意想不到的人物向克勞蒂亞發出了茶會的邀請。

茶會主辦人的名字，是希利爾・艾仕利。克勞蒂亞的義兄。

希利爾既非會率先舉辦茶會的性格，校慶三天前的這種非常時期也不應該會有這種閒工夫。

歸根究柢，希利爾與克勞蒂亞兩人本來就不是會和樂融融地一起用茶的個性。換言之，這是以茶會為名目的密談。

坐上被安排好的座位，克勞蒂亞浮現一臉發自內心不耐煩的表情。

「……是為了昨天的事情，要向我抗議嗎？」

「不是。」

聽到希利爾一口否認，克勞蒂亞稍稍瞇起了雙眼。

「挺冷靜的嘛。我還以為你會一直糾結著康拉德・艾斯卡姆的發言呢。」

昨天，魔法史研究社的康拉德・艾斯卡姆把克勞蒂亞喚作「〈識者家系〉的正統血脈繼承人」，接著，便滿臉尷尬地望向希利爾。

這是因為康拉德知道，希利爾並非海恩侯爵的親生兒子，知識量也遠遠不及克勞蒂亞。

「艾斯卡姆社長沒有任何過錯。我也沒放在心上。我無法正大光明地自稱〈識者家系〉，純粹只是因為我的鑽研還不夠。」

如此斷言的希利爾，至少看起來不像是有消沉到什麼地步。

既然如此，自己到底是為什麼會被找來？

克勞蒂亞無言地凝視著希利爾，便見他板起面孔切入正題。

「有件事想拜託妳。」

雖然沒表現在臉上，但克勞蒂亞其實頗為吃驚。

這位義兄的自尊心極高，基本上不太會低頭拜託克勞蒂亞。

「可真稀奇呢。成天被人拜託的兄長竟然跑來拜託我……這會兒是打算要我做什麼？」

「想拜託妳出借禮服。」

維持著舉著紅茶杯的姿勢，克勞蒂亞沉默了將近十秒鐘。

面對眼皮都不眨一下的克勞蒂亞，希利爾的表情明顯地僵硬了起來。

在最大限激起兄長的不安後，克勞蒂亞才以缺乏抑揚頓挫的語調回應：

「我還真不曉得兄長原來有女裝癖。」

希利爾當場眉尾直豎。

恐怕是反射性地打算怒吼吧。不過希利爾靠意志忍住，以扼殺感情的嗓音呻吟道：

「為什麼，會以要讓我來穿為前提。」

「哎呀，兄長沒聽說嗎？稍早之前校內辦過一場祕密投票喔。內容是誰最配得上校慶演劇的女主角……初代國王的王妃愛梅莉亞這個角色。」

「那又怎麼樣。」

從這個反應看來，八成一無所知吧。

克勞蒂亞嘴角兩端緩緩地上揚。

「第一名是學生會書記布莉吉特．葛萊安……第二名就是兄長喔。」

「妳說，什麼……？」

初代國王王妃愛梅莉亞是一位英姿凜然，高風亮節的美麗女性。再強調一次，她是女性。

明明如此，這位兄長卻在投票中勇奪亞軍寶座。而且他顯然對於自己的容貌與女用禮服相當搭調一事並沒有自覺。

「順帶一提，第三名是我喔……說真的，登上這種排行榜絲毫都不讓人開心，或者說根本沒什麼特別的想法，但看到兄長與我的名字並列在第二、第三名的欄位時，我真的止不住笑呢。」

說著說著，克勞蒂亞無情地露出美麗的笑容。

希利爾則只是純粹地目瞪口呆。

要是有那個意思，想拿這件事揶揄兄長多久都行，但一直白費唇舌在無關緊要的話題上並非克勞蒂亞所好。所以克勞蒂亞收起了那無情的笑容，言歸正傳。

「所以，為什麼兄長會提出什麼想向我借禮服的要求？」

「那個，就是……我希望妳能把禮服借給諾頓會計。」

諾頓會計。莫妮卡．諾頓。冒出這個名字，克勞蒂亞一點也不驚訝。

自尊心極高的義兄每每會低頭拜託自己，基本上都跟莫妮卡有關。

幾週前，拜託自己把被捲入木材倒塌事件的莫妮卡送回女生宿舍時也是這樣。

「考慮到諾頓會計的際遇與性格，她很可能根本沒有禮服能穿去參加校慶後的舞會。所以說，那個，是不是可以拜託妳，在不提到我名字的狀況下，主動……輕描淡寫地提起這件事，自然地把禮服借給她。」

「…………」

克勞蒂亞沒有開口回答，希利爾卻先帶著游移不定的眼神，開始連珠砲般地端出各種藉口。

「我、我明白身為男性的我，出口插嘴女性衣物相關話題有失禮數，但萬一諾頓會計穿一身制服去出席舞會豈不是要給我們學生會……也就是給殿下蒙羞。所以身為殿下得力助手的我，事先安排好各種小細節以避免令殿下顏面掃地的事態發生當然是天經地義……」

「舞會用的禮服，班上同學好像會借她喔。」

聽到這句回覆，希利爾立刻合上了嘴。

那明顯鬆一口氣的表情，是多麼顯而易見。

「是這樣嗎。那就沒有任何問題了。」

「莫妮卡沒可能穿得了我的禮服吧……真要穿，兄長還遠比她適合呢。」

「……」

身材修長的克勞蒂亞與個頭嬌小的莫妮卡，身高有著不小的差距。要穿克勞蒂亞的禮服，身為男性卻體型纖瘦的希利爾，尺寸還比較相近。

對自己纖瘦一事十分在意的希利爾賭氣似地凹起嘴唇，接著就好像要掩飾這個反應一般，用方糖匙把糖罐裡的方糖一一挖進茶杯。

方糖嘟啵嘟啵地接連落下，這位兄長只怕是根本沒怎麼數過加了幾顆吧。

「才剛想說，跟自尊心集合體沒兩樣的兄長，是為了什麼事情會特地開口拜託我……嗯哼～原來是這樣啊。」

「我說過了吧，這是為了讓校慶能流暢地進行……」

「就這麼想看莫妮卡穿禮服的模樣是嗎。」

方糖從較高的位置直接砸落，濺得茶碟滿是紅茶水滴。

差點就連方糖匙一起失手滑落的希利爾，朝克勞蒂亞狠狠瞪了一眼。

「學生會幹部必須是全校同學的楷模。我只是為此事先安排各種必要的……」

克勞蒂亞對兄長的藉口沒興趣，因此放棄回應，咕嚼咕嚼地啃起比司吉。

然後思索著校慶後舉辦的舞會，開口道出無意間想起的問題。

「這麼一提，尼爾他……」

「為什麼，會在這裡提起梅伍德總務的名字。」

「我提到自己的未婚夫有什麼不對。所以，今年校慶當天，尼爾他一樣會很忙嗎？」

「那是當然的吧。」

果然啊——克勞蒂亞沒有開口，只在內心低語。

校慶當天，包含寒暄致詞等事務在內，檯面上最忙的人無疑是學生會長菲利克斯，但在檯面下最分不開身的，則是總務尼爾。

管理備用品、安排餐點等事務自是不在話下，除此之外，每當發生什麼問題，往往都是尼爾在負責調解折衝。

其他還得私下與各個部門長彼此聯絡，將資訊與學生會幹部共享等等，事情根本忙不完。

克勞蒂亞瞇起長長的睫毛，憂愁地嘆了口氣。

「今年也收不到尼爾為我準備的花飾了呢。」

「花飾？喔喔，每年慣例的……」

在賽蓮蒂亞學園，有著校慶時由男性贈送花飾給女性的習慣。

這種花飾包含了「舞會上希望妳當自己的第一個共舞對象」的用意在內，收到的女性只要將花飾別在身上，就代表接受對方的邀舞。

花飾選用的花朵與緞帶色澤，大多會與贈送者的眼睛或髮色一致，因此在旁觀者眼裡，贈送花飾的對象可謂一目瞭然。

舞會本身並非強制參加的活動，實際參加的幾乎都是已經訂好婚約的男女們。

「去年舞會上，我沒能跟尼爾一起共舞喔。」

「這種日子梅伍德總務他公務纏身啊。」

「連花飾都沒有收到。」

「那又怎麼樣。花飾什麼的，不就只是場遊戲嗎。」

克勞蒂亞就像要挖苦人似地皺起眉頭，望向兄長。

「……所以說你就是不懂女人心呢。兄、長？」

希利爾賭氣閉上嘴巴。

克勞蒂亞嘴唇幾乎沒動作地咕噥了起來：

「沒收到花飾的女生，可是會被當成沒人要的剩女，遭人指指點點呢。」

「那是妳想太多了。至少男性同學不會抱著這種想法去看待女性……」

「沒有錯。而就算男生沒有這種想法，女生還是會擅自這樣勾心鬥角喔。很陰險吧？」

感受到這陣嗓音裡夾雜的冰冷感情，希利爾不由得渾身僵硬。

「但是，妳去年……校慶的時候，不是大概有十來個人送花飾給妳嗎？」

明明就有著尼爾這個未婚夫，每年還是有不計其數的不識相同學，主張自己才是真正配得上克勞蒂亞的對象。

克勞蒂亞那壓倒性美豔的容貌與頭腦，對於希望自己下一代優秀又美麗的人來說，想必是夢寐以求的理想對象吧。〈識者家系〉的血脈，在王國內就是這麼令人另眼看待。

比起那種不起眼的男爵公子，自己才更值得成為克勞蒂亞的夫婿——抱著這種想法的人，每到校慶就彷彿機不可失似的，帶著花飾齊聚到克勞蒂亞身邊。

但是，那又怎麼樣呢。

「尼爾以外的人送的花，我沒可能會收下吧。」

克勞蒂亞露出發自內心輕蔑的眼神望向希利爾。別讓我強調這種自己早就心知肚明的事——這樣的內心話不言而喻。

彷彿要掩飾這種尷尬的沉默一般，希利爾啜了一口紅茶，慎重選擇用詞開口：

「梅伍德總務是個誠實的人。之所以沒送妳花飾，是因為他知道自己當天很可能會忙到無法與妳共舞吧。」

明明就沒有絕對能共舞的擔保，卻向女方先行邀舞，這麼做有失禮數——不難想像尼爾會有這樣的顧慮。

克勞蒂亞對這點也了然於心。

簡短咕噥一句「說得也是」之後，克勞蒂亞便茫茫地以那雙瑠璃色眼眸望向外頭。

「我呢，對於兄長雖然並不特別覺得喜歡或討厭……」

「突然說什麼。」

「但兄長這種會對尼爾給予正當評價的地方，我倒是挺喜歡的喔。」

希利爾回復他一如往常的高傲態度，用鼻子哼了一聲。

「只不過是那幫沒能發現梅伍德總務實力的人瞎了眼而已。」

「是啊，沒錯。」

平靜地低語之後，克勞蒂亞舉起紅茶杯就口。

與義妹對坐用茶的希利爾．艾仕利，腦海裡思考著某位少女的事情。

令希利爾掛心不已的學生會會計莫妮卡．諾頓。

她會希望有人送花飾給自己嗎？沒人送花飾給自己，會讓她覺得自己很沒面子嗎？

（不，說到底，那個諾頓會計根本不可能會想跳舞吧。）

與外人接觸或跳社交舞都甚感棘手的莫妮卡，哪有可能會期待舞會。肯定只是自己杞人憂天了。

如此擅自想通之後，希利爾將甜膩的紅茶一飲而盡。

加了過量方糖的紅茶，甜到連甜食派的希利爾都忍不住皺起眉頭。

第二章　紫色的愛情渴求者

在令人心曠神怡的晴朗青空下，有一名男子，正走在滿是枯葉，秋色繽紛的道路上。

男人的臉色缺乏活力，細瘦的身形顯得弱不禁風，長袍的兜帽深蓋及眼，手上緊握著一根長杖。

男人撐著手上的長杖，在道路邊緣有陰影的部分緩慢地前進。那身彎腰拖著腳步的走路姿勢像極了蠕動的蛞蝓。

「啊啊～啊啊啊啊～總算可以看到了……賽蓮蒂亞學園。」

男人停下沉重的腳步，緩緩抬起披著兜帽的面孔。

隔著一片森林，美得會讓人誤以為是宮殿的校舍出現在視野中。

雖然仍有段不短的路，但就連在這個距離都看得出來，那棟建築物有多麼美妙。

遠遠眺望著賽蓮蒂亞學園的校舍，男人原本就不太有朝氣的面孔變得更加蒼白。

「那閃閃發亮的建築物是怎樣……你說那是學校？混蛋、混蛋！眼睛都要閃瞎了……可恨可恨可恨可恨……會上這種閃亮亮學校的人，想也知道肯定每個都一副在愛中成長的模樣……啊啊啊～好嫉妒好嫉妒好嫉妒，詛咒你們詛咒你們詛咒你們……」

男人露出因憎恨而扭曲的表情，持續詛咒著眼中所見的一切。

＊　＊　＊

「校慶終於就在明天了呢。」

說著說著，身為莫妮卡極祕任務協助者的柯貝可伯爵千金——伊莎貝爾．諾頓將手上的茶杯擺回茶碟上。

校慶前夕，莫妮卡來到伊莎貝爾的房間，討論校慶當天的行動方針。

討論的重點，在於如何不令莫妮卡的身分曝光，又順利保護菲利克斯直至散場。

雖然校慶時，諾頓家的成員似乎會以來賓身分到訪提供協助，但是會直接護衛菲利克斯的人，基本上就只有莫妮卡一個。

畢竟菲利克斯的洞察力犀利得可怕，諾頓家的僕役若加入護衛行列，只怕稍有風吹草動都會被菲利克斯給看穿。

所以包含伊莎貝爾在內的諾頓家成員，只能在設法協助莫妮卡隱瞞身分的同時，負責警戒周遭是否有可疑的人事物。

「明天家父雖然不克前來……但家母已經表示一定會到場。」

「伊莎貝爾大人的母親，嗎？」

「沒錯，說是會帶上好幾名本事了得的僕役喔。」

伊莎貝爾點頭答覆後，向侍女艾卡莎使了記眼色。

艾卡莎拿出事先準備好的賽蓮蒂亞學園全區平面圖，在桌上攤開。

伊莎貝爾舉起扇子朝平面圖上記載的四棟建築物示意。

「賽蓮蒂亞學園可以大略分為四個區域——高中部校舍、中學部校舍、圖書館，以及供舉辦舞會或典禮的禮堂。無論哪個區域，學生基本上都可以自由進出，但其中姊姊最不容易顧及，出入時會顯得最突兀的，就是中學部校舍了。」

圖書館與禮堂是高中部與中學部共用的，所以莫妮卡進進出出也沒有任何不自然的地方。

然而就只有中學部的校舍，莫妮卡這個高中部學生出入，無論如何就是會引人側目。必然的，警備面會無法做到像其他幾區那麼周全。

平時也就罷了，校慶時可是會有大量外部人士進出校園，可能的話並不想留有任何一絲疏忽。

「有鑑於此，中學部校舍周圍就由我們諾頓家負責警備吧。反正菲利克斯殿下同樣難以顧全中學部校舍，被殿下揭穿身分的可能性較低，只要減少必須警戒的區域，應該就能夠降低姊姊的負擔。」

就莫妮卡而言，伊莎貝爾這項提議可謂求之不得。

路易斯與琳已經答應會在校慶當天提供協助，但想以這麼少的人數警戒菲利克斯的周遭安全，效果終究有限。

「實、實在非常感謝妳，伊莎貝爾大人。這對我非常有幫助……可是，那個～」

莫妮卡心裡其實有個疑問。

「就讀高中部的伊莎貝爾大人，家族出現在中學部，不會讓人覺得突兀嗎？」

「這點完全不成問題，還請儘管安心……啊啊，對了——」

伊莎貝爾露出忽然想起什麼的表情，澎地一聲敲了敲手掌，望向莫妮卡。

「我們來決定一個暗號以備不時之需吧，姊姊！」

「妳說暗號嗎？」

是的——伊莎貝爾點點頭，將扇子添在下顎，一臉沉思的模樣。

「萬一姊姊需要求助……這個嘛，就請用左手摸摸耳朵吧。只要看到這個動作，我或附近的諾頓家成員就會展開行動。」

「我、我明白，了。」

得到了莫妮卡的同意，伊莎貝爾舉起手掌按在臉頰上，唔呼呼地微笑。

「最近讀過的小說，裡面就有搭檔們互相用手勢比暗號的橋段呢。哼哼～搭檔……多麼迷人的發音……」

看來伊莎貝爾最近格外中意的，是兩人組的流浪騎士在旅行途中解決事件的故事。

把搭檔兩字掛在嘴上的伊莎貝爾，眼神莫名地陶醉。

「其實我好希望能跟姊姊一起享受校慶時光，但這次我會以搭檔的身分！給予姊姊各種完美的支援，請放心交給我吧！」

伊莎貝爾強勢的幹勁雖然教莫妮卡有點招架不住，但也直率地萌生一股可靠的安全感。

（有人一起並肩作戰，原來會感到這麼放心……）

為了這種理所當然的事感到新奇的莫妮卡，低頭向伊莎貝爾道出一句：「請多多指教。」

＊＊＊

校慶當天一大清早，莫妮卡比往常更早睜開眼睛。

窗外還有點昏暗，東方的天空就如同一面調色盤，正以深夜的群青色及黎明的粉紅色塗抹交融。

冬日將近的秋末清晨冷得透心涼，猜想尼洛八成也鑽在被窩裡，莫妮卡伸手四處摸索，尋找他的體溫。不過，床鋪上並沒有看到黑貓的身影。

「……尼洛？」

就在莫妮卡自床鋪起身的同時，正於房間角落待命的女僕服美女立刻彎腰一鞠躬。

「早安，〈沉默魔女〉閣下。」

莫妮卡的同事——〈結界魔術師〉路易斯．米萊的契約精靈，通稱「琳」的風系高位精靈琳姿貝兒菲為了在校慶時進行警備，這幾天都待在莫妮卡住的這間閣樓間。

雙眼一睜開就有女僕向自己道早，這對於並非貴族千金的莫妮卡而言是種不可思議的感覺。

開口回應「早安」之後，莫妮卡環顧室內一圈，果然還是沒看到尼洛的身影。

「那個～琳小姐……尼洛呢？」

「黑貓閣下的話，在稍早之前出去做清晨的散步了。」

說是說散步，可實質上是在巡邏吧——正當莫妮卡如此恍然大悟，才發現琳正直直地望著自己。

琳基本上總是面無表情，可是眼前的琳看起來就像是一副有事想請教的模樣，莫妮卡有這種感覺。

「我聽說，黑貓閣下是〈沉默魔女〉閣下的使魔。」

「呃、呃——這個，嘛……」

見到莫妮卡曖昧地點頭，琳平淡地接話。

「〈詠星魔女〉閣下的使魔——貓頭鷹閣下無法開口說人話，也沒有辦法變身成人。看來黑貓閣下在使魔中算是相當優秀的呢。」

「他、他那種使魔就是那樣……」

莫妮卡緊張得直打哆嗦，深怕尼洛的身分要被深究了，不過琳卻只是乾脆地回了一句「這樣嗎。」

「那個，琳小姐……關於尼洛會變身成人的事……」

「是的，我會向路易斯閣下保密。因為我聽說，黑貓閣下是〈沉默魔女〉閣下的祕密武器。」

說著說著，琳伸手按上自己的胸膛，帶著一副銘感五內的語氣低喃：

「祕密武器，聽起來多麼令人雀躍不已。我衷心期待能看到，身為祕密武器的黑貓閣下颯爽登場，大肆活躍解救身陷危機的〈沉默魔女〉閣下。」

莫妮卡則是希望，不要有人衷心期待這種以自己會身陷危機為前提的狀況出現。

無論如何，似乎已經避免進一步言及尼洛了。莫妮卡撫著胸口鬆一口氣，琳則轉頭望向窗外。

「路易斯閣下在找我了。我可以暫時離開一會兒嗎？」

沒跟精靈結過契約的莫妮卡無法實際感受，不過照這樣看來，締結契約的魔術師與精靈不管彼此離得多遠，似乎都能夠輕易傳達想法給對方。

當然，並不是將思考內容一字一句完整傳達，大概就只是可以無意間接收到「在找我了」這種程度的感覺。

琳的移動速度非比尋常，稍微拉開距離大概也無關緊要。

在點頭的同時，莫妮卡向琳開口問道：

「路易斯先生，已經來到附近了嗎？」

「是的，閣下從昨晚就已經留宿在克萊梅鎮。」

克萊梅是莫妮卡與古蓮初次邂逅的場所，也是距離賽蓮蒂亞學園最近的城鎮，所以有許多想參加今日校慶的外來客，都選擇在克萊梅過夜。

路易斯就打算以這樣的外來客身分，正面潛入校園行事。

校慶本身是招待制，不過國內有權人士只要事先向校方申請，基本上都拿得到邀請函。

「真虧路易斯先生，有辦法拿到邀請函呢……」

賽蓮蒂亞學園的支配者，是擁護第二王子的克拉克福特公爵。而路易斯則是第一王子派的七賢人。

第一王子派的人士參加賽蓮蒂亞學園校慶的案例當然不是沒有，但依然不影響路易斯神經太大條的事實。

莫妮卡心頭正湧現欽佩之意，琳突然伸手舉起了一本擺在桌上的書。

那是在尼洛要求下，莫妮卡到圖書館借來的，達士亭．君塔撰寫的冒險小說。偶爾會看到琳也跟尼洛一起熱心地研讀。

「這本小說裡，用『就像連心臟都長了毛』來形容膽識過人的角色。照這個說法，路易斯閣下的心臟，想必是毛髮叢生吧。」

別說是長毛了，〈結界魔術師〉路易斯．米萊甚至會教人懷疑他的心臟是不是鐵打的，他就是這麼膽大包天的男人。與膽小如鼠的莫妮卡處於兩個極端。

「那麼，我這就返回心臟毛髮叢生的路易斯閣下身邊一趟。請問有什麼要我轉達的嗎？」

莫妮卡把長滿毛髮的心臟想像圖從腦內趕跑，向琳低頭致意地開口：

「請、請幫我轉告他，今天就萬事拜託了。」

「謹遵指示。」

打開窗戶後，琳化身成一隻黃色的小鳥振翅飛離。

靠在窗邊目送琳飛走之後，莫妮卡伸伸懶腰，從窗外大大吸了一口清晨的空氣。

（嗯，好。）

拜清晨的空氣所賜，腦袋整個靈活了起來。

莫妮卡換上制服，打開附鎖的抽屜。

抽屜中裝了父親遺留的咖啡壺、拉娜送來的手寫信、與拉娜一起購買的梳子，以及幾天前讓菲利克斯——讓艾伊克幫忙買下的，父親的著作與貴橄欖石首飾。每個都是莫妮卡珍藏的寶物。

在剛來到校園時，裡頭還只有咖啡壺而已，曾幾何時已經增加了這麼多班底，莫妮卡不由得感慨了起來。

（重要的東西變多了呢～……）

離開山間小屋之際，莫妮卡的行囊裡，除了最低限度的行李之外，就只裝了黑貓尼洛與父親的咖啡壺。在那時，只要有這些就很足夠了。根本不存在其他重要的東西。

然而，現在不願意失去的東西卻多得不勝枚舉。

（……必須要，由我來守護才行。因為我是，七賢人〈沉默魔女〉啊。）

如此激勵過自己，莫妮卡拾起愛用的緞帶與梳子，開始編頭髮。拉娜教自己編的這種髮型，起初雖然很生疏，現在手指也都在長久練習下熟能生巧了。

繫好緞帶，收起梳子之後，莫妮卡伸手拿起咖啡壺。距離早餐開飯還有不少時間，所以想趁現在悠閒地喝杯咖啡。

就在這時，窗口響起了叩叩敲擊聲。黑貓姿態的尼洛正在拍打窗戶。

莫妮卡一開窗，尼洛就一溜煙鑽進了閣樓間，渾身發抖地開口：

「唔～好冷，冷死啦……本大爺都想冬眠了。」

「你是去幫忙巡邏對吧，謝謝你……呃——要喝些熱水嗎？」

之前喝咖啡讓尼洛叫苦連天，莫妮卡因此提議改喝水，不過尼洛還是左右搖了搖他小小的腦袋。

「嗯喵，不用了。比起這個，莫妮卡，大事不妙。學校附近有個感覺超危險的傢伙。」

「咦？」

聞言，莫妮卡緊張得表情僵硬起來。

（怎麼會，竟然馬上就出現可疑人士……！）

而且不巧的是，琳現在正好離開了學校。

得自己設法處理才行——莫妮卡握緊拳頭，向尼洛發問。

「那個可疑人士，是怎樣的人？」

「就感覺紫紫的。」

「紫紫的？那個，有沒有更具體一點的……」

紫紫的是什麼意思呀？莫妮卡正感到不解，尼洛就擺出有如用前腳把玩下顎的動作回應：

「那人陰沉得莫名其妙，滿嘴『詛咒你們詛咒你們』念念有詞個不停……喔喔，對了，他穿著跟妳那件同款的長袍，還拿了一根長杖。」

「……咦？」

跟莫妮卡同款的長袍，法杖，再加上紫紫的。

莫妮卡的腦裡，浮現了一個男人的名字。

＊　＊　＊

「啊啊啊啊～怎麼會這樣天亮了……朝陽好刺眼，眼睛好痛……太陽，還有這個世界對我都不夠溫柔……誰來給我一點愛，對我說一聲愛我啊……我偶爾也想感受一下黴菌青苔跟蘑菇以外的愛情，想聽到其他對象開口說愛我啊……啊啊～好想被愛好想被愛好想被愛，能夠正常漫步在陽光下的傢伙太教人嫉妒太教人憎恨太教人痛恨了，全部全部全部都被詛咒去吧……」

離賽蓮蒂亞學園稍有段距離的森林裡，穿著附兜帽的長袍，靠在長杖上縮成一團的人物，正如尼洛「感覺超危險的傢伙」的評語所述，不停散發著火藥味濃厚、陰沉又古怪的氣場。

說得極端點，就是讓人一點都不想靠近。

男人的身型瘦弱，臉色蒼白，年齡大約二十出頭。兜帽下可以看見未經仔細梳理，左右不對稱的頭髮。令人驚訝的是，頭髮的色澤是鮮豔的紫色。

將尼洛抱在胸前，偷偷溜出宿舍的莫妮卡，湊近男人身邊，戰戰兢兢地開口向他搭話：

「……〈深淵咒術師〉大人？」

躲在樹蔭下縮著身子的男人頓時停止動作，緩緩抬起頭來望向莫妮卡。

睜大的雙眼中，有著寶石般的粉紅色瞳孔。蒼白的左臉上印著被稱為咒印的紋路。

「妳，知道我是誰，嗎？」

「是〈深淵咒術師〉雷．歐布萊特大人，沒錯吧？那個～請問你怎麼會在這裡……」

莫妮卡客氣地問，男人卻忽然全身戰慄，蒼白的臉頰頓時染得通紅。

「竟、竟然，竟然有女孩子認得出我……而且還喊了我的名字……難不成是我的粉絲？是我的粉絲嗎？這是怎麼回事，我竟然也會有受人愛慕的一天，唔呼、唔呼呼呼呼呼，活著真好……」

男人露出陰森的笑容，寶石般的雙眼閃閃發亮，起身湊向莫妮卡。

「拜託，拜託妳了。請妳說妳愛我吧。拜託妳，愛我吧愛我吧愛我吧愛我吧……」

「那個，我是，〈沉默魔女〉，跟你同樣是七賢人的……」

聞言，男人瞪大了雙眼，歪頭思索。

「……〈沉默魔女〉莫妮卡．艾瓦雷特？」

「是、是的。」

莫妮卡點頭，男人隨即呼──呼──呼──地呼吸急促起來。

「救、救救我，求妳救救我……拜託，拜託妳～～～～！」

「噫嘎嗚啊嗚啊嗚啊嗚啊嗚啊嗚？」

絲毫不顧忌形象求救的七賢人，以及驚嚇過度到發出怪聲的七賢人。

在莫妮卡懷裡假扮乖巧貓咪的尼洛，傻眼地喵嗚～了一聲。

七賢人之一，第三代的〈深淵咒術師〉雷．歐布萊特，是利迪爾王國唯一的咒術師世家──歐布萊特家的當家。

魔術師要在成為上級魔術師的時候才會得到稱號。一般而言，稱號內容可以自己申請，或者由魔術師工會幫功績顯赫者命名，不過有些魔術師或咒術師名家，會將稱號作為家族封號代代世襲傳承。歐布萊特家就是其中之一。

據說初代的〈深淵咒術師〉足足開發了超過一百種的咒術，還將那些咒術盡數刻進自己的身體。

就像王族從小就會持續服用少量的毒，讓身體產生對毒素的抗性一樣，初代〈深淵咒術師〉也是透

深淵咒術師
雷・歐布萊特

過這種方法，提升自己身體對咒術的抗性。

然後，這些刻滿身體的咒術也會由下一代的〈深淵咒術師〉繼承。

身為第三代〈深淵咒術師〉的雷，身體因此刻上了超過兩百則的咒術，全身上下都是詛咒的紋路。受到刻在身體的大量咒術影響，導致他體內色素生變，毛髮及瞳孔都呈現出異於常人的色澤。即便利迪爾王國幅員廣闊，也只有歐布萊特家族的人，會生有紫色毛髮與粉紅色的瞳孔。

情緒總算緩和下來的雷，目不轉睛地盯著莫妮卡，一臉不解地說：

「為什麼〈沉默魔女〉，會穿著賽蓮蒂亞學園的制服……？」

看來，同屬七賢人的雷之所以沒能察覺眼前的女孩是莫妮卡，服裝果然是一個很大的理由。自己正在進行的是不能隨便公開的極祕任務，應該先換過衣服再來確認狀況的——莫妮卡內心湧現為時已晚的後悔。

聽到尼洛回報有可疑人士，連制服都沒換下就急忙跑出房間，實在是失策。

（怎、怎麼辦，怎麼辦，呃——得找個藉口，找藉口……）

但是，不管怎麼絞盡腦汁，都想不出任何比「其實我的嗜好就是穿制服跑到森林徘徊！」更合理的說法。我找藉口的能力也未免太糟糕了。

即使如此，莫妮卡還是決定賭在這僅存的渺小希望上。

「賽蓮蒂亞學園的制服，不是很可愛，嗎！所以說，我很想穿穿看……然後，就打扮成賽蓮蒂亞學園的學生，呃——來、來這裡散步……」

抱在莫妮卡懷裡的尼洛，一臉傻眼地仰頭望了過來。

尼洛的眼神清楚地寫著——妳就沒有更像樣的藉口可找嗎。

實在難為情到想當場蒸發不見，如此茫然心想的莫妮卡，又進一步遭到雷的低語追擊。

「我聽說〈沉默魔女〉跟我一樣，幾乎足不出戶……說到底，妳不是應該住在離這裡更有距離的山間小屋嗎……」

「那是……呃——……就是趟，出遠門的散步，很遠的遠門……」

謊言加上謊言導致說詞愈來愈矛盾，就連自己都很清楚。

已經不行了，莫妮卡忍不住抱頭苦惱。

要繼續找藉口圓謊，對莫妮卡而言是不可能的任務。事已至此，只剩下老實解釋清楚，請他協助一途。

（嗚哇～又要被路易斯先生罵了～～……）

路易斯邪惡的笑容浮現腦海，莫妮卡泛著淚光嗚咽，開口道出真相：

「我跟你說……其實，我是受〈結界魔術師〉大人的要求，在執行第二王子的護衛任務……」

「護衛任務？〈沉默魔女〉去擔任護衛嗎？」

「任、任務本身是高度機密，希望你能幫忙向其他人保密。拜、拜託尼了！」

莫妮卡猛力鞠躬，但沒有聽到回應。

膽戰心驚地望向雷，只見他不知為何一臉恍惚。

「女孩子主動向我坦白祕密……還開口拜託我……肯、肯定是愛上我了，感受得到強烈愛意……！美妙，太美妙了……唔呼、呼呼呼呼呼呼……」

莫妮卡懷裡的尼洛，忍不住用只有莫妮卡聽得見的音量咕噥了句：「這傢伙沒問題吧？」

小聲斥責尼洛：「沒禮貌。」之後，莫妮卡繼續觀望雷的反應。

雷正雙手按上臉頰陰森地笑著。雖然感覺在各方面存在許多不安，但看來是願意幫莫妮卡保密。

「那個～請問〈深淵咒術師〉大人怎麼會跑來賽蓮蒂亞學園？剛才還向我求救……」

「對了，沒錯。我現在，真的非常傷腦筋……」

講到這裡，雷直直望向莫妮卡，懇切地拜託。

「這個問題事關重大，會影響歐布萊特家的存續，拜託妳別向他人提起……我也會對〈沉默魔女〉的祕密守口如瓶的……」

既然嚴重到會影響名門歐布萊特家族的存續，恐怕是家族內成員闖了大禍吧。

莫妮卡擺出嚴肅的表情點頭，雷這才聲若蚊蠅地說明起內情。

「事情說來有點久遠，其實是十年前，歐布萊特家的弟子出了一個背叛者……」

在利迪爾王國獲准研究咒術的，就只有雷的老家歐布萊特家。

然而，世間還是有無視王法，私自研究咒術的人存在。而歐布萊特家既然是立於咒術師頂點的家族，想入門求教的人當然多不勝數，其中也不乏已經在私自研究咒術的人。

在這種背景下，不時就會有外部人士以嫁入歐布萊特家，或入贅歐布萊特家為條件，換取成為家族一員的機會。

雷口中的那個背叛者，原本似乎就是外部人士。

「那傢伙不但偷了歐布萊特家的咒術知識，到頭來還扒走好幾具前代〈深淵咒術師〉打造的咒具，再逃離歐布萊特家。」

歐布萊特家雖然慌忙派出追兵，但背叛者已經徹底潛伏，再也找不到蛛絲馬跡。

「整整十年來，歐布萊特家都不斷追查那個背叛者的下落，卻一無所獲……沒想到，最近不曉得是不是資金周轉失靈，那傢伙開始出售當年偷走的咒具。結果，終於留下可追查的線索。」

於是，歐布萊特家暗中重啟追查，同時也四處回收背叛者賣出的咒具。

「……然後，其中一個咒具好像流進賽蓮蒂亞學園內了。」

「嗚噫咦？」

莫妮卡忍不住叫了出來。

咒具與魔導具雖然相似，但咒具基本上都是在「想給某人帶來痛苦」的前提下打造的。

封住魔力也好、限制行動也好、令身體或精神失常也好……總之持有者通常沒什麼好下場，這就是咒具。

這種東西要是流入了賽蓮蒂亞學園，嚴重性非同小可。

「我本來打算以來賓的身分潛入賽蓮蒂亞學園，暗中回收咒具……可是……可是……」

雷就像什麼隱疾發作似的，呼——哈——地痛苦喘氣，伸手緊緊揪住長袍的胸膛處，帶著扭曲的表情悻悻地開口：

「賽蓮蒂亞學園那雪白的制服讓我舉手投降了。」

瞬間，莫妮卡煩惱著不知該如何回覆。

也不曉得雷是否有注意到莫妮卡的反應，只見他猛搔一頭紫髮，歇斯底里地喊叫起來：

「那身白衣到底是怎樣啦，要是我穿了根本就羞恥致死不是嗎……完全無法理解能夠自然而然穿下那種白制服的傢伙是怎樣的神經。啊啊～那身白衣有夠刺眼，有夠可恨……該死該死該死，看我對你們下一道袖口永遠都會沾到紅茶的詛咒……詛咒你們詛咒你們詛咒你們，不過只限男生。」

「那個～……」

「然後是那個閃亮亮空間……是怎樣，有閃亮亮人士存在就會連空氣都亮晶晶嗎？那種閃亮亮空間我待了肯定格格不入不是嗎。保證被人在背後指指點點，扔石頭當成笑柄吧。別以為我不知道……啊啊啊啊～怎麼有這麼可怕的地方啦，賽蓮蒂亞學園……跑進那種空間我絕對會融化，會變成被撒了鹽的蛞蝓……」

「那個～那個～……」

莫妮卡唯唯諾諾地插嘴，雷馬上睜開閃閃發光的粉紅色雙眼，逼近莫妮卡開口懇求：

「就是這麼回事，求求妳了……我、我、我會努力讓自己能踏進那所閃亮亮校園……我會非常非常努力的……所以拜託妳跟我一起回收咒具吧，〈沉默魔女〉。」

＊＊＊

在第三代〈深淵咒術師〉雷．歐布萊特拜託之下，決定協助他回收咒具的莫妮卡，先暫且與他道別，抱著尼洛走在返回女生宿舍的路上。

雷說自己會在校慶開始前多少設法接近賽蓮蒂亞學園些，然後就邁著如同瀕死蛞蝓般的步伐，慢慢爬向校園。

一如他本人的宣言，他真的非常非常努力，但要以那個狀態進入校慶會場，四處尋找咒具，只怕是負擔太重了。

莫妮卡懷裡的尼洛，感慨不已地喃喃自語起來：

「果然七賢人就是一票人格缺陷者組成的集團。」

「啊嗚～～……」

完全無言以對。

現在，莫妮卡的口袋裡裝有咒具〈真紅之憤怒〉的複製品。這是雷交給莫妮卡的，希望在找到真品時可以用這個複製品掉包。

〈真紅之憤怒〉是在漆黑的裝飾框中央鑲有鮮紅寶石的首飾。

（賽蓮蒂亞學園的學生裡，沒看過有人戴著這種飾品，可是……已經對持有人產生某種影響的可能性很高。）

灌注在這種咒具裡的詛咒是「奪走內心的從容」。似乎光是戴在身上，就會令感情的起伏變得劇烈，對他人表現出更強烈的攻擊性。

咒具沒辦法用感測魔術輕易搜尋，想找到真品，恐怕只能在校園內四處打轉吧。

莫妮卡已經告知過雷，會把搜尋咒具的事告訴路易斯先生，請他一起幫忙。

雷當時聽了，露出一臉發自內心厭惡的表情，回答「要欠那傢伙人情嗎……糟透了……我討厭那傢伙……」並痛苦地滿地打滾，但最後還是心不甘情不願地答應了。畢竟要找東西的話，人手當然是愈多愈好。

（話又說回來，竟然會有咒具流入……到底會在賽蓮蒂亞學園的哪裡呢？）

根據雷的調查，那個咒具似乎被骨董商當成普通的裝飾品買下了。之後輾轉經手各地，最後的購入者就是賽蓮蒂亞學園的人士。

（既然外表就像首飾，女同學的飾品應該最可疑，了吧……）

大概只能在護衛菲利克斯之餘，確認他周圍的女學生有沒有戴什麼裝飾品了。姑且不論寶石，黑色裝飾框的造型相當獨特，相信是一眼就認得出來。

思考這些事情走著走著，女生宿舍馬上就出現在眼前。

現在時間還相當早。是正大光明從玄關進出會被舍監訓話的時段。

「尼洛，跳上來。」

「喔，又要玩那招了嗎。」

讓尼洛跳上肩頭之後，莫妮卡拾起事先藏在樹蔭下的掃帚。

那只是一把普通的掃帚，既非魔導具也沒有任何特殊功能。原本就收在莫妮卡住的閣樓間下方的儲藏室，是莫妮卡偷偷拜借過來的。

莫妮卡起腳跨上掃帚，無詠唱展開了飛行魔術。隨後，她的身體連同掃帚一起緩緩上飄。

「抬頭挺胸，用二進位的節奏保持平衡，保持平衡……」

最近才剛學會的飛行魔術，運用起來實在還稱不上「會用」的程度。

飛行魔術這種東西，比起直直向前飛行，緩緩上升的時候更難保持平衡。

只見尼洛緊緊攀在左右不停搖晃，搖搖欲墜的莫妮卡頭上。

「險象環生耶～行不行啊。」

「沒、沒問題……哇噫嗚？」

「唔喂～！本大爺會摔下去！會摔下去啦！」

莫妮卡的身體豪邁地朝左大幅度傾斜，尼洛當場發出哀號。

雖然姿勢如此傾斜，飛行軌道也跟蛇行沒兩樣，莫妮卡還是以這副慘狀設法飛回了閣樓間的窗口。

然後就在雙腳接地的同時，放下手中的掃帚癱倒在地。

「嗚嗚，上次著陸時，明明就做得更好的說……」

「並沒有好到哪去好嗎？感覺根本就介於降落與墜落之間妳懂嗎？」

尼洛辛辣的評語，令莫妮卡忍不住抽噎了起來。

在清晨上空以飛行魔術搖搖晃晃飛行的嬌小魔女身影，被一名女僕從女生宿舍的窗口透過觀劇望遠鏡盡收眼底。

這位年歲尚輕的女僕，確認嬌小魔女已經進入閣樓間之後，便離開窗口端正姿勢。然後將自己所觀察到的景象，如實回報給自己侍奉的主人。

「肯定不會錯。那是學生會會計莫妮卡．諾頓小姐。」

「……是嗎。」

簡短回應的，是坐在椅子上攤開扇子，一頭豔麗金髮的貌美千金。學生會書記——布莉吉特．葛萊安。

「要潛入閣樓間嗎，布莉吉特大小姐？」

「不了。現在還不是該行動的時候。」

賽蓮蒂亞學園引以為傲的三大美女之一，舉起了扇子擺在嘴邊，以那有如盛開薔薇般嬌豔的動人臉龐闔上雙眼，擺出沉思的表情。

覆蓋在琥珀色瞳孔上的雪白眼皮就彷彿要遮掩內心思緒一般，透過清晨日光的映照，於眼角留下細長睫毛的影子。

（現在，就先點到為止探探情況吧。）

即使出身自名門，現階段只是一名千金小姐的布莉吉特能力依然有限。手牌並沒有想像中多，必須謹慎行事。

（反正早就習慣按兵不動了。再怎麼說，都已經這麼一路忍耐了整整十年。）

布莉吉特索然無味地咬緊牙關，使勁握緊了手上的扇子。

在眼皮內側勾勒出心愛對象的身影，靜靜地按耐隱藏在胸口的決心。

（……殿下。）

＊＊＊

校慶當天上午，比誰都更早抵達學生會室的副會長希利爾．艾仕利再度確認了學生會全體幹部的預定行程。

倒不是對預定抱有什麼不安，純粹只是不做點事情就覺得靜不下心來。

（今天義父大人也會到場。必須保持落落大方，表現不辱艾仕利家之名才行。）

針對本次校慶，希利爾一共發出了兩封邀請函。

一封是發給義父海恩侯爵。至於另一封是……

（……不曉得會不會來。）

希利爾轉頭望向窗外。校門前已經停放了幾輛馬車。

明知從這種距離不可能辨識，希利爾還是聚精會神地確認是否有海恩侯爵的紋章。這時，背後突然響起一陣開門聲。

首先進門的是三年級組。菲利克斯、艾利歐特，還有布莉吉特。

「哎呀，希利爾。你來的真早。」

「早安，殿下。」

希利爾端正姿勢道早，艾利歐特隨即壞心眼地瞇起他的下垂眼笑了笑。

「反正八成又起太早了吧，像個傻瓜似的。每次一有什麼活動就這個樣。」

用不著你多嘴——希利爾扭起嘴唇瞪向艾利歐特。

尼爾與莫妮卡也晚了幾步進門，尼爾是俐落地，莫妮卡則一如往常，畏畏縮縮地向大家問候。

感覺莫妮卡的表情顯得比較僵硬緊張。這點令人在意。畢竟是第一次參加校慶，想必內心抱著許多不安吧。

自己身為學長，必須得好好協助她才行——希利爾才剛這麼想，布莉吉特就開口了。

「今天我也不小心早起了些。再怎麼說，畢竟也是一年一度的校慶。」

隨著呵呵呵的高雅笑聲，布莉吉特朝莫妮卡瞥了一眼。

「這麼一提，今早我在女生宿舍外頭看到了諾頓會計呢。妳也是緊張到睡不著嗎？」

「噫唔？」

莫妮卡忽然發出怪聲，肩頭為之一顫。

用扇子遮起嘴邊的布莉吉特瞇細了雙眼。

「那麼大清早的，妳是出外做什麼呀，諾頓會計？」

「那個，我，這個～……今早是……在外面……呃——……」

莫妮卡低頭忸忸怩怩地搓起了指頭。那是她焦急或不安時的習慣動作。

希利爾不經意地用眼睛追著指頭的動作，沒想到，莫妮卡突然猛力抬頭回答：

「我，我是為了替舞會做準備，出外去練習，怎麼跳社交舞！」

「諾頓會計妳其實很期待舞會嗎？」

希利爾忍不住插嘴，便見莫妮卡露出不自然的笑容，動作生硬地點頭。

「是、是德！我非常，期待，舞會！」

語畢，莫妮卡當場東倒西歪地踏起了舞步。

雖然沒表現在臉上，但希利爾其實甚為動搖。

原本只輕描淡寫地認為，那個內向又怕生的莫妮卡，八成不會想出席什麼人山人海的舞會。

然而莫妮卡為了舞會，不但事先向朋友借禮服，這會兒還說自己甚至有私下在練習舞步。

學妹為了迎接自己不擅長的挑戰如此認真準備，自己卻擅自假定人家八成沒興趣，希利爾為此深感羞愧。

（……怎麼搞的，胸口這股不痛快是怎麼回事。）

莫妮卡依然在眼前表演她不像樣的舞步。真的是踩得有夠糟。之前自己親自指導她時，明明都還比較有模有樣的說。

（喔喔，原來如此。）

希利爾察覺了自己胸口那股不痛快的由來。

萬一莫妮卡在舞會上跳出的舞步上不了臺面，學生會將因此蒙羞。自己只是對此感到不安，所以胸口才會滿滿的不痛快。肯定是這樣。絕對錯不了。既然如此，解決的方法就簡單明瞭。

（只要由我或殿下引導，諾頓會計的舞步就會稍微像樣點……不能為了這種小事勞煩殿下，所以由我監督就是最妥當的吧。）

怕生的學妹都積極想面對舞會了，協助她挑戰自然就是身為學長的義務。

得出如此結論後，胸口的不痛快隨即煙消雲散。

希利爾還在暗自思索這些事情，菲利克斯已經露出沉穩的笑容，望著莫妮卡開口：

「這對妳來說，是第一次舉辦的校慶吧。今天就盡情樂在其中吧。」

「好、好的，我會，好好樂在其中！」

莫妮卡停下歪七扭八的舞步，搗蒜般地點頭。有如尾巴般的毛髮被甩得上下猛晃。

「那麼，校慶終於要正式開幕了。」

菲利克斯這句話，令在場全員頓時端正姿勢。

賽蓮蒂亞學園的校慶不單只是利迪爾王國的有力貴族會到場，甚至還邀請了諸多外國大使共襄盛舉，是一場絕對不允許失敗的隆重盛會。

「以萬全的體制面對，竭盡所能讓今天成為所有參加者都能樂在其中的美妙日子吧。」

好的——全員異口同聲答道。

希利爾也挺著胸膛，自丹田使勁發聲。

為了敬愛的殿下，也為了學弟學妹們，今天一定要全力以赴——希利爾暗自在內心發誓。

在學生會室結束開幕前的會議之後，希利爾快步走出校舍，朝中庭的園藝社展覽區移動。

園藝社的主題是混栽的展覽與人工栽培薔薇的評比會，展示台上排了好幾只盆栽。

其中的盆栽薔薇著實令人驚豔，有香味特濃的品種，也有花瓣形狀特殊的品種，各式各樣的秋薔薇展覽得琳瑯滿目。

希利爾叫住正在對展覽內容進行最終確認的園藝社社長，態度誠懇地開口拜託：

「失禮了，突然提出這種要求實在很過意不去……但可以請貴社出讓一朵薔薇給我嗎。」

園藝社包含社長在內，社團由上到下幾乎全是女生。

希利爾的要求，馬上令園藝社少女們鼓譟起來。她們非常清楚，在校慶準備薔薇所象徵的含意。

不過正經八百的希利爾，只以為女同學們之所以騷動，是自己唐突的要求過於不成體統。

「那個，我明白這些薔薇，都是貴社費盡心血栽培的，不過……」

面對一臉歉疚的希利爾，園藝社社長露出了閃閃發光的眼神回應：

「沒問題，別客氣別客氣，要幾朵儘管開口！請問想要哪種薔薇呢？」

向社長由衷道謝之後，希利爾轉頭望向庭園的薔薇。

利迪爾王國的秋薔薇整體而言色調大多偏濃，但總覺得，主張不至於過度強烈的色澤，才比較適合那位少女。

（薄紅色，或淡橘色嗎……）

在庭院裡四處物色的希利爾，忽然被一朵純白色薔薇吸引住目光。

就是這朵——內心的直覺這麼告訴自己。

「請給我那朵白薔薇。」

話一出口，女同學們頓時歡欣鼓舞，異口同聲地「呀啊～」尖叫起來。

第三章　所以妳是我永遠的勁敵

早上開完會之後，在學生會室留到最後一刻的學生會長菲利克斯・亞克・利迪爾轉頭望向了窗外。

不惜成本種滿珍奇品種薔薇的庭園、知名巨匠打造的氣派噴水池、支柱等結構無一例外施予細膩雕工的美麗建築物——這所極盡奢華的校園，正不斷彰顯著菲利克斯的外祖父克拉克福特公爵的權威。

「出來吧，威爾迪安奴。」

就好似在回應菲利克斯的呼喚，口袋裡的白色蜥蜴——精靈威爾迪安奴探了顆頭出來。

菲利克斯讓威爾迪安奴爬上指尖，再把手伸到能清楚看見窗外光景的位置。

「看起來，訪客似乎比去年來得更多。」

面對威爾迪安奴的低語，菲利克斯沉穩地應了一句：「是呀。」

對於在王宮任職的人而言，賽蓮蒂亞學園的學歷能夠帶來莫大裨益。

周邊諸國人士對此理解有加，近年來留學生的人數也上升了。

現在的賽蓮蒂亞學園不單是學校，同時也是能夠進行外交的國際交流場所。

（希望能趁今天這場校慶，盡量鞏固周邊諸國的人脈。畢竟近期還得與法佛利亞王國協商。）

國內貴族、富商、神殿相關人士、周邊諸國大使等等，今天校慶的來賓可謂五花八門。

為了充分運用有限的時間，行動時必須隨時思考自己該與誰交流，該向誰推銷自己。

然後透過這場完美的校慶，打響第二王子菲利克斯・亞克・利迪爾的名號。

「來，去回應閣下的期待吧。」

以歌唱般柔順的嗓音宣言的同時，他也對自己發誓——

「為了將菲利克斯．亞克．利迪爾這個名字永遠刻劃在眾人的記憶中。」

告知校慶開幕的鐘聲響徹青空。

聆聽著這陣高亢的音色，菲利克斯離開了學生會室。

＊＊＊

告知校慶開幕的鐘聲響起，校園亦隨之開啟正門。

事先已停放在校門口的馬車，接連走出衣著高貴的人士，穿過正門進入校園。

從校舍窗口眺望這幅光景的莫妮卡，緊張地握起了拳頭。

（終於，要開始了……）

還在魔術師養成機構米妮瓦就讀時，說起對校慶的印象，就是同學們個個都忙著東奔西走。

而莫妮卡本人也同樣四處奔走，只不過理由是因為不想發表研究，所以拚命逃離吵著要自己發表成果的教授。

而賽蓮蒂亞學園畢竟廣收貴族子女，校慶的氣氛與米妮瓦截然不同。

賽蓮蒂亞學園的校慶內容以展覽物、研究發表、歌唱、演奏、演劇等舞台活動為主，但幕後工作與雜物等事項都有僕役或僱來的專業人士幫忙處理，因此除了實際站上舞台與發表現場的學生以外，自由時間其實意外地多。

有家族到訪的同學便趁機享受久違的家族團圓時光，考慮將來想進入王宮就職的同學則忙著推銷自己。

與這兩者都無緣的莫妮卡，重新確認了下自己當前的任務。

（我現在該做的事，是護衛殿下，以及回收咒具……路易斯先生應該很快就會到了，先去與他會合，商量咒具的事情吧。）

歐布萊特家的背叛者與咒具相關問題，影響的不只是歐布萊特家，還事關七賢人的名譽。比起讓琳居中傳話，還是直接找他講清楚比較好。

尼洛與琳都已經分別以貓咪及小鳥的姿態，在校園的樓頂與樹上各自待命。

「……琳小姐，妳聽得見嗎。」

『在。』

莫妮卡在四下無人的空教室細語呼喚，耳邊隨即響起琳的聲音。

身為風系精靈的琳，既能從遠方就聽見莫妮卡細微的嗓音，也能夠直接將聲音送達莫妮卡的耳裡。琳的存在就是執行任務時能彼此聯手的關鍵。

「路易斯先生他……」

『現在，入場手續正好剛辦理完畢。』

「我有重要的事要向他報告，希望能和他在後院，會合。」

『謹遵指示。我這就向路易斯閣下轉達。』

接著不到一分鐘，琳的聲音再度響起。

『已經與路易斯閣下確認完畢。閣下表示會先到後院等候。』

「我明白了。我馬上動身。這期間，就麻煩琳小姐幫忙警戒殿下的周遭。」

『了解。』

結束與琳的通訊後，莫妮卡離開空教室，開始朝後院移動。

（問題在於找到咒具之後，該怎麼與複製品掉包嗎……）

煩惱地發出唔嗯沉思聲，在走廊上邁步前進時，背後突然傳來一陣響亮的男中音。

「莫妮卡小姐！莫妮卡．諾頓小姐！」

轉頭望向聲音來源的莫妮卡，雙眼頓時撐大到極限。

正在快步走向莫妮卡的，是一位身著學院漆黑制服，體格魁梧的黑髮青年。

日前於棋藝大會上對弈，隨後便向莫妮卡提出「以對局為前提訂下婚約」要求的男人——學院高中部一年級的羅貝特．溫克爾。

賽蓮蒂亞學園的校慶基本上是招待制。沒有邀請函的人不得入內。明明如此，為什麼他卻會出現在這裡？

莫妮卡張著嘴巴，目瞪口呆地佇立原地，羅貝特則是仔細凝視著莫妮卡的臉，帶著一副領會了什麼的表情點頭。

「果然是莫妮卡小姐呢。妳給人的感覺與先前見面時不大一樣，我還擔心如果認錯人該怎麼辦。」

這麼一提，棋藝大會那天有化妝，髮型也與今天不同。沒見過莫妮卡平時模樣的羅貝特會感到困惑也是當然的。

「妳今天的打扮，同樣散發一種清爽感，我覺得很迷人。」

「非、非常謝謝你的誇獎……」

莫妮卡帶著生硬的笑容向後退下一步，但才拉開短短一小步的距離，馬上又被羅貝特大大向前邁步逼近。

「我實在太想再見妳一面，因此硬是拜託老師，讓我以同行的形式來訪。」

這才想起來，先前確實有向近鄰友校的教師們發出邀請函。

雖然為時已晚，但莫妮卡這才想到可能會有認識自己的米妮瓦教授到場，臉色一下子蒼白起來。

（果然，還是應該請拉娜幫我化妝的……！）

先前已經和拉娜約好，要請她在晚上的舞會前幫忙換穿禮服與化妝。所以莫妮卡覺得連白天的打扮都一起拜託人家有點不太好意思，就沒有開口了。實在悔不當初。

就在莫妮卡內心傷透腦筋時，羅貝特又更向前逼近了一步。

兩人間的距離，以純粹有過一面之緣的人彼此交談而言，是稍嫌近了些，莫妮卡不由得顫抖起來。心情上就像隻被逼進絕路的小動物。

「上次那件事，不知妳可有仔細考慮過了嗎？」

「上、上次那件事是指……」

「婚約的事。」

當然，壓根兒都沒想過。

棋藝大會那天既與巴尼重逢，又要護衛菲利克斯，整顆腦袋早就滿到塞不下任何資訊。說實話，就連羅貝特這個人的存在都已經瀕臨遺忘邊緣。

「那個，我對於，婚約，該怎麼說，有點……」

「若有什麼不便之處還望妳不要顧忌，儘管說出來。只要是能力所及，個人必定善加處理。我保證會奉獻自己的所有，努力讓妳幸福。」

我其實是為了出任務而潛入校園的七賢人，所以婚約之類的實在沒辦法……這種理由哪可能說得出口。

面對支支吾吾含糊其辭的莫妮卡，耿直而誠實的羅貝特愈說愈起勁。

「個人從來沒有見過，能下出妳這般棋路的人。況且按雷丁格老師所言，妳甚至才剛踏入棋界不久。既然如此，妳肯定就連成長空間都非比尋常……妳願意，和我一起以更高的境界為目標嗎？」

就莫妮卡的立場，下棋雖然開心，但終歸只是選修課的一環。並沒有將人生奉獻給棋界的預定。

「我、我實在，呃——……那個……」

到底該說什麼，羅貝特才會願意死了這條心呢？

總覺得，現在不管說什麼，都會被羅貝特理直氣壯地駁倒。

緊張與混亂導致莫妮卡臉色愈來愈蒼白，雙眼也慢慢泛起淚光。

雖然明白羅貝特沒有惡意，但看在怕生的莫妮卡眼裡，充滿壓迫感的羅貝特就是種非常令人恐懼的存在。

（我、我該開口，求救嗎……？）

只要向琳或尼洛求救，他們或許就會像上次那樣，穿著一身氣派十足的衣裳趕來英雄救美。

又或者是以事先講好的暗號向伊莎貝爾求助，她搞不好就會用反派千金風格的手段華麗地出手替自己解圍。

但是，羅貝特並不是被派來暗殺菲利克斯的刺客。

莫妮卡被人求婚的問題，與護衛任務沒有任何關聯。這是莫妮卡必須獨力解決的問題。

想著想著，莫妮卡放下了差點舉起的左手。

伸手摸左耳——這是想向伊莎貝爾求救時的暗號。只是，實在不想為了自己私人的問題，去給伊莎貝爾添麻煩。

即使靠不住的喉嚨急促喘氣不停，莫妮卡還是死命擠出了嗓音開口。

「我實在，沒辦法，和人，訂婚。」

聲若蚊蠅地道出的主張，令羅貝特忍不住更想賣命說服。

然而，羅貝特才剛要出口的說詞，馬上遭到一道正氣凜然的嗓音給掩蓋。

「羅貝特．溫克爾。雷丁格教師在校門附近找你。不許未經同意就擅離帶隊老師身邊。」

落落大方的語調，令莫妮卡忍不住轉過身來。

轉身後映入眼簾的，是隨著綁在後腦的一束銀髮飄逸，快步朝自己走來的學生會副會長——希利爾．艾仕利。

希利爾切入羅貝特與莫妮卡之間，以冰冷的眼神望向羅貝特。

「諾頓會計乃學生會幹部，校慶中事務纏身。有任何私事請擇日再訪。」

「是這樣嗎，抱歉失禮了，怪我對此一無所知。」

羅貝特的個性雖令人困擾，但本質上看來是個正經的人。

聽過希利爾這番話，羅貝特意外地點了點頭，留下一句「那麼，下次見」便乾脆地快步離去。

望著他離去的背影，莫妮卡如釋重負地深深喘了口氣。若不是在希利爾面前，搞不好就這麼蹲到地上縮成一團了。

莫妮卡幾度深呼吸，把原本紊亂的呼吸調勻之後，抬頭望向希利爾。

「那、那個，希利爾大人……」

只見希利爾默默地盯著莫妮卡不放。臉上的表情看起來似是有些不悅，莫妮卡不禁嚇得縮起身子。

一定是因為自己給他添麻煩，害希利爾生氣了。

「非、非常對不起，我又惹麻煩了，害得希利爾大人百忙中特地趕來……」

「………」

只見希利爾果然還是一臉不悅，眉頭皺得緊緊的，無言地盯著莫妮卡的臉瞧。

正當莫妮卡坐立難安，忸忸怩怩地搓起指頭，希利爾突然把擺在背後的右手伸到面前。

手中握著的，是一朵純白色薔薇。

莫妮卡瞪大了雙眼交互望向白薔薇與希利爾的臉，希利爾這才露出好像驚覺什麼的表情。

「糟了，緞帶……」

希利爾低聲咕噥起來，抽下綁在領口的領結。

用來固定領結的胸針，對於具備過剩吸收魔力體質的他，是絕不能離身的魔導具。這個平時必定隨身佩戴的胸針，希利爾輕描淡寫地收進了口袋。

然後，把象徵年級的藍色緞帶綁在事先削去荊棘的白薔薇花梗上，別上別針，伸手交給莫妮卡。

「挑個地方把這別上去。」

「把這朵花，別在身上嗎？這麼一提，好像也有看到其他人別著呢……」

確實有印象，不時就看到有人把花飾別在頭髮或制服胸前，主要都是女同學。這是什麼校慶相關的活動嗎？

莫妮卡一臉不可思議地望著白薔薇，希利爾對此顯得十分意外。

「怎麼，原來妳不曉得花飾的慣例嗎。」

「是什麼活動的內容嗎？」

「……沒事，不知道就算了。」

莫妮卡歪頭不解的疑問，希利爾只回以冷冷的答覆。但，他的視線一直徬徨在腳邊游移不定。

這股莫名沉不住氣的模樣，令莫妮卡忍不住張大眼睛望向希利爾，他這才以一如往常的態度，高傲地抬起他的尖下巴，伸手用力指向白薔薇。

「那是魔咒，讓妳今天一整天，都不會丟人現眼的魔咒。舞會時記得也要戴好。」

「竟、竟然，有這種魔咒……！」

深感欽佩的莫妮卡，低頭觀察起手上的花飾。

白薔薇花飾裡，並沒有被嵌入魔術式的跡象。

既然如此，想必這指的並非在魔術意義上的魔咒或詛咒，而是風俗或民俗學層面上，帶有許願含意的咒語吧。

雖然不明白這種花到底有什麼含意，但只要把這個花飾戴在身上，莫妮卡今天一整天似乎就不會出糗了。

仔細觀察白薔薇的莫妮卡，在柔和的觸感與芬芳的香氣下，嘴角忍不住如花朵般綻放。

（花兒，好漂亮……）

就算只是用來許願的魔咒，這也是第一次有人送花給自己。

「希利爾大人，非常謝謝你，送我這麼漂亮的花。」

莫妮卡臉頰一軟，露出了傻呼呼的笑容。

希利爾揚起嘴角，滿足地點點頭。

「那麼，我還有工作在身，就先離開了。有遇到任何困難，記得找我或其他學生會幹部求助。只是，切記盡可能不要去勞煩殿下！」

「好、好的！」

留下一句非常有以往風格的叮嚀，希利爾快步離開了現場。

莫妮卡再度低頭望向自己手上的白薔薇花飾。

（呃——別在衣服上就行了嗎。）

隨著雙手生疏的動作，莫妮卡別上了花飾。色調濃郁的短上衣，令白薔薇成了恰到好處的點綴。

換作稍早之前的莫妮卡，明明就應該對什麼毫無根據的魔咒不感興趣，現在卻總覺得內心湧現一股安全感。

（今天的校慶，好好加油吧。）

感覺在羅貝特追求之下疲弊交加的心，似乎重新取回了那麼一點活力。

莫妮卡用鼻子哼了一聲，動身繼續朝後院起步。

（首先得跟路易斯先生會合，才行。）

來到一樓，只見走廊已經滿是來賓，氣氛相當活絡。

以前的莫妮卡看了，只怕會當場就被人潮給嚇跑。

但，現在的莫妮卡可是才剛體驗過熱鬧的慶典。

（比起柯拉普東的慶典，這裡的人少多了。）

面對大批群眾當然還是會緊張，但已經不至於佇立原地動彈不得了。

好，走吧——就在抖擻精神，準備轉過轉角的時候，突然有人從背後揪住了莫妮卡的手臂。

「慢著。」

刻意壓低音量的這道嗓音，莫妮卡非常耳熟能詳。絕對不可能遺忘。

嚥下一口氣，莫妮卡緩緩回過身來。

揪住莫妮卡手臂的，是留有一頭稍微亂翹的金髮，戴著眼鏡的少年——在棋藝大會那天訣別的過往友人，安柏德伯爵公子巴尼．瓊斯。

「巴尼……」

莫妮卡沙啞地道出巴尼的名字，巴尼則望著前方，語調快速地接話：

「拉塞福老師就在前面。妳要是給他撞見應該不太妙吧？」

「咦？」

魔術師養成機構米妮瓦的基甸．拉塞福教授，是莫妮卡從前在學時，對自己關照有加的恩師。

拉塞福是位年事已高的老教授，註冊商標是成天叼在嘴上的菸斗與濃密的眉毛，稱號是〈紫煙魔術師〉。他正是從前推薦莫妮卡成為七賢人的人物。

若今天是單純地身在普通社交場合，莫妮卡其實很想上前去打聲招呼。但現在自己正隱瞞身分進行護衛任務，萬一被恩師認出來，事情真的會一發不可收拾。

莫妮卡從走廊轉角稍稍探出頭來觀望，遠處真的有一位身著長袍的老人身影。

那老當益壯的挺拔腰桿，以及一頭剃得短短的白髮，再加上註冊商標的濃密眉毛，在在都與莫妮卡回憶中的身影如出一轍。

（真的是拉塞福老師……）

莫妮卡把頭縮了回去，仰頭一瞥一瞥地望向巴尼。
巴尼一副傷腦筋的模樣聳了聳肩。
「換個地方吧。要站在這種地方談事情，我可敬謝不敏。還是說……妳就連我的臉都已經不想再看到了？」
說著說著，巴尼揚起嘴角，露出略帶嘲諷的笑容。
過往友人的壞心眼態度，如今也無法再令莫妮卡心生萎縮。
「沒有這種事。我也是，有些話想要，對巴尼說。」
「……這樣嗎。」
巴尼沒有再說什麼，只以視線督促莫妮卡帶路。
「往這邊。」
莫妮卡邁出步伐，巴尼默默地跟在身後。兩人間毫無任何話語。
學生時代，在米妮瓦的走廊上，兩人總是並肩而行，天南地北隨意閒聊。然而，兩人現在的關係，就是這一前一後的距離，以及不再交錯的視線。
對此，雖然胸口仍湧現些許的落寞，但莫妮卡已經不會感到心痛了。

＊＊＊

莫妮卡帶巴尼前往一間位於一樓的空教室。這裡是校慶期間封鎖的區域，不用擔心會有外人打擾。
「巴尼是，以米妮瓦教師陪同者的身分入場嗎？」

本以為就像剛才的羅貝特那樣，巴尼也是以受邀請的教師陪同者身分前來，但巴尼卻搖了搖頭。

「並不是，我是以個人身分前來的。畢竟才剛發生過那種事件，米妮瓦今年的出席者就只有拉塞福老師而已。」

棋藝大會的事件中，入侵賽蓮蒂亞學園的男子向米妮瓦教師下了殺手。現在，米妮瓦似乎正因為尤金．皮特曼的死訊鬧得不可開交。

在這種狀況下，米妮瓦的教師對校慶會望之卻步，確實是理所當然的。

唯一還肯到場出席的拉塞福教授，是實力高強，對人戰經驗老道的豪氣老將。恐怕有部分來意也是為了詢問事件內情與磨合情報吧。

「啊咦，如果不是拉塞福老師的陪同者，那巴尼是怎麼拿到邀請函的……？」

「妳以為我是誰啊？我是瓊斯家出身好嗎？只要向校方提出申請，邀請函這種東西難得倒我嗎？」

「是、是這樣啊……」

雖然莫妮卡知道得不是太詳細，但巴尼的老家似乎是利迪爾王國名列前茅的名門。巴尼向來對此引以為傲，學生時代就常把「我們瓊斯家啊」這句話當成口頭禪。

正在懷念這種往事的時候，巴尼突然起勁地開口。也不知是不是錯覺，總覺得語調莫名飛快。

「對了對了，妳剛才說自己有事想跟我說？妳會想些什麼，我還不曉得？反正八成是『為什麼那時要袒護我』之類的吧。」

「……嗯。」

莫妮卡擊敗冒充尤金．皮特曼的刺客之後，為了不令莫妮卡的真實身分曝光，巴尼謊稱刺客是被自己打倒的。

剛才也是，要不是巴尼攔得及時，自己差點就要撞見拉塞福教授了。

多虧巴尼這些舉動，莫妮卡才沒有讓身分穿幫，現在也還能留在賽蓮蒂亞學園裡。

（明明巴尼應該根本沒有，袒護我的理由才對……）

就像是老早就料到莫妮卡的疑問，並事先準備好答案似的，巴尼滔滔不絕地說明起來。

「起先，我只是感到疑惑喔，懷疑妳為什麼會待在賽蓮蒂亞學園。還以為八成只是七賢人大人在扮學生家家酒扮好玩的。可是，第二王子也就讀這所學校，賽蓮蒂亞學園又出現了入侵者，綜合這幾項事實，我推論妳是為了執行護衛任務而被派遣到校園來的，沒錯吧？」

巴尼露出督促自己回答的眼神，莫妮卡於是微微點頭。

任務是機密中的機密，但對方是巴尼，事到如今還想敷衍過去，只怕是辦不到吧。

「既然妳是為了七賢人的工作，來到這所校園護衛第二王子，那身為利迪爾王國的貴族，協助妳執行任務不是當然的義務嗎？我之所以會袒護妳，就只是出於這樣的理由，七賢人大人。」

並不是出手幫忙莫妮卡這個朋友，而是基於貴族的義務協助七賢人，巴尼條理分明地用力強調這一點。

然後，他望向默不作聲的莫妮卡臉龐，露出壞心眼的笑容。

「請問妳滿意了嗎，七賢人大人？」

果然在巴尼的心裡，莫妮卡早就不再是朋友了。

巴尼已經將這件事實好幾次好幾次透過行動硬生生擺在莫妮卡面前，就像是要徹底讓自己明白這個道理一樣。

莫妮卡以朋友身分發出的言語，肯定再也傳不進巴尼心裡了吧。

即使如此，莫妮卡還是無論如何都有一件事想向巴尼問清楚。

「這件事，如果巴尼不想回答的話，不必回答也沒關係……」

「喔？是什麼事？既然是七賢人大人的命令，我作為瓊斯家的一員，很樂意為妳答覆喔？」

面對回應時滿嘴諷刺的巴尼，莫妮卡一度闔上雙眼，然後在睜開眼睛時，直直地凝望巴尼開口：

「巴尼你，為什麼會，參加棋藝大會呢？」

巴尼臉上的表情消失了。

打從與巴尼重逢的那刻起，莫妮卡便始終百思不得其解。

從前還在米妮瓦就讀時，巴尼非常瞧不起下棋的同學，把下棋批評為「閒人的遊戲」，主張應該把下棋的時間拿來花在窮究魔術之道。

正因此，在棋藝大會上看到巴尼時，除了驚訝重逢之外，也對於巴尼轉念下棋的事感到驚訝。

莫妮卡這項疑問，令巴尼露出了苦悶的表情。就好像被人踩到痛腳似的。

自己是不是說了什麼過分的話？是不是害巴尼受傷了？莫妮卡不安了起來。

「那個，如果不想回答也沒關係。問你這麼奇怪的問題，真的很對不……」

「我啊，很快就要離開米妮瓦不念了。」

「咦？」

出乎意料的回答，令莫妮卡半張著嘴渾身僵硬。

自己驚愕的雙眼所仰望到的巴尼，正露出一種有如放下某種執著，疲累不堪的笑容。

「上個月，我哥意外身亡了。喔，不是什麼陰謀啦暗殺之類的，完全不是那麼回事喔。純粹就只是他馬術明明上不了檯面還想逞英雄，騎馬出遠門又落馬，結果脖子都給摔斷了……真是有夠適合那個蠢大哥的無聊死法。」

莫妮卡對於巴尼的家務事並沒有了解得太詳細。

只是，以前曾聽巴尼說過他是安柏德伯爵的次子，爵位會由長兄繼承。

所以無法繼承爵位的巴尼，為了成為七賢人，得到相當於伯爵爵位的魔法伯地位，才一直在米妮瓦埋頭苦讀。

但，既然巴尼的長兄因故身亡，當然就會改由次男巴尼繼承家業。

「巴尼你，要放棄魔術，不當七賢人了嗎？」

「是啊，等到今年冬天，我就會回老家，開始專心進行成為下一任伯爵所須的準備。所以，我才會死心陪他們玩玩，參加棋藝大會那種遊戲。」

就只因為生為次男，便無法得到周遭認同，內心為此所燃燒的怒火，以及對認同感的渴求。

就在這兩者驅使之下，以不滿作為動力，嘔心瀝血地苦讀，總算累積出足以受到周圍認同的成果。

當這些成果在一瞬間全數垮台時，巴尼的內心究竟有什麼樣的感覺。

從小夢寐以求，無論怎麼努力都與自己無緣的伯爵地位，竟然以這樣的形式落到自己手上，不管怎麼想，都不可能老實為此感到開心。

明明如此，巴尼的臉上卻找不到憤怒，也看不見苦惱。

「說真的，我當時鬆了一口氣喔。覺得這樣一來……就可以放棄成為七賢人的夢想了。」

莫妮卡頓失言語，巴尼則露出疲憊的表情，有如自言自語似地繼續開口。

「我呢，其實打從老早老早之前，對於要成為七賢人這件事，在內心某處就已經死心了。」

一時之間，莫妮卡實在難以相信自己聽見了什麼。

巴尼總是那麼努力。況且又有天分。論誰都深信不疑，巴尼將來一定會成為一流的魔術師。

「是我，害的嗎？」

莫妮卡語帶沙啞地問，巴尼臉上隨即浮現因自卑而扭曲的嘲笑。

他究竟是在嘲笑駑鈍的莫妮卡，還是嘲笑自己……又或者兩者皆是呢？

「一點也沒錯喔。就是妳害的。全怪妳表演那什麼無詠唱魔術，讓我硬生生目睹壓倒性巨大的天分差距……看到那種表現，難道還能有自嘆不如以外的結果嗎。不可能比得上，不可能趕得上，不就只能這樣想了嗎。」

呵呵兩聲乾笑脫口而出，巴尼轉動眼鏡下的眼珠望向莫妮卡。

「明明如此，妳竟然還天真無邪地對我微笑。竟然還露出那種希望我誇獎妳的表情喔。少開玩笑了，真的是開什麼鬼玩笑。」

無論話語中吐露再多惡意與憎恨，巴尼的語調都已散發不出任何氣勢。

因為他早已放棄。放棄自己夢想中描繪的，成為七賢人的未來。

「妳一直執意要把我稱作朋友，可是呢，我從來就不是想要當妳的朋友。」

對於試圖讓巴尼對自己抱有期待一事，莫妮卡也已經放棄了。

即使如此，連過往和巴尼一起求學的日子都被否定，果然還是很心痛。

巴尼告訴低頭不語的莫妮卡。

「我想要的是和妳成為對等的勁敵。」

莫妮卡眨了眨眼，緩緩抬起頭來仰望巴尼。

巴尼注視著莫妮卡傻里傻氣的表情，回復他以往略帶諷刺的態度，用鼻子哼了一聲。

「也罷，誰叫我那麼優秀呢。遲早我都會以歷代最英明的安柏德伯爵之名揚名天下啦。喔對了，伯爵的爵位呢，代表的是跟妳同等的地位喔，艾瓦雷特魔法伯？」

「咦？咦？啊，呃——嗯。」

巴尼態度的轉變，令莫妮卡一時招架不住，只能語無倫次地點頭。接著，巴尼雙手抱胸，傲慢地笑了起來。

「有朝一日，我保證會成為一個幹練的伯爵，讓妳忍不住想來找我求助。到時候，妳就儘管丟人現眼地來拜託我吧。」

丟下這句跟「給我記住」沒兩樣的台詞，巴尼轉過身去背向莫妮卡，一副已經沒什麼好說的態度起步離去。

莫妮卡與巴尼，肯定再也無法回復為朋友的關係。

即使如此，也不代表他們之間就已經徹底失去所有。就算是一度破碎的友情，絕對還是有別種形式的羈絆能夠從中萌芽。

莫妮卡朝著遠去的巴尼背影低頭一鞠躬，以〈沉默魔女〉的身分開口：

「……由衷感謝你，對本次任務所提供的協助。安柏德伯爵公子，巴尼·瓊斯大人。」

巴尼扭著脖子回頭，向莫妮卡露出一記微笑。

那是從前莫妮卡淚眼汪汪地喊著「巴尼，救命啊」的時候，他總會擺出的「真拿妳沒辦法」的笑容，令人懷念無比的笑容。

「就是這樣，妳這種人，就儘管去一輩子感謝我吧。」

第四章　華麗無比的反派家族

莫妮卡與巴尼分道揚鑣，抵達後院的時候，〈結界魔術師〉路易斯・米萊已經靠在校舍牆壁上，等著莫妮卡到來。

「耽擱得可真久呢，同期閣下。」

「對不起，路上，出了許多事……」

路易斯身上整整齊齊地穿著七賢人的長袍正裝，手裡也緊緊握著長杖。

讓人一眼就認出自己是七賢人，相信有牽制周圍的用意在內吧。

只要知道王國魔術師的頂點——而且還是擅長防禦結界的〈結界魔術師〉在場，就算校園真有入侵者，應該也很難輕舉妄動。

「可是，那個～這樣好嗎……陛下的吩咐，應該是要路易斯先生暗中護衛，沒錯吧？」

正因為不能曝光，路易斯才會悄悄布下防禦結界、贈與第二王子魔導具，以及將冒充為學生的莫妮卡送進校園。

明明是這樣，現在卻這麼正大光明地進入賽蓮蒂亞學園，真的沒關係嗎——這般疑問浮現莫妮卡心頭，而路易斯則用鼻子哼哼了兩聲。

「沒有任何問題。因為我是接受正式邀請，出席參加這場校慶的。」

鐵定還以為是像巴尼那樣，自己向校方提出申請，要求發行邀請函的，可似乎並非如此。

路易斯在七賢人中屬於社交型人物，想必有什麼相關人脈吧。

「比起這個，同期閣下，妳特地把我找來會合，肯定有非當面談不可的問題才是？」

啊，對了，祕密護衛任務已經讓〈深淵咒術師〉知道的事，得趕快告訴他才行！

莫妮卡低頭搓起手指，語調不乾不脆地嘀嘀咕咕起來。

「其實，那個～〈深淵咒術師〉大人他，跑來了賽蓮蒂亞學園，的附近……」

聽到〈深淵咒術師〉的名號，路易斯忍不住「啥？」了一聲，一臉狐疑地皺起眉頭。

「那個〈深淵咒術師〉閣下應該是功力不在妳之下的家裡蹲吧。真虧他出得了門耶？他沒被日光曬成人乾嗎？」

是沒被曬成人乾，但本人的確嚷嚷著自己要融化了，路易斯的吐槽大致上是正確的。

「結果我在進行潛入任務的事，就被他發現了。真、真的很抱歉！」

路易斯雖然眉頭顫了顫，但既沒有高聲斥責莫妮卡，也沒有擺出咄咄逼人的態度。

「所以〈深淵咒術師〉閣下，特地跑到這種地方來的理由是？」

「那個～其實賽蓮蒂亞學園內，好像流入了歐布萊特家的咒具……」

莫妮卡把會奪走內心從容的咒具〈真紅之憤怒〉流入校園的經緯大略說明過後，路易斯伸手按上嘴邊，閉上眼睛沉思了起來。

「這下情況可變得稍微麻煩了點呢。」

「……是的。」

「不過，這倒是個賣歐布萊特家人情的絕佳機會。我們就好好回收咒具，順便請〈深淵咒術師〉閣下出力協助護衛任務吧。」

總而言之，看來是可以少挨路易斯一頓罵，莫妮卡在內心鬆了口氣。

話又說回來，就連在這種狀況下，路易斯都想得到要賣歐布萊特家人情，果真是膽大包天。

回想起琳說的心臟毛髮叢生的事，莫妮卡道出了另外一則聯絡事項。

「然後啊，還有另一件事非得通知路易斯先生不可……」

「比咒具流入校園更棘手的事情嗎？」

「米妮瓦的……拉塞福老師他，到場參加校慶了。」

「唔嘎。」

發言時總不忘裝模作樣的路易斯，嗓音這會兒卻嘶啞得跟肚子被踩扁的青蛙沒兩樣。抽搐的臉龐上浮現出明顯的抗拒神情。

這位有心臟毛髮叢生評價的膽識過人男子，之所以如此動搖是有理由的。

魔術師養成機構米妮瓦的基甸・拉塞福教授，就是路易斯的師父。

「那個臭老頭……師父他，也來了……」

莫妮卡雖然所屬於拉塞福教授的研究室，但畢竟沒有接受實技相關指導，只是盡情做自己想做的研究，所以並不將拉塞福教授尊稱為師父。基本上是做為恩師看待。

可是路易斯就不同了，拉塞福扎扎實實地給他打下了魔法戰的各種基礎，因此他視拉塞福為師父。

苦悶地糾結了好一會兒，路易斯終於下定決心，以做好覺悟的低沉嗓音開口：

「我明白了。我會負責吸引師父的注意力，同期閣下妳就趁那段期間……」

「好的。」

「用無詠唱魔術給那臭老頭致命一擊，送他入土為安吧。」

那眼神是來真的。

「那、那個～……？」

「失禮了，我有點亂了陣腳。」

路易斯緩緩吐一口大氣，擺回往常那從容不迫的表情，接著就像想起什麼似的，將視線投往教職員室的方位。

「這麼一提，瑪克雷崗老師好像也在這所賽蓮蒂亞學園嘛。報告中說他還沒注意到妳真實身分還怎樣的。」

「是、是的。」

在賽蓮蒂亞學園任教基礎魔術學的瑪克雷崗教師，是米妮瓦出身的教師。莫妮卡在就讀米妮瓦時也曾受過他的關照。

只不過他視力不佳，目前似乎還未察覺到〈沉默魔女〉莫妮卡・艾瓦雷特的存在。

「天大的好機會。師父與瑪克雷崗老師是老交情了……兩個臭老頭待在同個空間，就會閒話家常泡茶泡到天荒地老，這是世間永恆不變的真理。就設法把他們兩人引到一塊兒吧。」

語畢，路易斯雙手按在莫妮卡纖瘦的肩膀上。

臉上露出的是他一如往常的笑容。雖然的確是笑容，但雙眼布上了幾道血絲。

「就是這麼回事，在我吸引師父注意力的期間……在我的忍耐力耗盡之前，就請同期閣下妳十萬火急地回收咒具吧。」

「……好、好的。」

萬一路易斯的忍耐力耗盡會如何——有預感答案會十分可怕，莫妮卡決定不要問出口。

＊　＊　＊

根據〈深淵咒術師〉雷．歐布萊特的說明，咒具〈真紅之憤怒〉似乎是賣到了賽蓮蒂亞學園相關人士的手上。

這裡有一個重點，那就是提起的並非在賽蓮蒂亞學園就讀的學生的家名，而是賽蓮蒂亞學園本身的名字。

換言之，購入者極有可能並非以個人身分購買，而是應校慶之需求，用某個部門或社團的名義所買下的。

如果限定在需要這類裝飾品的部門與社團，對象就可以縮減到非常小的範圍。

莫妮卡身為學生會會計，對於校慶相關的購入品項與金額全部都實際審核過，因此心裡已經大概有個底。

（可能性最高的，大概……是舞台用服裝。）

再經過大約一小時，戶外舞台的演劇就要開始了。華麗氣派的演劇是校慶的重頭戲。服裝似乎也是經過精心準備的。

問題在於該怎麼確認服裝。然後萬一找到咒具，又該怎麼將咒具與複製品掉包。

（總而言之……先趕快到服裝儲藏室去吧。再不快點人家就要準備更衣了。）

莫妮卡開始快步移動，結果碰巧看到剛轉過走廊轉角，正朝自己這裡走來的同班女同學——拉娜的身影。

今天也在精心設計的髮型上配戴可愛髮飾的拉娜，一注意到莫妮卡，立刻揮著手跑到面前來。

「莫妮卡，總算找到妳了！……哎呀，妳那是……」

看到莫妮卡別在胸口的白薔薇花飾，拉娜耐人尋味地瞇細了眼睛。

「喔～嗯哼～原來如此啊～」

「嗯……？怎麼了嗎？」

莫妮卡一臉不解地問道，拉娜伸手按上嘴邊，滿心歡喜地發出呵呵的笑聲。

「舞會時我會拿出渾身解數幫妳打扮得可愛動人，儘管放心期待吧。」

搞不太清楚狀況，莫妮卡只得曖昧地點頭。無意間，莫妮卡突然想到——

戶外舞台的服裝相關事宜，拉娜也有參與。搞不好她還記得有哪些飾品。

「拉娜！」

莫妮卡忍不住探出身子開口大喊，嚇得拉娜頓時瞪大雙眼。

「幹、幹嘛啦，突然叫這麼大聲……」

「我問妳喔，今天的舞台服裝……有沒有鑲著紅寶石的，首飾？有黑色裝飾框的……」

只這樣形容有辦法讓她聽懂嗎，莫妮卡內心忐忑不安，結果拉娜乾脆地點了頭。

「王妃愛梅莉亞的首飾嘛。那個首飾怎麼了嗎？」

真不愧是拉娜。對於服飾品的記憶力過人。

（咒具，被拿來當作愛梅莉亞的首飾……）

舞台還沒開演，想要掉包的話，就只有現在了。

「拉娜，演員已經開始，換衣服打扮，了嗎？」

「早就都換完嘍。」

「咦咦！不、不是還有一小時嗎？」

面對震驚無比的莫妮卡，拉娜露出傻眼的視線。

「是只剩一小時了好嗎？當然必須換好啊。畢竟可不是衣服穿在身上就了事，還得化妝跟設計髮型喔？尤其王妃這麼重量級的角色，需要花的時間當然就更久了。」

莫妮卡是個不花時間打扮的女孩，所以疏忽了。

貴族千金單是平時打扮就已經很花時間，更別提是要盛裝上台演戲了。

（演王妃的同學已經把咒具戴在身上了……不趕快回收的話！）

「嗳，莫妮卡。父親大人的馬車差不多就要到了，我打算去迎接，莫妮卡要不要一起去？我想把妳介紹給父親大人。」

拉娜說自己在找莫妮卡，似乎就是為了這個。

可是，莫妮卡現在有回收咒具這個重要任務在身。

「呃——對不起，我現在，實在有點事情必須處裡……」

「學生會的工作嗎？演劇開演前處理得完嗎？」

到時一起看演劇嘛～拉娜這麼說，莫妮卡輕輕地點頭。

「……嗯。我會處理完。」

就好像要告訴自己似的，莫妮卡低語回應，並悄悄握緊戴著手套的拳頭。

負責監修服裝的拉娜有多麼期待這場演劇，莫妮卡最清楚。

（我絕對不會，讓這場演劇泡湯。）

在演劇開演前，絕對要完成咒具的回收，讓舞台順利開幕。

那就是，七賢人之一——〈沉默魔女〉莫妮卡・艾瓦雷特的使命。

……雖然莫妮卡在心中向自己發下這般豪語，並一路來到舞台休息室，但最後卻在敲門前火速遭遇挫折。

（咒具的所在地是知道了，但要怎麼掉包才好呀？拜託人家讓我看一下嗎？可是我又不是舞台相關人員，突然冒出這種要求肯定會引起人家戒心……歸根究柢，我跟演王妃的人甚至沒見過面，該怎樣才能……）

莫妮卡回收咒具的期間，尼洛與琳都在護衛菲利克斯，所以不能拜託他們幫忙。而路易斯正在負責拖住拉塞福。

所以，這件事非得由莫妮卡一個人設法處理不可。

就在莫妮卡苦惱不已時，任務協助者伊莎貝爾的發言突然復甦在腦內。

『這次我會以搭檔的身分！給予姊姊各種完美的支援，請放心交給我吧！』

想要向伊莎貝爾求助時，暗號是伸手摸左邊的耳朵。

可是，莫妮卡伸出右手，用力揪住了無意識伸往耳邊的左手。

（不行。與咒具相關的事是歐布萊特家的祕密，不可以透露給伊莎貝爾大人。）

要向伊莎貝爾求助，只能在護衛第二王子的過程中遭遇身分穿幫相關危機的時候。除此之外的事都不應該向她開口。

（怎麼辦……）

莫妮卡焦急得冷汗直流。

無詠唱魔術施展者莫妮卡，雖然能夠不發一語就把巨龍擊落，但一旦面臨交涉與協商，就會當場變成一個無力的少女。

換作從前的莫妮卡，被人開口要求回收咒具，恐怕也只會哭喊著辦不到，逃之夭夭吧。

不過現在的莫妮卡，已經能在內心鼓舞自己，告訴自己一定要振作，獨力回收這麼危險的咒具。

話雖如此，卻也難以踏入下一階段。腦袋知道該想辦法，可是解決手段就是浮現不出來。

就在腦海裡「怎麼辦」三個字不停打轉的過程中，時間一分一秒地經過。再這樣下去，演劇馬上就要開演了。

（怎麼辦，怎麼辦，怎麼辦……）

呆立原地的莫妮卡背後，響起了高跟鞋止步的腳步聲，以及唰啦一聲打開某種物品的音色。

這種音色莫妮卡認得出來。那是俐落地打開扇子時，會發出的聲音。

「喔——呵！呵！呵！」

那洋溢自信與從容的笑聲，令莫妮卡猛力回過身來。

攤開扇子站在眼前微笑的，是自稱反派千金伊莎貝爾・諾頓。

「伊莎貝爾，大人……」

莫妮卡小聲喚著她的名字，伊莎貝爾隨即將她橘色的捲髮向上一撥，以非常有反派千金風格的傲慢態度放話。

「受不了，妳在這種地方拖拖拉拉個什麼勁呀？妳的工作應該是幫我提行李吧？杵著幹嘛，還不快點跟上來！」

語畢，伊莎貝爾回過身去，並在轉身的前一刻，向莫妮卡小小眨了眨眼。

看在旁人眼裡，想必只像是壞心眼大小姐在使喚個性柔弱的少女吧。

然而在莫妮卡眼裡，率先在前方引路的伊莎貝爾，那嬌小的背影卻顯得無比可靠。

移動到一般來客禁止進入的封鎖走廊後，伊莎貝爾收起壞心眼的笑容，端莊地向莫妮卡低頭賠罪。

「實在很抱歉這麼自作主張，姊姊。只是……因為姊姊看起來似乎很傷腦筋。」

伊莎貝爾一定是看見了。看見莫妮卡收回原本幾乎舉起的左手，用右手揪住的場面。

並且了解到莫妮卡正糾結著該不該向自己求救，因此主動上前開口。

「見到有獵物在眼前示弱，反派千金可是絕對不會放過的喔。」

向自己口中示弱的獵物默默伸出援手的，正是這位可靠的反派千金。

「伊莎貝爾大人，我……那個……」

莫妮卡猶豫著該不該道出實情，但伊莎貝爾立刻擺出用不著更多言語的態度搖了搖頭。

「無法說明詳情的話，就不必說明也無妨。有沒有什麼事，是我們能提供協助的呢，姊姊？無論是多麼微不足道的煩惱，多麼難以克服的挑戰……我們都希望能夠助妳一臂之力。」

自己怎麼會如此幸福呢——莫妮卡不禁心想。

煩惱不已的時候，止步不前動彈不得的時候，每每都有人自然而然地伸出援手。那是多麼令人感激的事。

像這樣接收到的好意，感受到的溫柔，將來不論發生什麼事，都一定要銘記在心——如此在內心發誓的同時，莫妮卡緩緩開了口：

「雖然沒辦法說明詳情……但王妃愛梅莉亞這個角色的首飾是個危險物品，我希望能偷偷和這個複製品掉包。」

莫妮卡從口袋裡拿出首飾造型的咒具複製品，伊莎貝爾隨即一本正經地望著首飾打量。

「原來如此，我明白了……艾卡莎！」

聽到伊莎貝爾呼喚，正在周圍把風，避免談話內容走漏的侍女艾卡莎立刻出聲回應。

「在，大小姐。」

「把我房間的紅寶石首飾拿過來。安梅爾出品的，周圍裝飾了很多小鑽石的那個。」

快速向艾卡莎下達指令後，伊莎貝爾再度望著莫妮卡露出微笑。

那是既堅強，又格外可愛的笑容。

「姊姊，請放心包在我身上！這裡就讓我用反派千金的作風華麗地解決！」

＊＊＊

距離戶外舞台開演，只剩下不到一小時的時間。

更衣完畢的演員們，都集合在同一間大休息室內，等待開幕時刻的到來。

飾演王妃愛梅莉亞的廉布魯格公爵千金艾莉安奴．凱悅，正坐在大房間角落的梳妝台前，茫然地望著自己映照在鏡中的臉龐。

在鏡中以藍灰色瞳孔望著自己的，是一位頂著蓬鬆小麥色秀髮的楚楚可憐少女。

身上穿戴的演劇用禮服，並不是用裙撐架得寬鬆的類型，而是像長袍般自然地下垂，讓裙擺如花瓣般綻開的設計。

雖然是一件美不勝收的禮服，但其實更適合穿在高個子且更有成熟韻味的女性身上，這點艾莉安奴心知肚明。

就好比一頭豔麗金髮的貌美千金布莉吉特・葛萊安，又或是充滿神祕美感的黑髮千金克勞蒂亞・艾仕利。

艾莉安奴本身與布莉吉特、克勞蒂亞齊名，都是賽蓮蒂亞學園的校園三大美女。

然而相較於那兩人，自己就是比較孩子氣，魅力比不上人家。這點一直令艾莉安奴心存芥蒂。

艾莉安奴是高中部一年級，克勞蒂亞是二年級，布莉吉特則是三年級。年齡本來就比較小，因此要說當然，的確是理所當然。

話雖如此，布莉吉特也好，克勞蒂亞也好，她們倆都是打從還在念中學部的時候起，就已經散發出無與倫比，教人難以望其項背的存在感。

布莉吉特是外交官的女兒，語學造詣超群。既是社交界的寵兒，也被學生會提拔為書記。

克勞蒂亞是〈識者家系〉的正統末裔，頭腦靈活聰穎，去年還擔任棋藝大會的代表選手。

而艾莉安奴雖然也從小就接受音樂與魔術相關教養，卻沒有半項突出的特長。

除了容貌楚楚動人，惹人憐愛之外，艾莉安奴可謂平凡至極。這樣的自己之所以能被列為校園三大美女，就只是因為身為第二王子的從表妹，帶有一點王家遠親的血統罷了。

（王妃愛梅莉亞這麼重量級的角色，比起我這種小姑娘，讓布莉吉特・葛萊安或克勞蒂亞・艾仕利來演更合適得多，這裡的人一定都這麼想。）

今天舞台要上演的，是利迪爾王國的建國國王——英雄拉爾夫的故事。艾莉安奴飾演的，就是一直從旁支持拉爾夫的王妃愛梅莉亞。

王妃愛梅莉亞在劇中的形象，不但堅強又賢明，最重要的是自信洋溢，英姿凜然。

然而鏡中的少女，無論化了多濃豔的妝，硬穿與自己格格不入的成熟禮服，都與王妃愛梅莉亞相去甚遠。這項事實艾莉安奴自己也早就體會到不想再體會。

是心情凝重的緣故嗎，總覺得王冠與首飾也沉重莫名。

無論滿是雕金的奢侈王冠，還是有著漆黑裝飾框的美麗首飾，都愈看愈感覺與自己不搭調，內心也跟著焦慮起來。

（唉～討厭，討厭。真教人不痛快。要是至少殿下願意出演拉爾夫該有多好……）

問起該由誰扮演主角拉爾夫時，所有人都會異口同聲給出一樣的答案——第二王子菲利克斯・亞克・利迪爾。

艾莉安奴也非常希望菲利克斯願意接下拉爾夫這個角色。

偏偏菲利克斯卻以學生會公務繁忙為由，輕描淡寫地回絕了。即使艾莉安奴再怎麼撒嬌拜託，菲利克斯都沒有點頭。

（既然由我演王妃，國王當然該由殿下出演不是嗎。再怎麼說，和殿下最相配的就是我啊。）

不知怎地頭痛起來，就好像腦袋被人緩緩壓迫似的。比平時更狹窄的視野內，所見光景也隨著頭痛一閃一閃地泛起紅光。

一定是緊張與焦慮，搞得精神太緊繃害的。

賽蓮蒂亞學園 1年級
艾莉安奴・凱悅

（唉唷～討厭、討厭，怎麼凡事總是不如意嘛。）

視野角落瞥見扮演拉爾夫的男同學身影。為什麼不是菲利克斯呀。

（真教人不痛快，真教人不痛快，啊啊～實在太不痛快了……）

就在艾莉安奴無意識地緊握擺在膝上的拳頭時，入口忽然傳來一陣嗓音。

「喔——呵呵呵！各位午安！」

精湛程度遠在凡庸演技之上的響亮高笑，令艾莉安奴忍不住轉過身去，與其他演員同樣睜大雙眼，看往傳出笑聲的方向。

站在門口的，是有著一頭橙色捲髮的少女——柯貝可伯爵千金伊莎貝爾．諾頓。艾莉安奴與她同班，所以一眼就認了出來。

伊莎貝爾的背後，跟了一位動作唯唯諾諾，有著一頭淺褐色頭髮的嬌小少女。

（記得她應該是學生會幹部……想起來了，是當會計的莫妮卡．諾頓。）

聽說這個不起眼的鄉巴佬姑娘，雖然在諾頓家就像條過街老鼠，卻因為有計算天分，而被學生會提拔為會計。

對艾莉安奴而言，伊莎貝爾與莫妮卡都不是相處起來有多愉快的對象。

伊莎貝爾的父親——柯貝可伯爵在利迪爾王國東部是屈指可數的大貴族，旗下兵力雄厚，討伐龍族時受其關照的貴族不勝枚舉。艾莉安奴的父親廉布魯格公爵也不例外。柯貝可與廉布魯格在地理上雖未鄰接，領地間的距離仍十分相近。

換句話說，就艾莉安奴的立場，東部大貴族千金伊莎貝爾．諾頓，明明只是伯爵家的大小姐，行事卻比自己更招搖，偏偏又不能對她表現得太過苛薄，是個名副其實的燙手山芋。

至於莫妮卡・諾頓就更別提了，區區平民出身的鄉巴佬，卻不知天高地厚接任學生會幹部，享受每天與菲利克斯碰面的特權。沒有看了會順眼的道理。

將這些想法藏進心頭，艾莉安奴起身朝伊莎貝爾開口：

「午安，伊莎貝爾大人。我記得妳應該不是舞台部門吧，請問是有事要找誰嗎？」

艾莉安奴擺出一臉端莊的笑容問道，伊莎貝爾隨即一本正經地回答：

「聽說後臺這會兒忙得凶，我來看看有沒有什麼可以幫忙的。若有任何地方人手不足，請儘管開口別顧忌。畢竟，我們家可是有位閒著混飯吃的僕役呢。」

絲毫不掩飾最後那句話裡的惡意，伊莎貝爾朝身後的莫妮卡瞥了一眼。

想必伊莎貝爾是看到莫妮卡這個自家掃把星，竟然有膽悠哉地享受校慶，滿肚子不是滋味，所以打算塞些雜務給她，再高聲嘲笑洩憤吧。

（哎呀哎呀真是的，挺令人欣賞的興趣嘛。）

要按照伊莎貝爾的要求，塞一些雜務給莫妮卡當然是不成問題，可是這樣做恐怕會破壞艾莉安奴的形象。

這裡的最佳解答，應該還是以不激怒伊莎貝爾的態度委婉拒絕，再表現出同情莫妮卡的態度吧。相信如此一來，周遭的人都會擅自認定艾莉安奴是位心地善良的大小姐。

「伊莎貝爾大人，勞煩妳這麼費心，不過後臺還沒忙到需要人手的程度，所以……」

就在艾莉安奴如此答覆的瞬間，開著換氣的窗口突然颳進了一陣強風。

艾莉安奴的頭髮被颳得搖曳不停，連帶扯住了首飾的裝飾。

反射性抓起頭髮一抽，首飾的鏈條便噗滋一聲當場斷裂。鑲著紅寶石的首飾就這麼應聲摔落地面。

其實吹進窗口的風，以及切斷鍊條的風刃都是伊莎貝爾身後的少女未經詠唱發動的魔術，不過艾莉安奴對此自然是無從得知。

「呀啊，討厭，首飾怎麼……」

艾莉安奴正打算彎腰，伊莎貝爾已經搶先一步俐落地拾起了首飾。

緊接著，伊莎貝爾兩道細眉向眉心皺起，故作誇張地喚道：

「哎呀，不好！首飾摔壞了！怎麼偏偏挑在這個節骨眼，舞台馬上就要開演了呀！」

首飾被伊莎貝爾包在手裡，看不見鍊條的實際損害情形。

但可以看到伊莎貝爾低頭望著首飾，一臉嚴肅地咕噥：「這短時間只怕是修不好了……」

「怎麼會，這樣很傷腦筋啊。堂堂王妃愛梅莉亞，豈能連個首飾都沒戴就上台……」

艾莉安奴急到嗓音都粗了起來，伊莎貝爾立刻露出一臉安撫人心的溫柔笑容，摘下自己頸子上的首飾遞向艾莉安奴。

「既然如此，先拿我的首飾代用如何？這是以雕金工藝聞名的安梅爾出品，品質可以掛保證。」

伊莎貝爾所遞出的首飾，在精緻的雕工底座上鑲著大顆的紅寶石，周圍更裝飾了大量小顆的鑽石，十分美麗。

「我覺得這只首飾，比較配得上艾莉安奴大人。」

如此主張的伊莎貝爾，順手將首飾舉到安利安奴的頸子前反覆比對。

鍊條在金色中帶了一點粉紅，與艾莉安奴的膚色十分相襯。

（或許真的不錯……）

面對心生動搖的艾莉安奴，伊莎貝爾再度低頭望向掌中損壞的首飾補充：

「況且妳看嘛，原本這個首飾實在稍嫌……孩子氣了點不是嗎？」

孩子氣——那向來是艾莉安奴最感到糾結的地方。

被結結實實地踩住痛腳，艾莉安奴立刻點頭同意。

「是、是啊，說得沒錯，或許真是這樣呢……那這款首飾，可以麻煩借用一下嗎？」

「當然了，請用。能幫上忙是我的榮幸！」

笑容可掬的伊莎貝爾，就像無意間想起什麼似的，轉頭望向莫妮卡，壞心眼地扭起其中一邊嘴角。

「儘管開心吧，有工作交給妳了。」

「咦，呃，那個……」

突然遭人搭話，莫妮卡答得支支吾吾，伊莎貝爾則是一把將首飾握到莫妮卡的手中。

「去給我把這個首飾修好。在把它恢復原狀之前，可別讓我看到妳跑到校慶或舞會上摸魚啊……聽懂沒？」

就在把壞掉的首飾塞進莫妮卡掌心的瞬間，伊莎貝爾從只有莫妮卡看得見的角度眨眼使了記眼色。

莫妮卡手忙腳亂地抖著嘴唇。

（伊莎貝爾大人，好厲害……！）

原本莫妮卡還傷透腦筋，不曉得該怎麼回收首飾才好，伊莎貝爾卻只是上演一齣反派千金霸凌劇，就把首飾自自然然地交到了莫妮卡手上。

眼見伊莎貝爾轉眼間想出如此機智的作戰，莫妮卡在感動的同時，也趕緊低頭避免臉上的表情曝光，就這麼以奉命行事的態度收下了首飾。
「我、我這就，去把首飾，修好。」
在內心不出聲地向伊莎貝爾道過謝，莫妮卡離開休息室，開始朝校舍外移動。
（接下來，只需要將這個交給〈深淵咒術師〉大人，再把首飾的複製品還給服裝班，問題就解決了！）
這時候，由於咒具實在回收得太過順利，導致莫妮卡掉以輕心，犯下了一項失誤。
「喂，那邊的小姑娘。方便打攪一下嗎？」
……那就是忘了自己必須隨時保持警戒，以免撞見絕對不能撞見的人——恩師基甸・拉塞福。

＊＊＊

〈結界魔術師〉路易斯・米萊在後院與莫妮卡分頭之後，便開始尋找自己的師父基甸・拉塞福。
拉塞福穿著魔術師長袍，應該比較醒目好找——原本還抱著這種想法，可賽蓮蒂亞學園的規模畢竟不同凡響，結果四處撲空。
也不是沒想過動員自己的契約精靈一起尋找拉塞福，可本該護衛王子的莫妮卡目前在回收咒具無法行動，因此不能把琳調離第二王子身邊。
快步走著走著，路易斯開始思考師父會有的行動模式。
（師父八成會把跟魔術有關的展覽內容都大致參觀一遍，然後找個人少的地方盡情抽菸，最後再跑去教職員室找瑪克雷崗老師敘舊。）

如此分析之下，一路來到最大間的展示室，卻依然沒見到拉塞福的身影。

路易斯這才回想起在接待處收到的卡片，趕緊從口袋中掏出來確認。

卡片上記載了魔法史研究社的展覽地點，看來似乎是因為研究資料過多，特地找了間不同的房間進行展示。

在「該不會……」的念頭驅使下，路易斯按照小卡的地圖指示，抵達魔法史研究社的研究室。結果，一位正好走出研究室的白髮老人隨即映入眼簾。毫無疑問，那是路易斯的師父——〈紫煙魔術師〉基甸．拉塞福。

「哎呀～你們的研究真的很有意思呢。到時召開教授會議，我再提議看看能不能找個機會，讓米妮瓦跟賽蓮蒂亞學園合作，共同發表研究吧。」

「咕呼，那真是太榮幸了。咕呼呼。」

在不停咕呼咕呼傻笑的胖胖男同學目送之下，拉塞福踏上走廊離去。

路易斯與拉塞福之間的距離，以想要叫住對方而言，是稍嫌遠了些。

快步接近並準備開口喚住拉塞福的路易斯，發現拉塞福前方出現莫妮卡的身影，臉頰不由得當場抽搐起來。

可能是已經順利回收了咒具，莫妮卡看起來正打算往校舍外移動。瞧那身動作，只怕並沒有發現朝自己接近中的拉塞福。

這一瞬間，路易斯腦內浮現的是「朝師父後腦來記飛踢，把一切記憶都踢個曖昧模糊」的方案。真不愧是我，完美無缺的解決法。

可能的話非常想立刻付諸實行，可惜七賢人在賽蓮蒂亞學園引發暴力事件，再怎樣都太難以收拾了。到頭來，路易斯只能在起步跑上走廊的同時，祈禱拉塞福別發現眼前的人是莫妮卡。

「喂，那邊的小姑娘。方便打攪一下嗎？」

背後傳來的嗓音，令胸前抱著咒具首飾的莫妮卡頓時僵在原地。

這道熟悉到不能再熟悉的嗓音，莫妮卡尚在米妮瓦就讀時，早已聽聞過無數遍。

（拉、拉塞福老師——！）

看來是路易斯還沒找到並拖住拉塞福，自己就先不慎巧遇了。

不妙，這下非常之不妙。

莫妮卡反射性地摸了摸左耳。可是，伊莎貝爾還待在演員休息室。沒辦法立刻展開行動。

（加、加速逃離現場？可如果是拉塞福老師，一看到我跑步的姿勢，一定馬上就會認出來……！）

身為絕望級運動白痴的莫妮卡，那歪七扭八的跑步姿勢曾被拉塞福給出「就算站得遠遠的，都能一眼就認出是妳啊」這樣的評語。

「請問教職員室該往哪邊……」

拉塞福話還沒問完，便出現一隻手從旁揪住莫妮卡的手臂。手的主人是一位嬌小的少年。

「也太慢了吧！敢讓本少爺等這麼久，妳膽子可真大！」

少年扯著尖銳的嗓音喝斥莫妮卡。

莫妮卡瞪大了眼睛，望著怒斥自己的人物。

那是位衣著得體，一看就覺得家境不錯的黑髮少年。年齡大概是十一、二歲。少年正雙眼上吊，滿臉氣呼呼地朝莫妮卡狠瞪。

（……咦、咦，誰？）

雖然試著在記憶中尋覓，但果然還是沒有對這位少年的印象。

歸根究柢，莫妮卡並未結識多少這種年紀的對象，若真的認識對方，根本不可能會遺忘。

眼見莫妮卡狼狽起來，少年開始一拖一拖地扯起莫妮卡的手臂，起步朝校舍外走去。

「不是說好要幫我介紹中學部的嗎！還不快點！母親大人也在等妳喔！」

「咦，呃——好、好的……」

在少年拉扯下慌忙離開現場時，莫妮卡聽見背後傳來路易斯喚住拉塞福的「師父！好久不見了！」嗓音。看來是在千鈞一髮之際趕上了。

（得、得救了，不過……）

連鬆一口氣的時間都沒有，莫妮卡望向扯著自己手臂的少年。

（這孩子，是誰啊啊啊？）

＊＊＊

被來路不明的黑髮少年扯著手臂，離開高中部校舍的莫妮卡，一路被帶到了中學部附近某個四下無人的庭園。

揪著莫妮卡手臂的少年左顧右盼地環顧四周，並在發現前方的人影後，綻放一臉可掬的笑容。

「母親大人！」

少年起步跑向的，是一位手持陽傘佇立庭園的貴婦人。年齡大約即將邁入四十吧。一頭橙髮高雅地紮在一塊兒，胭脂色的禮服與苗條的身段十分搭調。

「那、那個～呃——……」

莫妮卡支支吾吾地開口搭話，貴婦人隨即微笑起來。

那副在高雅中帶有些許調皮感的可愛笑容，令莫妮卡感到似曾相識。

「初次見面妳好。〈沉默魔女〉莫妮卡‧艾瓦雷特大人。我是柯貝可伯爵亞茲爾‧諾頓的妻子——西維爾‧諾頓。」

「我是伯爵之子亨利‧諾頓。今後還請多多指教。〈沉默魔女〉大人！」

一路拉扯莫妮卡手臂的黑髮少年收起了氣焰囂張的表情，以年幼的肢體姿勢優美地行禮。

莫妮卡不由得像隻金魚似的，嘴巴開合不停。

「那豈不就，呃——難道說，兩位是伊莎貝爾大人的……」

「母親是也。」

「弟弟是也！」

原來如此，伊莎貝爾之所以把諾頓家安排在中學部，肯定就是因為有弟弟亨利少年在吧。莫妮卡暗自領會。

只要說弟弟正在考慮是否要進入賽蓮蒂亞學園就讀，諾頓家的相關人士出現在中學部就絲毫不顯突兀了。

而當事人亨利少年正雙眼閃閃發光不已。這表情簡直跟姊姊像同個模子印出來的。

「那個，那個，〈沉默魔女〉大人……請問我可以稱呼妳為莫妮卡姊姊嗎！」

聽見這句台詞，不禁令人回想起與伊莎貝爾初次碰面時的光景。

莫妮卡表情僵硬地點頭，亨利的臉頰立刻染成薔薇色，露出發自心底開心的笑容。

「我一直，很想和莫妮卡姊姊見一面！每次收到伊莎貝爾姊寄回家報告近況的信，我都好羨慕好羨慕……！為了能夠在今天校慶時幫上莫妮卡姊姊的忙，呃～是叫做反派少爺？我一直很努力練習反派少爺的演技喔！」

為什麼是把精力花在這種地方呢——莫妮卡忍不住心想。

說到底，就連伊莎貝爾是否真有必要當個反派千金，莫妮卡內心都極度存疑。

八成是路易斯跟人家鼓吹過什麼「說起怎樣的定位能夠讓〈沉默魔女〉閣下在貴族子女中表現得最為自然，果然還是被人欺負的角色最好，哈哈哈！」之類的吧。

同期那邪惡的笑容正浮現在面前，亨利又雙眼滿是期待地抬頭望向眼神空洞的莫妮卡。

「莫妮卡姊姊。我演反派演得恰當嗎？」

亨利的演技與其說是反派，更像個普通的傲慢男孩。只不過，要向眼神中洋溢著期待，雙眼閃閃發光不停的少年道出殘酷的事實，也教人於心不忍。

莫妮卡慎重地挑選再挑選，才以篩選過的用詞開口回應。

「呃——那個，方才承蒙你及時搭救，實在幫了我一個大忙……」

「能為妳效力是我的光榮，莫妮卡姊姊！」

答得滿心歡喜的亨利身後，西維爾夫人開口輕輕斥責了兒子幾句。

「好了，亨利。〈沉默魔女〉大人還有任務在身，不可以繼續糾纏人家嘍。」

「是，母親大人。」

待亨利一退下，西維爾夫人便再度轉身面向莫妮卡。

「〈沉默魔女〉大人，若遇到什麼困難，還請隨時向我們開口。膽敢擋在妳去路上的絆腳石，我反派夫人保證為妳一一將他們玩弄在手掌心。」

說著說著，西維爾夫人稍稍傾斜了陽傘。陽傘在臉上蓋出的陰影，令笑容增添了幾分魄力。

就如同伊莎貝爾使用扇子的方式都是經過計算一般，這位自稱反派夫人也計算過陽傘的角度。母女倆都是傑出的演員。

為什麼這家人會對扮演反派抱有這麼難以理解的講究呢——內心湧現這般疑惑的莫妮卡語調生硬地道謝後，便轉身自現場離去。

＊＊＊

在可靠過頭的反派母子目送之下，莫妮卡離開庭園，來到了校園外。

一出校園不久，馬上便找到〈深淵咒術師〉雷·歐布萊特的身影。

比起今早碰面時的地點，他與校園稍稍拉近了一點距離，只見他現在正念念有詞地向長在樹根的香菇說話。

「啊啊，香菇真好啊，多麼強韌的生命力……太教人嫉妒了……好嫉妒……」

眼見他終於走火入魔，連香菇都開始成為嫉妒的對象，莫妮卡只得放低音量從背後開口。

「那個～〈深淵咒術師〉大人。」

聽到莫妮卡的聲音，雷頓時身體為之一顫，以蒼白的手指遮臉朝莫妮卡回過身來。

然後就這麼以好似要哭出來一般的嗓音不停端出理由辯解。

「等一等，不是，不是的。我知道把回收咒具的任務全扔在〈沉默魔女〉頭上太說不過去，所以也用自己的方式思考過要怎麼潛入校園……」

雷抽搐著喉嚨，露出一臉陰森的微笑。

從他蒼白的指縫間，可以看到粉紅色的瞳孔正在閃爍不停。

「結果，我就想到了……只要對賽蓮蒂亞學園下咒，詛咒校園長滿香菇就行了。如果校園裡香菇叢生，就算是我也可以滿懷自信，正大光明地走在裡頭……所以說，我這就努力詛咒賽蓮蒂亞學園，請給我一點時間……」

為了回收咒具而要詛咒整間校園，本末倒置也該有個限度。

莫妮卡慌忙制止開始詠唱的雷。

「那個，那個，我，已經把，咒具回收了～！」

莫妮卡拿出收在口袋內的咒具〈真紅之憤怒〉，向雷遞了出去。

雷顯得感動萬分，粉紅色的雙眼睜得老大，蒼白的嘴唇顫抖不已地開口：

「謝、謝謝妳，太感謝妳了……我得救了……！」

雷以纖細的手指拾起首飾，開始以驚人的速度詠唱。雖然與魔術的詠唱相似，但只要是學過魔術的人，相信馬上會發現兩者截然不同。咒術與魔術是完全不一樣的東西。

詠唱結束後，雷指頭上的紫色咒印立刻延伸過指尖，在空中滑溜地蔓延，就有如高速成長的樹根。

在屏氣凝神的莫妮卡面前，紫色咒印開始覆蓋在〈真紅之憤怒〉上，不一會兒便將鮮紅色寶石包覆其中。

剎那間，原本細枝般的咒印瞬時膨脹好幾倍，那光景就彷彿一條蛇張嘴吞下巨大的青蛙。雷的咒印就這麼吞噬了被封印在咒具中的詛咒。

「詛咒回收，完畢……」

當雷的手指從咒具上離開後，直到方才都鮮紅如血的寶石，已經變成黯淡無光的紅褐色。

莫妮卡雖然對咒術了解不深，但可以想像雷應該是透過咒印，將寄宿在寶石中的詛咒吸收，轉化到自己的體內。

這個已經在體內宿有超過兩百道詛咒的男人，即使吸收了〈真紅之憤怒〉，也像是家常便飯一般不痛不癢。

他就只是一如往常，擺出有如隨時要撒手人寰的表情，活力充沛地抱怨：「啊啊～太好了，總算能回去了……累死了……」

「那個～〈深淵咒術師〉大人，請問你要直接回去了嗎？」

「是啊，畢竟咒具也回收了，再繼續留在靠近那個閃亮亮空間的地方我會融化的……死因：閃亮致死……多、多麼有咒術師風格的死法……我會留名青史被後人津津樂道的……」

聽雷道出如此嶄新的死因，莫妮卡一時之間語塞，不知該如何反應。

然後在幾經糾結之末，下定決心用力開口：

「那個，〈深淵咒術師〉大人！」

突如其來的高分貝叫喚，嚇得雷肩膀差點沒跳起來。

莫妮卡帶著有點向前探出身子的姿勢，繼續接話說明：

「校慶的展覽，很精彩的。魔法史研究社的發表內容十分出色……啊，裡面也有提及〈深淵咒術師〉大人的歐布萊特家喔！然後，戶外舞台的演劇也非常隆重，我的朋友還負責監督服裝……呃——還有很多好吃好喝的東西……所以……」

莫妮卡一度深呼吸換氣，握緊拳頭擠出嗓音：

「如果校慶，也能讓〈深淵咒術師〉大人……稍微有點樂在其中的感覺，我會，很開心……」

雷說自己和賽蓮蒂亞學園註定無法相容。

說實話，在剛來到賽蓮蒂亞學園時，莫妮卡也有類似的想法。自己待在這種校園絕對顯得格格不入，好想回家之類的。

然而，在賽蓮蒂亞學園生活一段時間，又與大家一起準備校慶，讓莫妮卡內心逐漸湧現一道欲望。

那就是，希望這場校慶可以讓更多的人都樂在其中。

「對、對不起突然說這種奇怪的事……恕、恕、恕我先告遲了！」

莫妮卡向雷彎腰一鞠躬，轉身離開了現場。接下來必須得趕快返回校園，繼續執行護衛菲利克斯的任務才行。

然後絕對要以賽蓮蒂亞學園一員的身分，讓這場校慶成功落幕。

雷帶著一臉茫然的表情，目送著莫妮卡以歪七扭八的跑步姿勢遠去。

總算，在莫妮卡的背影自視野內消失後，雷才轉身背向賽蓮蒂亞學園邁出步伐，並在走了幾步之後停下，一瞥一瞥地回頭瞄向身後。

再走幾步又停下腳步，再走幾步又停下腳步。

就這麼反覆到第十次左右，雷重新把長袍的兜帽披得深蓋過眼，沿著不會曬到陽光的陰影處，開始朝賽蓮蒂亞學園走去。

＊　＊　＊

「哎呀～還真是好久不見了拉塞福師父！會在這種地方碰面可真湊巧啊！」

表情也好，語調也好，路易斯竭盡所能地擺出十二萬分親切的態度開口搭話。拉塞福見狀，皺了皺濃密的眉毛，露出滿是狐疑的眼神。

「臭小子……你在打什麼鬼主意？」

「面對久違重逢的弟子，這開口第一句話不會辛辣過頭了些？」

拉塞福手持菸斗清了清喉嚨。老當益壯的他，連這種向他人施壓的態度，都顯得上相無比。

「還不就怪你自己是第一王子派？竟然跑到這所第二王子當學生會長的學校來……我是覺得不大可能，但你該不會打算暗殺第二王子吧？」

雖然並非自願，但我可是正在替第二王子執行護衛的途中呢——吞下這句險些出口的反駁，路易斯笑容可掬地回應。

「其實呢，是我的弟子在這所學校就讀。今天是來見證弟子的成長的。」

「你的弟子……難道是那個之前魔力失控，把我整間研究室炸飛的小鬼嗎？」

「是的。現在已經是個有模有樣的見習魔術師了。」

就在路易斯如此描述的期間，拉塞福依然望著遠方不放。那是方才諾頓家的小少爺拉走莫妮卡的方向。

「怎麼了嗎，師父？有什麼在意的事情？」

「沒啦，就剛剛看到個姑娘，感覺很像是艾瓦雷特。」

〈沉默魔女〉莫妮卡．艾瓦雷特的存在，果然沒能徹底逃過這位老人家的法眼。

眼尖的臭老頭——在心中暗自咒罵的路易斯，用力擠出了更開朗的嗓音。

「是眼花了吧。〈沉默魔女〉閣下可是個貨真價實的家裡蹲喔。」

「那傢伙就連當上了七賢人，都還是成天足不出戶嗎……」

拉塞福粗魯地搔了搔一頭剃短的白髮，眼珠子靈活地朝路易斯瞪去。

「她是你同期吧。多關照她一點啊。」

師父這句話，聽得路易斯當場莞爾，連裝模作樣緩頰都忘了。

這位老人家，到底對自己抱著什麼詭異的期待啊。

「我既不是那個小丫頭的監護人也不是朋友，所以她如何待人處事什麼的對我來說都無關緊要。只要能好好把工作確實完成，就足夠了。」

〈沉默魔女〉既內向又怕生，而且毫無人性。她就是個只把人類看成數字集合體，教人毛骨悚然的小丫頭。

可是，那又有什麼大不了的呢。

〈沉默魔女〉是個名副其實的超級天才。這項才能路易斯也予以肯定，這不就足夠了嗎。

路易斯雖然會對莫妮卡嘮叨，要她打扮得人模人樣，或要她更試著努力讓對話成立等等，但就根本層面而言，路易斯不但對莫妮卡的待人處事不抱任何期待，也絲毫不感興趣。

「所謂的同期，不就是這麼回事嗎？」

看到眼神冰冷的路易斯帶著笑容如此應答，拉塞福嘟起下唇，鼻頭緊皺，露出一臉發自內心厭惡的表情。

✶ 第五章　代班英雄

賽蓮蒂亞學園境內，一位少女正走在森林裡。

那是位身著賽蓮蒂亞學園制服，年約十七、八歲的少女。留著一頭黑髮，以及兩道比同年代女生稍稍粗了些的眉毛。

走在秋日將盡的森林，腳步理應會把遍地枯葉踩得嘎沙嘎沙作響，但少女的步伐卻靜悄悄的。

就讀賽蓮蒂亞學園的千金們走路時避免吵鬧，是出自教養禮儀，但這位少女不同，那是有如野生動物般，不動聲色的寧靜步伐。

總算，少女在一棵橡樹前停下腳步，仰頭朝樹上開口：

「尤安，我到校園內簡單偵察過了。」

「謝啦，海蒂。」

從樹上傳來的嗓音，以男性來說太過尖銳，就女性而言又過於低沉。是種有如以蜂蜜熬煮而成，既甜膩又黏不溜丟的嗓音。

嗓音的主人──被喚作尤安的男人，只要有那個意思，想模仿男女老幼各式各樣的嗓音，全都是小事一樁。

而且並不只是語調高低，就連微妙的口音或口頭禪都能完美重現。即使如此，尤安在海蒂面前，向來還是都用這種特徵過於強烈的方式講話。

雖然是種光聽就覺得容易引起多數人不快的嗓音，海蒂仍然連同這種腔調與口吻在內，深愛著尤安的一切。

所以為了回應心上人的期待，海蒂嚴肅地回報自己在斥候過程中看見了什麼。

「我發現了個棘手人物。是七賢人〈結界魔術師〉路易斯．米萊。」

「唉唷討厭。那不是七賢人武鬥派的代表性人物嗎～好可怕好可怕。」

〈結界魔術師〉當然有可能只是單純接到邀請，前來參加校慶。不過，想成是尤安入侵棋藝大會的事，已經引起對方的戒備，相信會比較妥當。

就算事實並非如此，相較於棋藝大會那時，校慶的警備兵人數也明確地增加了。

「作戰要延期嗎？」

「不，按照預定執行喔。畢竟都把臉準備好了……就不動聲色、迅速確實，然後若無其事地結束一切吧。」

＊　＊　＊

將回收後的咒具託付給〈深淵咒術師〉雷．歐布萊特之後，莫妮卡邁步前往舞台相關人員的休息室，將首飾的複製品隨著一句「首飾修好了」交給負責管理服裝的人員。

休息室裡只剩幾位幕後人員，沒見到任何演員的蹤影。想必都已經移動到後臺去了吧。

『〈沉默魔女〉閣下。』

明明身邊四下無人，耳邊卻響起了嗓音。原來是琳直接振動莫妮卡的鼓膜傳聲。

『第二王子似乎已經與其他來賓們一同於舞台觀眾席入座了。然後，基甸・拉塞福氏已在路易斯閣下的帶領下抵達教職員室。短時間內，相信不會再有與他不期而遇的風險。』

菲利克斯被安排入座的，恐怕是最前排的位子。

既然如此，去找觀眾席後排的位子入座，守候菲利克斯的動向，應該是比較安全的做法。

正好琳與尼洛都在舞台旁待命，有什麼風吹草動馬上可以全員一同應對。

莫妮卡將音量壓低到極限，低語回應「我明白了」之後，便朝戶外舞台開始移動。

在戶外舞台上演的戲劇是這場校慶最大的重頭戲。距離開演明明還有段時間，事先準備的椅子卻已經高朋滿座。

在前排的座位看到了菲利克斯。此外還有學生會書記布莉吉特與艾利歐特。兩人看起來都有家人同行，身旁各自坐了位像是父親的男性。

（希利爾大人與，梅伍德大人他們……不打算，觀劇嗎。）

四處張望一番，才在人群中瞥見希利爾的身影。

希利爾單獨坐在莫妮卡對面的另一側坐位上。不同於布莉吉特與艾利歐特，他身邊好像沒有家人。

正猶豫該不該去找他打聲招呼時，某人突然拍了拍莫妮卡的肩膀。

「找到妳了，莫妮卡！」

「拉娜！」

抓起莫妮卡的手，拉娜喚著「這邊這邊！」開始在觀眾席帶路。看來她已經幫莫妮卡留了個位子。

拉娜留好的位子在中央靠左，坐在這裡可以看見菲利克斯的背影，正好符合莫妮卡的需求。

莫妮卡在拉娜左邊的位子就坐，接著，坐在拉娜右側，身材寬胖的紳士「喔呀？」一聲，睜大眼睛開口：

「妳就是莫妮卡小姐吧。初次見面妳好，我是拉娜的父親。」

拉娜的父親——可雷特男爵在把玩鬍鬚的同時，和藹可親地向莫妮卡露出了笑容。

五官與拉娜雖然不是那麼相似，但與拉娜同樣有著亞麻色的頭髮。

衣著方面以帶有紋路的上衣搭配雕金飾品，算是派頭十足，不過意外地並不俗氣。相信是在穿搭方面很有一套吧。這種時髦的感性也和女兒如出一轍。

莫妮卡緊張得渾身僵硬，但還是盡可能彬彬有禮地回應：

「初、初次見面您好。承蒙拉娜平時總對我多方關照……」

「我才是，謝謝妳和我們家女兒做朋友啊。唔嗯……」

可雷特男爵撫著柔軟的下巴，瞇細了雙眼凝視起莫妮卡。

臉上所露出的，就是拉娜在為莫妮卡檢查服裝髮型時的那種神情。

「原來如此，就跟信裡提過的一樣啊……嗯，如果要從拉娜十二歲時的禮服裡頭挑，應該是那件綠的晚會用禮服最相襯。喔，禮服都已經修改過送到拉娜房裡嘍。等會兒再麻煩妳確認下吧。」

聽起來，拉娜應該是事先拜託過父親，把今晚要借給莫妮卡的禮服都修改過一遍。

把玩著鬍鬚的可雷特男爵，得意洋洋地解說起來。

「那件禮服啊，要給這年紀的女生穿，袖口造型太孩子氣了點對吧？所以呢，我就交代女縫工裁掉袖子，修改成上半身清爽的造型。取而代之的，是在腰間另外添上了一圈大花邊，讓下半身看起來比較有分量。然後啊，最近進口的蕾絲感覺跟那件禮服很搭，所以就試著添在裙子上了。」

「就是說呀，沒錯！最近流行的款式都是凸顯腰間分量的禮服……」

「哼哼哼，我都忍不住想誇獎自己的成果嘍。儘管期待吧。順帶一提，我拿多出來的布料做成了緞帶。到時一起綁在頭髮上一定很迷人，妳們不這麼想嗎？」

「肯定迷人！到時絕對要這麼搭！」

拉娜與可雷特男爵的對話，莫妮卡雖然聽得一頭霧水，不過大概可以猜到，是可雷特男爵為拉娜的舊禮服加了不少工。

可雷特男爵望向女兒的眼神中充滿慈祥。光是待在兩人身邊，就可以感受到可雷特男爵對女兒深深灌注的愛。

（爸爸……）

莫妮卡的父親對流行不敏感，又不善與人打交道，與拉娜的父親是完全相反的類型。即使如此，兩人投向愛女的眼神都是相同的。

抱著一股既懷念又惆悵的心情，莫妮卡靜靜地守候這對父女的互動。這時，告知舞台開幕的鐘聲響起了。

木造舞台的設計十分用心，明明是戶外舞台，卻打造成舞台前後都可拉下簾幕。前方的簾幕用來分隔舞台與觀眾席，後方的簾幕則是背景。

前方的紅幕流暢地左右拉開，令舞台在觀眾前亮相。

最初的場景是要塞。用來模擬要塞天頂的高櫓上，一位小麥色頭髮的嬌小少女正在祈禱。

「啊啊～水之精靈王露露契拉大人，求求祢引導我們部族吧。」

正在獻上祈禱的，是扮演王妃愛梅莉亞的艾莉安奴·凱悅。

咒具〈真紅之憤怒〉剛才就是從她身上回收的。當然，現在掛在這位千金小姐脖子上晃動的，已經不是〈真紅之憤怒〉，而是伊莎貝爾借給她的首飾。

這齣演劇的內容，是利迪爾王國出身者無人會感到陌生的，英雄拉爾夫有名的建國故事。

從前，這片土地還未成國家體制，七支部族彼此鬥爭的時代，大地部族出身的青年拉爾夫接獲大地精靈王亞克雷德要他「去統一七大部族」的命令，於長年冒險之末達成使命。最後更打倒了暗黑龍，並在龍族棲息之地建立利迪爾王國。

由於劇情分量十足，舞台還刻意將統一七大部族為止的冒險劇，以及最後討伐暗黑龍的決戰分成上下兩篇上演。

飾演主角拉爾夫的是一位高個子金髮男同學。原本似乎是務必想請菲利克斯接下這個角色，但被以公務繁忙為由拒絕了。

扮演拉爾夫的男同學走起台步雖然是有模有樣，但台詞就不是念得那麼到位了。咬字既不清晰，嗓音也不夠渾厚。沒能好好詮釋出世間普遍的「男子漢英雄王」形象。

而扮演愛梅莉亞的艾莉安奴也有類似的問題。

愛梅莉亞是一位堅強又高傲的美麗女性。但艾莉安奴卻是柔弱又夢幻的豪門千金，令人看了就忍不住想挺身保護的典型溫室花朵。

艾莉安奴的演技絕對不差，但就是與堅強又高傲的愛梅莉亞相去甚遠。

將冗長劇情巧妙濃縮而成的劇本、精心打造的舞台裝置、豪華的服裝，再加上不惜使用煙火的氣派演出——每項每項要素都堪稱一流水準，正因如此，才更加凸顯了演員本身的平凡無奇。

總算，結束上半場劇情的舞台放下簾幕，現場開始響起觀眾們的掌聲。
送上的掌聲並不稀疏，然而觀眾們的反應中，並不存在對於舞台劇本身的感動。
之所以會鼓掌，不過就是因為演出這段家喻戶曉老故事的，是貴族名門公子千金罷了。
——果然，還是只有殿下最適合演拉爾夫。
——王妃愛梅莉亞，怎麼不找布莉吉特大人來演嘛。
——唉～好想看看殿下出演的拉爾夫喔！
類似的評語此起彼落。
（果然，殿下跟布莉吉特大人就是很相配啊～……）
容貌動人又華美的菲利克斯與布莉吉特，光是並排而坐就如圖畫般美輪美奐。
最重要的是，菲利克斯那種落落大方的舉止，加上布莉吉特英姿凜然的氣質，兩者都與拉爾夫及愛梅莉亞不謀而合。
要是這場舞台劇由那兩人登台，現場觀眾拍手的含意相信就不一樣了。
「莫妮卡，下半場還要一會兒才開演，我們去簡單吃點東西吧。」
「啊，嗯。」
在拉娜督促下自椅面起身的莫妮卡，扭著脖子尋找菲利克斯的身影。
但菲利克斯已經混在人群中不見蹤跡了。
還在迷惘自己是否該跟上去尋找殿下，琳的聲音又再度自耳邊響起。
『我會負責看守第二王子。〈沉默魔女〉閣下還請盡情去補給營養吧。』
或許是因為從一大早就馬不停蹄四處奔波，莫妮卡罕見地湧現了些許飢餓感。

莫妮卡決定恭敬不如從命，與拉娜一同去找些輕食享用。

＊＊＊

「艾莉安奴大小姐，好精彩的一齣表演啊。」

艾莉安奴來到後臺，僕役們紛紛讚不絕口地上前迎接。

而艾莉安奴只是帶著心不在焉的表情，短短應了聲「是嗎」，便將臉上的面紗塞給僕役。

（唉～真討厭，真討厭……）

從舞台往下看，觀眾席完全一覽無遺。她最為迷戀的人物——菲利克斯・亞克・利迪爾的身影當然也不例外。

在台上表演的過程中，艾莉安奴的視線始終停留在菲利克斯身上。情節嚴重到就連向拉爾夫告白的橋段，幾乎都完全無視事先指導過的演技，直盯著菲利克斯表演的程度。

菲利克斯的確是從觀眾席望著艾莉安奴。

但，那只是單純投向舞台演員的視線。就與望向拉爾夫或其它配角的視線沒有不同，並非只以艾莉安奴為對象。

（這太奇怪了。他可是，遲早要成為我夫婿的男人呀。）

腦袋就像是被人按住一般，湧現一股頭痛發作前的壓迫感。

一點一點地，眼中所見光景逐漸染紅，心情也隨之暴躁起來。

艾莉安奴並沒有發現，自己原本藍灰色的瞳孔，正開始混進有如鮮血般的紅光。

紅光——詛咒的殘渣只浮現短短一瞬間，隨後就有如沉入水底般消失無蹤。

（這樣子不行，菲利克斯大人的眼中必須只有我一個人……必須只愛我一個人，必須更加為我痴迷啊。）

為了想與菲利克斯一同站上舞台，早就不只一次拜託導演讓菲利克斯出演主角，偏偏艾莉安奴就是無法如願。

而且端出來回絕的，還是學生會公務繁忙這種乏善可陳的理由。

（我必須獲得更多的愛。伯公大人也是這樣說的啊，菲利克斯大人非得更加更加愛我不可。明明就應該這樣啊。）

藍灰色瞳孔中，再度染上了血紅色的憤怒。令腦袋嘎吱作響的強烈憤怒，輕而易舉地摧毀了名為理性的防壁。

任憑氾濫的憤怒驅使，艾莉安奴獨自走向了舞台邊。

舞台邊設有陽台型的布景，只要爬上從觀眾席看不見的階梯，就可以登上陽台。

艾莉安奴舉起手掌按上階梯，簡短詠唱起魔術。

魔術本身並沒有什麼大不了。只是讓木板出現少許龜裂的風系魔術。

待收回按在階梯上的手掌後，艾莉安奴便取下戴在小麥色秀髮上的王冠，一把扔上陽台。

接著，趁扮演拉爾夫的男同學經過附近時，故作誇張地哀號。

「呀啊～～！」

聽見艾莉安奴哀號的男同學，馬上拋出一句「怎麼了嗎！」並趕到身邊。

艾莉安奴雙眼泛著淚光，伸手指向陽台型的布景。

「有鳥兒……把我的王冠叼到陽台上了。」

「哎呀呀，一定是那隻鳥想勾起艾莉安奴小姐的注意，才會這樣惡作劇吧。」

男同學露出爽朗的笑容，俐落地登起階梯。八成是想在艾莉安奴面前好好表現一番吧。

然而，就在只差幾步便可登上陽台時，男同學腳下的階梯便應聲迸裂。

「唔哇啊啊啊啊啊啊啊？」

男同學朝空中伸手求救，可惜那隻手沒能被任何人握住，他就這麼倒栽蔥摔落地面。

艾莉安奴雙手按住臉龐，發出有如撕裂絹帛般的尖叫。

「呀啊啊啊——！來人，快來人啊——！」

＊＊＊

拉娜與莫妮卡回到高中部校舍，打算找些輕食用餐。

拉娜的父親——可雷特男爵似乎要找其他到場參加校慶的貴族們談生意。

夏季剛過，社交界舉行宴會的次數也減少了。在這樣的時期，賽蓮蒂亞學園的校慶對於出席者而言，也是不容忽視的交流場合。

校慶舉辦期間，校內的餐廳也開放供外來客用餐，但理所當然地人山人海。

因此，校方還額外開放了幾間教室，供來賓享用輕食或舉行茶會。

「這麼一提，古蓮好像在輕食區幫忙喔。」

聽見拉娜這麼說，莫妮卡瞪大了雙眼。

實不相瞞，平時總是朝氣十足的古蓮．達德利同學，老家是開肉舖的。一抓到機會就在校園後頭烤肉的他，看來是跟廚房人員混熟了而被找去幫忙。

反正機會難得，去給他捧個場吧——拉娜這項提議，莫妮卡老實地點了頭。

上半場演劇才剛閉幕，校舍內頗為擁擠，不過拉娜俐落地見縫插針，在人潮裡靈活穿梭。只要跟在拉娜身後，莫妮卡就能比較輕鬆地穿過人群了。

「拉娜好厲害，這麼熟悉在人多的地方該怎麼移動……」

「哼哼，我老家那邊的跳蚤市場，可是比這裡更水洩不通喔？一個不小心，就有動彈不得的危險呢……哎呀？」

忽然間，拉娜停下腳步，直直朝前方望去。莫妮卡見狀，也跟著看往同個方向。

在拉娜的視線前方，菲利克斯正被數名學生給包圍。

莫妮卡對菲利克斯身邊的學生們並不陌生，那是演劇的導演，以及負責安排演出等事項的幾位負責人。

負責監修服裝的拉娜歪著頭，不解地表示：「是出了什麼事呀？」

隨後，圍著菲利克斯，臉上掛了眼鏡的女同學注意到拉娜，用力揮起手來。

「拉娜．可雷特小姐！來得正好！可以麻煩妳以服裝監修人的身分，過來一起幫忙說服殿下嗎？」

「出了什麼事嗎？梅貝爾學姊。」

拉娜一臉疑惑地開口，這位被喚作梅貝爾的戴眼鏡學姊當場面紅耳赤地解釋起來，發言的速度快到像在唱繞口令。

「負責演拉爾夫的同學從舞台布景上摔下來受傷了。手都摔斷骨折了，根本就不可能繼續上台，現在急需一個代班的人選！」

聽了梅貝爾的說明，莫妮卡與拉娜都大吃一驚。

拉爾夫可是劇中的主角，代演者怎麼想都不是隨隨便便就能找到的吧。

（但舞台相關人士都聚集在殿下身旁，這代表……）

逐漸掌握到現狀的莫妮卡，仰頭朝菲利克斯瞄了瞄。

只見菲利克斯眉尾下垂，一臉困擾地答道：

「嗯，他們不停拜託，希望能由我來代班演出。真有點傷腦筋呢。」

看來，菲利克斯對於代班演出的意願並不怎麼高。

不過，梅貝爾還是誇張地手舞足蹈，卯足全力希望能說服菲利克斯。

「殿下！啊啊～演變到這個地步，已經只剩下中止演劇，或是請殿上登上舞台這兩條路而已了呀！看來所謂的藝術之神真的總是在對我降下考驗！可是，就是要跨越這道考驗，才能迎接響徹校園的轟動掌聲啊！」

梅貝爾明明身陷逆境卻莫名陶醉的舉動，令菲利克斯不禁苦笑。

就菲利克斯的立場，坐視演劇中止也絕非他的本意吧。畢竟那可是校慶最大的重頭戲。

菲利克斯還是保持著沉穩的態度，再度開口問向梅貝爾。

「沒有其他能夠代演的人嗎？」

「要演的可是主角拉爾夫，不是隨便哪個人都夠格的！首先身高就不能太矮，必須是服裝穿起來合身的高個子男性才可以！再者，後半段台詞雖少，演出卻著重在討伐惡龍的場面，換言之，代演者還得具備過人的運動能力！最後是聲音！這是最重要的條件。戶外舞台不比室內，聲音沒那麼容易迴響。也就是說，嗓音不夠宏亮的人是無法勝任的！」

原來如此，確實沒錯，考量到這三項條件，恐怕是難以想像會有比菲利克斯更合適的人選。

菲利克斯是個雙腳修長，有著黃金比例身材的高個兒美男子，體能又卓越，劍術與馬術等課程的表現都讓教師讚譽有加。

然後平時就慣於在大庭廣眾前發言的他，非常理解該怎樣說話，才容易讓嗓音傳進大量聽眾的耳裡。明明出口的音量絕對不大，他的聲音卻總是不可思議地響亮。

最重要的是，由本國第二王子扮演初代國王，單是這樣的人選，就絕對足以轟動觀眾席。

莫妮卡悄悄湊向拉娜耳邊。

「拉娜，服裝的部分……沒辦法趁現在趕工調整，之類的嗎？」

「恐怕很難吧。原本，那身服裝就是設計給高個子男性的，要是硬把衣襬修短會變得很不自然。」

如此一來，選擇實在相當受限。

只見梅貝爾等人死命糾纏，無論如何都不想放菲利克斯逃跑。露出的眼神，已經與盯上獵物的蛇沒兩樣。

感覺情勢一觸即發，莫妮卡一下子不知所措，這時，附近教室的門突然嘎啦一聲打開了。

「烤肉～！烤肉～！來嘗嘗美味的烤肉唄～！剛烤好的醬燒烤肉喔～！」

響亮的鄉下口音，以及引人食指大動的烤肉香，瞬間改寫了賽蓮蒂亞學園金碧輝煌的氣氛。

開門吆喝的嗓音主人環顧周圍一番，發現莫妮卡與拉娜的身影之後，便舉起手臂猛揮。

「莫妮卡——！拉娜——！妳們來捧場了嗎！正好現在烤肉剛烤好，快來嘗嘗看唄！校園主廚跟咱家老爸共同開發的祕傳醬汁可真是絕品哩！沒吃到可就虧大啦！」

捲起制服衣袖，套著料理圍裙與頭巾的古蓮，實在怎麼看都不像這所學校的學生。

正當舞台相關人士都為了半路殺出的程咬金啞口無言時，發現了菲利克斯的古蓮，馬上以更大的音量開口。

「啊，會長！今天真是非常感謝你，願意採用我們老家的肉品！咱家老爸老媽為此可得意的哩……感覺我就像盡完一輩子該盡的孝道啦！」

莫妮卡看見了——看見菲利克斯一瞬間瞇細雙眼，開始從頭到腳仔細打量歡欣鼓舞的古蓮。光看就知道，那絕對是在打什麼鬼主意。

「看到你這麼開心，我也很高興喔，達德利同學。」

「沒啦～真的是有夠感謝會長哩！」

「這樣嗎？既然如此，你願意幫我一個忙嗎？」

「那當然嘍！」

眼見古蓮二話不說點頭答應，莫妮卡不由得暗自抱頭。

事情會怎麼發展，莫妮卡已經心裡有數了。

菲利克斯帶著極其美麗、極致優雅的微笑，回過身去面向梅貝爾等人。

「勝任代班的條件，應該是高個子、體能出眾，再加上聲音夠宏亮……沒錯吧？」

「是、是的，是這樣沒錯……」

「那麼，他不正是最佳人選嗎？」

說著說著，菲利克斯怦地一聲，拍了拍古蓮的肩膀。

原來如此，確實沒錯，以同年代男生而言，古蓮的個頭既高大，又是運動健將。嗓門的響亮程度更是早就不在話下。
搞不清楚狀況的古蓮，一臉驚訝地望著菲利克斯。
「呃——代班？要我幫會長代班嗎？啊！難不成是要當一日學生會長？披上披風，模仿會長的口氣講話，大概那種感覺嗎？可是，我沒有自信能像會長那樣，談吐中洋溢智慧耶。」
「放心吧，比你想像中更簡單許多。你要做的事情是打倒惡龍，保護未來的王妃愛梅莉亞。」
菲利克斯這番解說，聽得古蓮雙眼頓時閃亮起來。簡直就像條面前被遞了帶骨肉塊的狗。甚至讓人忍不住懷疑，自己是不是在他屁股上看見了猛搖的尾巴。
「打倒惡龍……保護女主角……這是怎樣，好酷——！酷斃了——！」
「嗯，對呀。又酷又帥呢。再怎麼說，你接下來可是要扮演這個國家的英雄嘛。所以說，到時要麻煩藏好你的鄉下口音喔？」
「我明白哩！……不對。我明白啦！」
以為這樣就算是藏好了鄉下口音，光是這點就已經教人不安。
但菲利克斯卻一副「這樣就萬事解決了」的態度，把古蓮推往梅貝爾等人面前。
「如各位所見，他也幹勁十足喔。」
「雖然不是很清楚，但我會加油哩……不對。我會加油啦！」
梅貝爾一行人臉上全掛滿了不安與困惑。不光只是她們。就連拉娜跟莫妮卡也是同樣反應。
明明如此，古蓮卻一副躍躍欲試的表情，「所以咧？我要跟哪條龍開打？」地嚷嚷不停。太不安了，除了不安還是不安。
就這樣，風起雲湧的下半場舞台，馬上就要拉開簾幕。

✶第六章　染上真紅的藍灰

「就是這麼回事，他是負責代演拉爾夫的古蓮．達德利同學。」

艾莉安奴簡直不敢相信自己的耳朵。

聚集在後臺的演員們面前，梅貝爾所介紹的，是一位金茶色頭髮，感覺很隨和的青年，而不是菲利克斯。

（奇怪？奇怪？奇怪？）

艾莉安奴表面上傻傻地歪頭，但藍灰色的瞳孔也同時蒙上了陰影。

（為什麼代班演出的不是菲利克斯大人？明明女主角是由我擔綱，為什麼菲利克斯大人還不願意上台？……喔，我懂了。一定是這個叫古蓮．達德利的男人多管閒事，硬是要任性搶走代班的位子。絕對是這樣沒錯。）

就在艾莉安奴在內心如此說服自己，強迫自己冷靜時，把古蓮帶來，負責監督演出的梅貝爾推了推眼鏡邊，繼續補充道：

「順帶一提，這位古蓮．達德利同學……可是菲利克斯殿下親自推薦的人選喔。」

啥——？艾莉安奴卯足了全力，才沒讓這聲毫無千金品格的吶喊出口。

（菲利克斯大人推薦他？推薦這種男人，來扮演我在戲中的丈夫？）

這種事情可以被允許嗎？沒有允許的理由。菲利克斯明明就是應該成為艾莉安奴夫婿的男人，卻把艾莉安奴跟其他男人送作堆，這種行為怎麼可能被允許。

而且，還是這種跟氣質兩字絲毫沾不上邊的男人！

「我是古蓮．達德利！雖然沒有上台演過戲，但我小時候常模仿英雄拉爾夫來玩，所以很有自信哩！」

只不過是小時候玩耍時模仿過，為什麼他可以如此自信滿滿？在場所有人都不禁浮現這種疑惑。艾莉安奴也不例外。

演員們紛紛向古蓮投以充斥著懷疑的目光。艾莉安奴也很想這麼做，但還是刻意擠出端莊的千金小姐笑容，向古蓮開口搭話：

「我是負責扮演愛梅莉亞的艾莉安奴．凱悅。下半場，就有勞你多多指教了。古蓮大人。」

「愛梅莉亞的演員？」

古蓮眨了眨眼睛，帶著有點驚訝的表情低頭望向艾莉安奴。

艾莉安奴是公爵千金。古蓮是因為身分這麼高貴的大小姐登台演出，嚇得有點退縮吧……才剛這麼想——

「妳給人的感覺，好像跟愛梅莉亞的帥氣形象不大一樣耶。」

古蓮這話一出，包含演員們在內，現場的氣氛當場凍結。

艾莉安奴本人也是，雖然臉上柔和的笑容依舊，藍灰色的瞳孔中卻燃起了熊熊怒火。

論誰都心知肚明，讓艾莉安奴演愛梅莉亞，其實根本就格格不入。

明明如此卻依然雀屏中選，純粹只因為艾莉安奴是菲利克斯的從表妹。就輩分而言，克拉克福特公爵是艾莉安奴的伯公。

換言之，在這所由克拉克福特公爵支配的校園裡，艾莉安奴與菲利克斯同樣都是地位居高不下的存在。正因此，周圍才會考量到這點，將艾莉安奴提拔為女主角。

然而，艾莉安奴也知道，在校園內針對女主角演員私下舉行的事前祕密投票，自己就連前三位都擠不進。

也就是說，古蓮．達德利這說者無心的一句話，徹底激起了艾莉安奴的怒火。

當然，艾莉安奴絲毫沒把這股怒意表現在臉上，謹守著高貴千金應有的舉止。

「我確實遠遠及不上偉大的愛梅莉亞王妃。不過，我還是會竭盡心力，好好扮演她的，要請你多多包涵嘍。」

表面上保持沉穩的愛梅莉亞帶著微笑回應。

但在笑容底下，一股深沉的惡意正化作刀刃，隨著泛起鮮紅憤怒的雙眼反覆研磨。

（啊啊～多麼愚昧的男人。非給你一點顏色瞧瞧不可……絕對要讓你明白，憑你這種貨色也想站在我身旁，有多麼不自量力。）

＊　＊　＊

「機會難得，我們就在特等座好好拜見古蓮同學的勇姿吧。」

說著說著，菲利克斯把莫妮卡帶到的地方，竟然是他上半場時就坐的特等座。

「我、我坐到這邊來，不會挨罵嗎？」

「妳可是學生會幹部。怎麼會有問題呢。」

拉娜為了替服裝進行微調，已經到後臺作業去了。似乎得一路處理到開演才勉強趕得及，想回到觀眾席只怕是很難了。

這代表，莫妮卡必須待在菲利克斯旁邊的位子，觀賞古蓮在舞台上的表現。在雙重意義上對心臟帶來巨大負擔。

就在莫妮卡伸手按住胃部時，菲利克斯的視線望向了莫妮卡別在胸口的白薔薇花飾。

「那朵花飾，難道是希利爾送妳的？」

「啊，是的。他說，這個是讓我今天一整天，都不會出糗的魔咒。」

莫妮卡點頭答覆，菲利克斯眨了眨眼，顯得有點吃驚。

「……是嗎，希利爾是這麼告訴妳的呀。也罷，要說很有他的風格，確實是一點都沒錯。」

菲利克斯自言自語似地念念有詞，不知為何，還一直盯著莫妮卡的頸子不放。

總覺得他微微瞇細的雙眼中，摻雜著少許，真的是極為少許的不悅。

教人看了實在怎麼都靜不下心。

莫妮卡坐立難安了起來，不過菲利克斯馬上又露出一如往常的溫柔笑容。

「第一次的校慶，有讓妳樂在其中嗎？」

說實話，根本無暇顧及自己開心與否。

菲利克斯的護衛任務就不在話下了，更何況還一大早就為了回收咒具東奔西走。

所以莫妮卡只能回以曖昧的微笑，試著打馬虎眼。

「校慶，才剛開幕不久，所以……呃——殿下有樂在其中，嗎？」

「我的話，畢竟立場上是要負責讓來賓樂在其中的嘛。」

莫妮卡知道，這場校慶既是讓第二王子初次亮相推銷自己的盛會，也是他的外祖父克拉克福特公爵向國內貴族們展示權威的場所。

（可是，該怎麼說……）

聽了菲利克斯的回答，讓莫妮卡好生落寞。

這一定是因為，那晚在柯拉普東共度的時光湧上了心頭。

在鳴鐘祭的夜裡，他以艾伊克自稱，昂首闊步地與莫妮卡一同逛街。

帶著一臉惡作劇的笑容，把莫妮卡耍得團團轉，滔滔不絕地聊著自己喜歡的東西——那時候的他，看起來真的好開心。

「莫妮卡？」

發現莫妮卡默不作聲，菲利克斯忍不住出聲關切。

眉尾稍稍下垂，露出憂心表情的，究竟是殿下，又或是艾伊克呢？莫妮卡陷入了短暫的煩惱。

這裡是賽蓮蒂亞學園，眼前的這位人物，是第二王子菲利克斯．亞克．利迪爾。

可是，要把那位自稱艾伊克的青年，斷定為只限一夜的幻影，未免太過令人落寞。

（不好。現在得專注護衛才行……）

莫妮卡將湧現心頭的寂寥藏進胸口深處，語調生硬地開口：

「呃——古蓮同學不曉得要不要緊……」

自己也明白話題轉得很硬，但有點擔心古蓮也是真的。

這時浮現莫妮卡腦海的，是社交舞課時的對話。

總而言之，就先有樣學樣試試吧！——被朝氣十足的古蓮如此宣言後豪邁地甩來甩去，令人懷念不己的回憶。說實話，愈想愈覺得，這場舞台隨時出意外都不奇怪。
可是菲利克斯看起來卻沒有多擔心。倒不如說，他彷彿一副正等著看好戲的模樣。
「應該沒問題吧。達德利同學膽識過人嘛，真不愧是大名鼎鼎的魔術師的弟子。」
「……咦？」
雖然知道古蓮是見習魔術師，但師父是大名鼎鼎的魔術師的事，這還是第一次聽說。
（這麼一提，古蓮同學是不是說過，自己是奉師父之命，才來這所學校就讀的呀。）
可是，能夠讓菲利克斯譽為大名鼎鼎的那位魔術師，到底是何方神聖呢？
莫妮卡試著在腦海裡大略列出自己認得的上級魔術師，但感覺無論哪個都對不太起來。
（說到底，如果是大名鼎鼎的魔術師的弟子，正常應該會進入米妮瓦就讀呀……為什麼古蓮同學的師父，卻為他選擇了賽蓮蒂亞學園呢？）
暗自思索著這種事的時候，告知開幕的鐘聲響起，下半場終於要開演了。
負責旁白的同學開始講解前情提要，並說明主角拉爾夫終於抵達了暗黑龍所在地。
「看來，下半場省略了一點劇情呢。」
聽過解說，菲利克斯小聲地咕噥。
「是、是這樣嗎？」
「按原本的劇情，應該還要把拉爾夫如何抵達暗黑龍所在地的過程演出來，這會兒八成砍掉了。」
拉開簾幕，舞台左手邊的模造暗黑龍隨之亮相。雖然只是以木頭製作骨架，外頭再貼上紙張布條打造而成的，但做工非常精細。最重要的是尺寸夠大。裡頭可以同時容納數個工作人員負責控制動作。
就在暗黑龍突如其來的駭人咆哮聲響徹會場時，兩位人物也自舞台右方登場。

那是主角拉爾夫，以及女主角愛梅莉亞。

由古蓮扮演的拉爾夫俐落地拔出腰間配劍，舉起劍尖使勁指向暗黑龍。

「『我乃受七位精靈王賜予加護之人！侵蝕這片大地的暗黑龍，接受我劍刃的洗禮吧！』」

觀眾原先還為了演員與上半場不同而困惑，但就在聽見這句台詞的瞬間，便一口氣融入了舞台上的劇情。

古蓮的演技雖然稱不上多麼高竿，但那宏亮的嗓音，加上幹練犀利的動作，著實散發出一股引人入勝的魅力。

「喝啊！」

古蓮奮力跳高，自空中向龍揮劍。並在著地的同時，橫向劈出一道斬擊。

菲利克斯再度低聲咕噥起來：

「他的劍法，以實戰而言動作過大，用來表演卻精彩得恰到好處呢。」

古蓮的劍術絲毫不見貴族特有的優美感，動作既豪邁又粗獷。但手長腳長的他，在舞台上大動作揮起劍來斬龍，看了確實十分過癮。

就這樣，英雄拉爾夫借助精靈王的力量，一步步逼退暗黑龍。

然後，被逼得走投無路的暗黑龍，將會使盡最後的力氣張嘴噴火。

這道火焰再由女主角愛梅莉亞透過防禦結界擋下，拉爾夫趁機貫穿暗黑龍的眉心了結其性命。

最後，愛梅莉亞奔向拉爾夫，獻上祝福的親吻，在此同時舞台也拉下簾幕。以上就是這齣戲劇的傳統流程。

「『該死，礙眼的人類。接下我的火焰，燃燒殆盡吧！』」

暗黑龍猛力展開雙翼，緊接著，破裂聲從暗黑龍與古蓮之間的正中央位置響起。運用到火藥演出的橋段就是這裡。

拉爾夫退下一步，在身後待命的愛梅莉亞隨即高聲吶喊：

「『拉爾夫大人，請趁我展開防禦結界的期間，刺穿惡龍的眉心吧！』」

語畢，愛梅莉亞開始詠唱咒文，準備展開結界。當然，那並不是真正的詠唱。應該只是演技。

然而，莫妮卡卻感受到一股不協調感。

（……奇怪？現在的詠唱，應該只是在演戲……沒錯吧？）

能夠光聽見詠唱便即刻理解魔術內容的人並不多。更何況舞台離觀眾席有點距離。一般而言，只怕根本不會有人注意到吧。

但，碰巧換到特等座來觀戲的莫妮卡——精通魔術式的〈沉默魔女〉，聽見並解讀了詠唱的內容，並且理解了這是什麼魔術。

艾莉安奴口中念念有詞的既非劇本台詞，亦非防禦結界的詠唱。

（她在詠唱攻擊魔術……？）

＊　＊　＊

艾莉安奴所站的位置，是從觀眾席看往舞台的右方，布置成崖壁的布景上。

崖壁其實是上半場使用過的陽台，只是在外頭蓋上紙張與布條，布置成懸崖的模樣。

艾莉安奴對於在崖壁下與龍交戰的拉爾夫表現出憂心十足的演技，同時又始終將注意力放在觀眾席的菲利克斯身上。

菲利克斯旁邊座位上的人不是來賓，而是個女同學。況且那竟然還不是布莉吉特・葛萊安，是同屬學生會幹部的不起眼丫頭——莫妮卡・諾頓。

（為什麼，那種土包子丫頭會坐在菲利克斯大人的身邊呀？那兒明明就應該是我的位子才對呀。）

每每見到菲利克斯與莫妮卡交頭接耳，艾莉安奴的內心就激起軒然大波。

為什麼菲利克斯那麼關注這種小丫頭。艾莉安奴明明就這麼惆悵地凝望著菲利克斯。明明就這麼深愛著他。必須受到他疼愛的人明明就應該是自己。

暗黑龍與拉爾夫的決戰，總算即將迎向最高潮。

之後的展開，是艾莉安奴所扮演的愛梅莉亞必須展開防禦結界，以便從暗黑龍的攻擊下守護拉爾夫。當然，艾莉安奴根本不會使用什麼結界術，所以只是作作樣子。

在演出這個橋段時，會使用到火藥。而艾莉安奴所盯上的就是這些火藥。

（絕對要讓她搞清楚。菲利克斯大人所選擇的對象，是我才對。）

真紅的憤怒——詛咒的殘渣，令艾莉安奴的個性變得比原本更具攻擊性。

受到攻擊性驅使，不斷鑽牛角尖的艾莉安奴，對於理性所發出的喝止聲充耳不聞，任憑藍灰色雙眼因憤怒而混濁，在憤怒的操弄下展開行動。

艾莉安奴假裝自己在表演展開結界的演技，實則瞄準了火藥施展風系魔術。

應該不可能會有半個台下看戲的人察覺，艾莉安奴真的在舞台上施展了魔術。

遭風壓直接命中的火藥裝置，在引爆的前一刻滾到了古蓮身邊。

這樣火藥爆炸時想必就會牽連到古蓮了吧。

（怪你自己不好，竟敢對我出言不遜。）

引爆的火藥，以古蓮為目標，炸出了大量的火花與煙霧。

畢竟只是表演用的火藥，相信不至於鬧到受重傷。但，應該能炸得他跌個狗吃屎。搞不好還會嚇到腿軟呢！

一旦古蓮被火藥嚇得停下動作，表演當然就會中斷吧。

在那時，艾莉安奴就要這麼登高一呼——

——啊啊~果然，這位拉爾夫大人是冒牌貨對吧！你瞞不過我的眼睛的！

接著，再順勢朝觀眾席的菲利克斯伸手。

——真正的拉爾夫大人，快看……就在那兒呀。

只要這麼做，不願坐視舞台告吹的菲利克斯，肯定會願意上台幫忙收尾。

火藥爆炸的意外，只要說是僕役準備時的疏失就行了。

然後，差點因為這種悲慘意外告吹的舞台，多虧有機智的艾莉安奴臨機應變才得以平安落幕。如此一來，相信論誰都會認同艾莉安奴的確是位與菲利克斯門當戶對的才女。

古蓮．達德利這種人，儘管在大庭廣眾面前出糗就是了。

至於莫妮卡．諾頓，就眼睜睜望著菲利克斯登上舞台，搞清楚誰才是真正配得上菲利克斯的人吧。

艾莉安奴楚楚可憐的臉龐浮現出有如美夢成真的恍惚笑容，從崖壁布景上低頭望向古蓮。

艾莉安奴打的如意算盤有兩項誤算。

第一項誤算，是身為魔術門外漢的艾莉安奴所施展的風系魔術，並不僅止於吹倒火藥，還為原本細微的火苗送上氧氣，令火勢瞬間擴大。

而第二項誤算，就是無詠唱魔術的專家——〈沉默魔女〉碰巧在場。

＊＊＊

發現艾莉安奴在舞台上詠唱攻擊魔術的莫妮卡，立刻開始思索該如何應變。

艾莉安奴到底想做什麼，莫妮卡並不清楚。不過，就只有艾莉安奴在試圖對某人發動攻擊這件事是肯定的，莫妮卡於是開始循著艾莉安奴的視線尋找目標。

口中詠唱著咒文的艾莉安奴，雙眼緊盯的對象，是古蓮。

她該不會是想攻擊古蓮吧？如此判斷的莫妮卡，反射性在古蓮的周圍展開了簡易的防禦結界。

結果，這個判斷救了古蓮一命。

表演用火藥原本只燃著小小的火苗，但在艾莉安奴施放的風系魔術影響下，火勢急速加劇，形成巨大烈焰襲向古蓮。要是莫妮卡沒有布下防禦結界，古蓮就要嚴重燒傷了。

不明白實情的觀眾們，似乎以為這短短幾秒間發生的事情全都是表演的一環。

也就是，愛梅莉亞的防禦結界，從暗黑龍的火焰下保護了拉爾夫。

「哎呀～真不愧是賽蓮蒂亞學園。演出可真夠華麗～」

「剛才那不只是火藥，還用到了魔術對吧？」

「竟然把真正的魔術運用在表演上，今年的演劇太用心了吧！」

觀眾們都樂天地表示欽佩，可惜莫妮卡無法這麼悠哉。緊急狀況還沒有結束呢。

防禦結界雖是保住了古蓮，但紙張也好、木頭也好，舞台上的易燃物簡直不勝枚舉。

莫妮卡將意識集中，全神貫注地開始滅火。

想令火焰熄滅，澆水是最直接了當的方法，但這樣就會讓施展魔術的事情穿幫。

所以，莫妮卡採取的作法，是針對飛散的火焰，一一設下小型結界包覆隔離。就跟上次阻止暗殺用魔導具〈螺炎〉爆炸的時候，是同樣的原理。

在隔絕了氧氣的小型結界中，火勢逐步趨緩，直至熄滅。

一旁的菲利克斯正帶著嚴肅的眼光凝望舞台，絲毫沒發現坐在身邊的莫妮卡正為了替舞台滅火而努力奮鬥中。

（沒滅完的火，還剩下幾道？）

正當莫妮卡以視線高速掃描舞台時，舞台右端突然響起了一陣尖銳的「呀啊——？」哀號。

艾莉安奴所立足的崖壁布景傾斜了。支撐立足點的其中一根柱子被剛才的火勢燒得焦黑，眼看就要崩倒。

（不好！）

萬一那座布景崩倒，事情就一發不可收拾了。無論崖上的艾莉安奴，還是崖下的古蓮，都可能身受重傷。一個不好，甚至會牽連到觀眾席。

莫妮卡能同時維持的魔術以兩道為限。然後，莫妮卡為了滅火，正同時維持著兩道結界——已經分身乏術了。

而在莫妮卡猶豫不決的這數秒間，狀況又更加地惡化。

現場的風向起了變化，火藥的煙霧因此暫時性地掩蓋了舞台。這下子，根本無法正確掌握古蓮與艾莉安奴的位置。

木頭斷裂的啪嘰啪嘰聲隔著煙霧接連響起。已經沒有時間了。

（不行，趕不及了！）

莫妮卡頓時臉色鐵青，這瞬間，突然有某種物體從煙霧中飛躍而出。

那是以公主抱的姿勢抱著艾莉安奴的古蓮。

（飛行魔術……！）

原來是古蓮發動飛行魔術救下艾莉安奴，並飛出煙霧範圍，移動到了上空。

飛行魔術是一種極少人精通的珍貴魔術。更遑論還抱了一個人，難度更是翻倍。

而古蓮卻施展得如此自在寫意，看得觀眾接連嘖嘖稱奇。

（火的部分……不行，還沒徹底滅完。要是解除了結界，火勢就會擴散！）

就在焦急的莫妮卡面前，舞台上的布景應聲崩落。然而，崩落的物件卻沒有飛散到觀眾席。一道強韌又堅固的防禦結界，阻止了瓦礫飛散四周。

那是足以守護觀眾席與舞台上所有人的精緻防禦結界。有本事設下這種高度結界的人，就只有那位頂著〈結界魔術師〉頭銜的防禦結界專家。

（是路易斯先生──！）

恐怕是身在附近的路易斯緊急展開了結界吧。

路易斯發動防禦結界的速度確實及不上無詠唱的莫妮卡，但要論結界的緻密與強韌程度，那可就無人能出其右了。

隨後，路易斯解除結界。幾乎就在同個時間點，莫妮卡也結束了滅火作業。

（趕、趕上了～～～～……）

伸手隔著制服按住狂跳不已的心臟，莫妮卡悄悄擦去了一身的冷汗。

＊　＊　＊

（什麼？什麼？發生了什麼事？）

被古蓮橫抱在懷裡的艾莉安奴，除了混亂還是混亂。

自己不過就打算吹倒火藥嚇古蓮一跳而已，火藥的火苗卻突然變成熊熊烈火，連舞台布景的一部分都被燒焦了。

運氣最差的是，那被燒焦的布景，正好就是艾莉安奴立足的崖壁。

艾莉安奴落腳的地方，就是所謂的簡易櫓。一旦柱子斷裂，當然就會倒塌。

但就在即將摔落懸崖的前一瞬間，艾莉安奴感受到了一股不同於撞擊地面的衝擊。

啪噗一聲，某人的胸膛頂在艾莉安奴的臉頰上。緊接著又以強而有力的胳膊一把抱起艾莉安奴。

遮蔽視線的煙霧令艾莉安奴搞不清楚發生了什麼事，隨著不停咳嗽緩緩睜開雙眼時，映入眼簾的是一望無際的青空。

「……咦？」

「噗哈——……真是千鈞一髮哩！」

嗓音響起的位置近得令人吃驚。

這時候，艾莉安奴才終於發現自己正被古蓮用公主抱的姿勢抱在懷裡。

而且，古蓮的身體還連同抱在手中的艾莉安奴一起浮在半空中。

（這是怎麼回事？這是怎麼回事？）

「接下來有點危險，妳要好好抓緊喔！」

「你、你這，到底、到底是……」

「是飛行魔術啦！話又說回來，事前沒聽說有這種演出啊……導演的說明未免太不周到了唄！」

看來，古蓮把這些緊急狀況當成了表演的一環。

艾莉安奴忍不住在內心大吼。

（哪可能有這種演出啊！）

舞台上煙霧散去，慘狀隨之曝光。

艾莉安奴原先立足的崖壁布景已經倒塌，殘骸在舞台上四散，不過似乎並未波及觀眾席。模造暗黑龍也平安無事。

事到如今，艾莉安奴才驚覺自己闖下了多大的禍。只要走錯一步，豈止是舞台告吹，出現死傷都不奇怪。

（我怎麼會做出，這麼可怕的……）

眼見艾莉安奴一臉鐵青地發抖，古蓮開口關切了聲：「妳還好嗎？」看樣子，他似乎以為艾莉安奴的反應是出自覺得飛太高很可怕。

「放心吧，我啊，對飛行魔術最有自信了！如果妳還是怕，就儘管抱緊我唄！」

少臭美，誰要抱你啊——艾莉安奴心想。

面對這樣的艾莉安奴，古蓮露出了瀟灑的笑容。

「那總之，咱們就來準備收工唄！」

「……啥？咦？」

「要衝哩！」

下一個瞬間，古蓮的身體便朝著舞台急速下降。

艾莉安奴不停呀呀呀地尖叫，伸手緊緊抱在古蓮的頸子上。

雖然抱住這種男人完全不是自己的本意，但也沒有其他辦法，不這麼做就要被甩下去了。

古蓮下降到貼近舞台的高度後，伸出右手拾起方才扔在舞台上的拉爾夫配劍。

然後他就這麼以左手抱著艾莉安奴，以右手緊握配劍，隨著飛行魔術一口氣飛到模造暗黑龍的頭頂正上方。

「『這樣就結束了，暗黑龍！』」

拉爾夫的劍貫穿了惡龍的眉心。

負責操作模造龍的人員們見狀，立刻讓惡龍發出臨死哀號，往後退至舞台邊。

「『就這樣，英雄王拉爾夫打倒暗黑龍，解放了遭支配的土地。』」

觀眾席頓時爆出滿堂的喝采。

英雄王拉爾夫使用飛行魔術的記載，翻遍多少史書都不可能找到。即使如此，古蓮的飛行魔術以表演而言，仍然是相當震撼人心。

為舞台送上的掌聲與上半場完全不同層級。論誰都沉迷在逼真的演技中，如痴如醉地鼓掌叫好。

艾莉安奴這時才猛然回神。

（對了，還剩下我的收尾台詞……）

最後的場景，是愛梅莉亞開口讚許拉爾夫，同時朝臉頰送上深情的一吻。

要親吻菲利克斯以外的男人，就算只是演技，依舊令人不悅至極。即使如此，自身的使命仍舊不可半途而廢。

壓下湧現心底的憤怒與不悅，艾莉安奴在臉上擠出美麗動人的笑容。

「『啊啊～願拉爾夫大人能受到精靈的祝福……』」

保持被公主抱的姿勢，艾莉安奴作勢要親上古蓮的臉頰。當然是沒打算真的親下去。

但嘴唇才剛貼近，古蓮就颼地扭過脖子，把臉轉離艾莉安奴。

接著，古蓮湊近啞口無言的艾莉安奴耳邊，小聲地低語：

「這種事情，只可以跟喜歡的人做啦。」

艾莉安奴頓時低下頭去，白嫩的臉頰染成了薔薇色。

看在觀眾眼裡，想必會以為艾莉安奴是害羞地低頭吧。實際上，她的身體的確也不停地顫抖。

然而，在艾莉安奴胸膛如漩渦般打轉的，並不是羞恥心，而是憤怒。

（本小姐，我這個千金大小姐，都已經心不甘情不願地作勢要親你了，你竟然搶先拒絕？就憑你這區區的代班英雄？）

（膽敢讓本姑娘丟臉……！）

過度的憤怒，令腦袋深處感覺就像有火花正啪嘰啪嘰地四散。

侵蝕艾莉安奴精神的咒具〈真紅之憤怒〉的殘渣，力量其實相當微弱，甚至及不上原本咒力的百分之一。正因此，就像一滴灑落泉水之後化開的墨汁，在艾莉安奴被古蓮救上半空時，業已自然消滅了。

換言之，現在占據艾莉安奴思考的，是與咒力毫無半點關係，純粹由她內心湧現的憤怒。

在轟動現場的歡呼聲中，艾莉安奴仰頭望向古蓮，燃燒著內心的熊熊怒火。

（饒不了你。我絕對饒不了你，古蓮．達德利！）

＊　＊　＊

所有觀眾們都帶著滿臉感動神情熱烈地鼓掌。坐在莫妮卡身旁的菲利克斯也毫不吝惜自己的掌聲。

「真是好不得了的一齣演劇呢……哎呀，妳的臉色好像不太好？」

菲利克斯望著莫妮卡如此開口。

始終聚精會神，全神貫注地暗中滅火的莫妮卡，按著依然怦通作響的心臟，苦澀地回應：

「這場表演對心臟負擔好大……我緊張死了……」

「說得也是。看來有必要，找舞台負責人問個清楚呢。」

菲利克斯也發現了，那場大火與布景倒塌其實是意外事故。

（拜託拜託拜託，火是我滅的，這件事千萬別穿幫……）

莫妮卡暗自祈禱時，菲利克斯扭了扭脖子，轉頭望向身後的觀眾席。

然後就這樣輕聲咕噥起來。

「達德利同學，實在很厲害呢。」

「咦？」

即使莫妮卡出聲，菲利克斯也沒有把視線自觀眾席移開。

側臉上沒有往常平穩的笑容。那出眾的面無表情五官裡，只有碧綠的眼眸正緩緩移動，不帶感情地映照出人群。

「能在那種緊急狀況下迅速做出反應，引導舞台走向成功——確實符合留存在眾人記憶中的，英雄應有的表現。」

莫妮卡注意到了。

菲利克斯所注視的，是古蓮賣力表現之下，群眾為他所露出的笑容。

望著古蓮帶來的笑容，菲利克斯稍稍揚起了嘴角。

「像他那樣的人，一定就是人們口中的英雄吧。」

那空洞的碧綠眼眸，以及淡薄的笑容，還有文靜的嗓音，無一不令莫妮卡內心鼓譟不安。

觀眾席的觀客逐漸形成人潮，流向校舍內。縱使天氣再好，秋日的戶外寒風依然刺骨。

莫妮卡無意識地搓起自己的手臂，就在這時——

「會長～～～！莫妮卡～～～！」

古蓮近乎哀號的吶喊傳來。轉頭望向嗓音的方向，只見古蓮正衝出舞台邊，朝這兒奔馳而來。

表情與以往朝氣十足的他不同，罕見地因恐懼而抽搐。

「達德利同學，你怎麼了？」

菲利克斯帶著平穩的語調關切，古蓮隨即颼地躲到菲利克斯與莫妮卡身後。

「拜託讓我避個風頭！」

「避、避風頭，嗎？」

聽見這則火藥味有點重的用語，莫妮卡忍不住歪頭。

把菲利克斯跟莫妮卡當牆的古蓮，巨大的身體縮得小小一團。明明直到方才都還在舞台上接受喝采，這會兒到底是出了什麼事啊？

菲利克斯代替莫妮卡提出了內心的疑問。

「達德利同學，你到底是在躲什麼？」

「其、其實，我師父好像看到了剛才的表演……！」

聽到師父兩字，莫妮卡回想起菲利克斯早前的發言。

按菲利克斯所言，古蓮似乎是某位大名鼎鼎的魔術師的弟子。

「我沒遵守師父『不准在沒有監督人員的狀況下使用飛行魔術』的叮嚀，這件事穿幫了啦！不妙不妙不妙，師父絕對很火大……」

從古蓮動搖的程度推測，他的師父應該是相當冒犯不得的人物。

「古蓮同學的師父……是那麼可怕的人嗎？」

「是啊！就是那麼可怕！一把抓住我的頭扔到窗外什麼的，根本都是家常便飯啊……！」

在同年代的男生中，古蓮算是身高頗高的青年。能夠一把抓住他扔向窗外的魔術師，到底是何方神聖啊。

正當莫妮卡在腦中想像一位銅筋鐵骨的巨漢時，古蓮睜著撐開至極限的雙眼尖叫了起來：

「呀啊啊啊啊啊啊！師、師、師父……」

咚叩一聲，一陣沉重的衝擊音響起。

那是壓縮過的空氣塊狠狠敲在古蓮頭頂的聲音。雖然已經有克制了殺傷力，依然是不折不扣的攻擊魔術。

隨著「唔嘎」一記慘叫，古蓮當場趴倒在地。光看就覺得很痛。絕對很痛。

莫妮卡渾身發抖了起來，隨後，一陣熟悉的嗓音自背後響起：

「唉唷唉唷，古蓮。看到師父的臉卻拔腿就跑，是怎麼回事啊？」

難道說難道說，不會吧，難道……如此心想的莫妮卡回過身去。

出現在眼前的人物一如所料，是與莫妮卡同期的七賢人——〈結界魔術師〉路易斯・米萊。

路易斯看也沒看菲利克斯及莫妮卡一眼，只伸手抓住趴倒在地的古蓮後腦，拖著他站起來。舉動跟小混混沒兩樣。

那身俊美外表做出此等行徑所形成的反差，算是頗為強烈的視覺暴力。

原來如此，確實沒錯。如果是路易斯，單手抓起古蓮扔出去的確只算小事一樁，下手八成也不會有什麼猶豫。

明白路易斯臂力與握力如何過人，下手又如何無情的莫妮卡，在發抖的同時暗自想通。

被一把揪著後腦的古蓮，眼中泛著淚光不停辯解：

「剛才用飛行魔術是不可抗力呀！如果不用的話，該說是真的會很不妙還是……！」

「是呀，當然。為師也並不是為了舞台上那些舉動而要懲罰你的。」

相較於不停哭喊的古蓮，路易斯的口吻極其彬彬有禮。反而更令人聽了心底發寒。

「古蓮，我問你……你平時好像很頻繁地往返於校園跟老家對吧？而且是用飛行魔術代步。」

「唔嘎？為什麼師父會……」

「方才，我去向令尊令堂請安時聽說的。哎呀～看來你魔術的本事成長有加呢。可惜腦袋這邊好像完全沒半點長進喔。」

「呀啊啊啊啊，好痛好痛好痛！」

「你把自己飛行魔術失敗，撞得我家外牆留下裂痕的事都給忘光了嗎？啊～？」

只有最後那聲「啊～？」是以低沉的重低音出口，這又更教人恐懼。

（沒想到，古蓮同學竟然是路易斯先生的弟子！）

這麼說起來，確實有好幾個這樣就說得通的地方。

古蓮與莫妮卡插班的時期相同。恐怕是為了不要讓莫妮卡太引人注目，而作為誘餌送進來的。

路易斯能夠大大方方正面潛入校慶，大概也是透過古蓮收到了邀請函。

沒有把弟子的事告訴莫妮卡，想必是認為莫妮卡太不會演戲，不要透露太多無謂的情報比較妥當。

畢竟自己要是打從一開始就得知古蓮是路易斯的弟子，一定無法和他自然地相處。

（話、話雖如此，這種狀況下，我該怎麼應對比較好……路易斯先生有發現，殿下人就在這裡嗎？是不是氣得忘我，完全沒注意到呀……）

莫妮卡還在不知所措，菲利克斯已經擺出柔和的態度，向正在處罰古蓮的路易斯開口：

「米萊魔法伯，對本校同學暴力相向的行徑，可教人不敢恭維喔。」

路易斯聞言，瞇細了凶狠的目光，緊接著放開揪住古蓮後腦的手。

古蓮一副機不可失的模樣，嚷嚷著：「會、會長～～……！」並逃到菲利克斯身後。

「哎呀哎呀，這位不正是菲利克斯殿下嗎。」

方才的小混混舉動一轉眼消失無蹤。

路易斯帶著優雅的微笑，轉身面向菲利克斯，伸手按上長袍胸口，裝腔作勢地接話：

「賽蓮蒂亞學園的校慶，果真非同凡響。尤其是方才那齣演劇……那些美妙的演出著實令人驚豔不已呢。」

路易斯言下之意，是兜著圈子在質問——剛那是意外事故對吧。

當然，菲利克斯也不是這點程度就會心生動搖的人物。

「舞台劇這麼成功，都要歸功於達德利同學的活躍喔。」

說著說著，菲利克斯轉頭望向逃到身後的古蓮。

古蓮絲毫不掩飾自己的開心，「嘿嘿嘿，是這樣嗎。嘿嘿嘿……」地笑容滿面。多麼單純的男生。

眼見自家弟子這麼乾脆就遭到對方攏絡，路易斯狠狠瞪了他一眼，接著重新擺出笑容。

瞪向古蓮的凶狠表情，以及向菲利克斯露出的客套笑容，兩者的溫度差實在過於天差地遠。

「這麼一提，今天那齣演劇用到了不少魔術呢。賽蓮蒂亞學園在培育魔術人才方面似乎也相當賣力……敢問殿下是否對魔術研究有加？」

面對路易斯的質問，菲利克斯帶著含蓄的笑容答覆：

「沒有，我在魔術方面並未專門進修，知識不夠豐富。所以也沒辦法與身為七賢人的你討論魔術相關話題喔。」

表面上就像在閒話家常，但實際上是在檯面下你來我往地勾心鬥角，看得莫妮卡胃幾乎要翻騰。

在路易斯剛奉命執行菲利克斯的護衛任務時，曾在胸針型魔導具內埋入能用來追蹤目標所在地的魔術，透過國王轉送給菲利克斯。

埋在魔導具內的魔術式，絕非門外漢所能輕易解讀的東西。相信路易斯當時是這麼想的。

偏偏菲利克斯不僅發現了胸針內埋入的追蹤術式，還直接把胸針給破壞掉。再主張說是不小心弄壞的。

路易斯隱瞞自己埋入追蹤魔術式的事情，菲利克斯隱瞞自己理解這點並破壞胸針的事情，雙方都擺出一副互不知情的態度，彬彬有禮地裝傻。

——你早就發現，我在魔導具裡埋入了追蹤用的魔術式了對吧？

——你打算用魔導具，監視我的一舉一動對吧？

幾乎讓人以為可以聽見兩人這樣的心聲。

屏氣凝神的莫妮卡，望著兩人的對話，暗自思考著：

（為什麼，殿下要隱瞞自己對魔術研究有加的事呢？）

在柯拉普東鎮，他曾經私下告訴自己。

他其實對魔術很感興趣。而且還是〈沉默魔女〉的熱情粉絲。

（魔術對貴族而言算是一種涵養，被人知道自己有在研修，應該沒有壞處才對……）

豈止是沒有壞處，像希利爾那樣懂得使用魔術的人，大家重用都來不及，況且賽蓮蒂亞學園在魔術方面的授課與社團又都相當充實。

明明如此，為何菲利克斯非得隱瞞自己對魔術的興趣不可，莫妮卡實在無法理解。

在柯拉普東的慶典上，巧遇微服出巡的菲利克斯一事，莫妮卡已經透過琳回報給路易斯。

不過，莫妮卡並沒有連當晚艾伊克告訴自己的祕密都一並回報。

無論是喜歡魔術的事也好，或身為〈沉默魔女〉粉絲的事也好，都沒有回報。

因為那並不是殿下，是艾伊克的祕密——如此為自己開脫的莫妮卡，將那晚所發生的事藏進了內心深處。

總覺得，要是把這些事情都回報給路易斯，會像是背叛了第一個陪自己夜遊的朋友。

就在莫妮卡靜靜地守候菲利克斯與路易斯的對話時，古蓮又操著悠哉的嗓音開了口：

「會長，師父，你們原本就認識嗎？」

聞言，菲利克斯與路易斯雙雙露出了性質相近的笑容。

那是一種既非肯定亦非否定，任人怎麼解釋都通的笑容。

「那麼，容我先行告辭。」

率先為對話打住的人，是菲利克斯。公務繁忙的他，能夠分配給單獨一位來賓的時間是有限的。

自己主動打住，想必是在表明「沒有更多時間可以花在第一王子派的魔術師身上」吧。

而路易斯也並未試圖拖住菲利克斯。

「嗯，還煩請代我向令外祖父大人問候。」

路易斯送上一臉意味深長的笑容，菲利克斯也露出一副代替回應的笑臉。

簡短的言語互動也好、現場凝重的氣氛也好、細微的表情變化也好——一切的一切，都是在互相勾心鬥角，揣測彼此真意。

單是待在現場，就給人一種嚴重磨耗精神的感覺。

菲利克斯轉頭，向嚥著口水靜靜守候的莫妮卡說道：

「我有話要找舞台部門的人說。妳就繼續盡情享受校慶吧。」

「好、好的……」

向路易斯小小點頭致意之後，菲利克斯便離開了。

打算腳底抹油的古蓮，也被路易斯一把揪住頸子，隨著一句「來，說教時間到嘍」雙雙離開現場。

交互目送菲利克斯與路易斯的背影離去後，一隻黃色的小鳥飄舞降落，停在被單獨留下的莫妮卡肩頭。是琳。

「〈沉默魔女〉閣下，滅火作業辛苦了。」

黃色小鳥以黃綠色的眼眸緊緊仰望著莫妮卡。琳化身成人的時候，瞳孔就是這樣的顏色。

回望那對色彩鮮明的眼眸，莫妮卡小聲地開口。

「那個，琳小姐。」

「是。」

「古蓮同學他，原來是路易斯先生的弟子嗎……」

小鳥輕輕地上下擺頭。

恐怕琳也被路易斯先生下過封口令吧。莫妮卡並沒有要為此責備琳的意思。

只是，有件事情無論如何都想要確認。

「我如果猜得沒錯，古蓮同學他……對於護衛任務的事，也同樣一無所知，對嗎？」

在路易斯與菲利克斯對峙的期間，古蓮始終一副什麼都不知道的表情。

或許，就連第一王子派與第二王子派之間的糾紛，他都從未知悉。

聽了莫妮卡的提問，黃色的小鳥語調平淡地回應。

「您認為，古蓮閣下有辦法在不穿幫的前提下，暗中提供協助或執行隱密任務嗎？」

「……實在不這麼認為。」

無論是好是壞，古蓮・達德利就是個表裡如一，永遠朝氣十足、憨直又誠實的青年。

「路易斯閣下在將您送入校園之際，似乎是為了混淆視聽，同時安排古蓮閣下也插班進入校園。」

菲利克斯經過胸針事件，已經懷疑〈結界魔術師〉在自己身邊打探，並提高了警戒。若在這種節骨眼又安排莫妮卡進入校園，理所當然會被懷疑是路易斯的人馬。

所以，路易斯才會在同樣的時間點也安排古蓮進入校園。

身為〈結界魔術師〉弟子的古蓮一旦進入校園，絕對會遭到菲利克斯的高度警戒，如此一來，投向莫妮卡的猜疑便會相對減低。

「另外，古蓮閣下對於這些事實都毫不知情。」

「……」

果然，路易斯是指使自己完全狀況外的弟子進來當替死鬼。真的太無情了。

「萬一古蓮閣下得知〈沉默魔女〉閣下的真實身分與任務，要他向周圍保密只怕是天方夜譚。瞞著他相信才是上策。」

「……我會小心的。」

發現路易斯與古蓮的師徒關係雖然令莫妮卡驚訝，但明白古蓮不曉得莫妮卡的真實身分，又令莫妮卡暗自鬆一口氣。

古蓮之所以對莫妮卡那麼親切，並不是出自任務所需。他是在不清楚莫妮卡身分的狀況下，主動與莫妮卡好好相處的。

古蓮表示莫妮卡是朋友的說詞毫無一絲虛假，這令莫妮卡無比開心。

可能的話，莫妮卡希望今後也能繼續跟他當朋友。

（我得好好，隱瞞身分才行……）

莫妮卡這才發現，現在的生活，已經難以放手到自己都驚訝的地步了。

＊＊＊

陸續有來賓從賽蓮蒂亞學園的教職員室進進出出，裡裡外外好不熱鬧。

身為最年輕女教師的綾縺．佩露，在為來賓準備紅茶的同時，也順便側眼觀察著來賓的陣容。

來到教職員室的來賓，除了賽蓮蒂亞學園的畢業生，就是教師群的貴族親戚等等，無一不是上流名門人士。

尤其在房間最裡頭的克拉克福特公爵身邊，更是接二連三有貴族大人物來訪請安。

即便身邊滿滿圍繞著貴族大人物，克拉克福特公爵的存在感依然鶴立雞群。

那令人可以想見年輕時風華絕代的五官，確實有著外孫菲利克斯的影子。

只是，他與總是掛著平穩笑容的菲利克斯不同，克拉克福特公爵身上，時時刻刻都散發著一股如寒東湖泊般的冷冽氣息。誰要是稍有不慎觸怒了他，就等著被一腳踢進湖裡。

克拉克福特公爵無疑是對於利迪爾王國發展貢獻良多的偉大人物，但就綾縺本身而言，對於公爵所懷抱的感情，比起尊敬，還是畏懼更勝一籌。

（小心別讓他盯上吧。）

思索著這些事情，綾縺把沖好的紅茶擺到了盤子上。

〈水咬魔術師〉威廉．瑪克雷崗與來自米妮瓦的訪客——〈紫煙魔術師〉基甸．拉塞福兩人正在日照良好的窗邊談笑風生。

為兩人送上紅茶的綾縺，聽見了兩位老教師交談的內容。

賽蓮蒂亞學園 教師
水咬魔術師
威廉・瑪克雷崗
魔術師養成機構米妮瓦 教師
紫煙魔術師
基甸・拉塞福

「這麼一提，我剛聽路易斯說，艾瓦雷特那傢伙，好像又——開始足不出戶啦。」

「嗯哼～？」

「這樣豈不是打從她進米妮瓦之後就毫無成長嗎……雖然人都畢業了，也輪不到我再去說三道四的，可艾瓦雷特那種內向的性格，難道就沒法治一治嗎？」

看來這位拉塞福，是在為了某個怕生的對象操心。

（米妮瓦的老師也真不輕鬆呢～）

綾縺班上也有位類似性格的少女，所以她非常明白這種心情。

只是，綾縺班上那位少女——莫妮卡・諾頓，已經遠較剛插班進來時開朗許多，用不著那麼操心了。

如果拉塞福教授操心的那位艾瓦雷特同學，也能夠交到好朋友就好了……就在綾縺暗自想著這些事情時，瑪克雷崗雙手捧起紅茶咕噥了起來：

「我覺得呢～如果是艾瓦雷特同學，犯不著那麼擔心也沒關係喔。」

「……啥？」

面對一臉狐疑的拉塞福，瑪克雷崗隨著「咻嚕咻嚕」的聲音啜著紅茶，操著悠哉的口吻繼續說道：

「她啊，一定比你所猜想的過得更開心啦。」

✦ 第七章　每一年，他都從不間斷地送出邀請函

莫妮卡將警護菲利克斯的任務交給琳與尼洛，暫且離開了戶外舞台。自己畢竟不是舞台相關人士，老是在這一帶打轉，難保不會啟人疑竇。

（中學部校舍有諾頓家的各位在負責警備了……不如就避開有拉塞福老師在的教職員室，到校內巡邏去吧。）

抱著這種念頭起步朝校舍移動時，身後傳來了一陣嗓音喚住莫妮卡。

「嗨，諾頓小姐。」

「哈囉哈囉～諾頓小姐午安啊。」

莫妮卡轉過身來，出現在面前的人是學生會書記艾利歐特．霍華德，以及他的音樂家朋友班哲明．摩爾丁。

莫妮卡問候了聲「午安」，艾利歐特隨即關注著四周問道：

「噯，諾頓小姐。妳有看到希利爾那傢伙嗎？」

「希利爾大人嗎？」

校慶開幕之後，莫妮卡一共只看見希利爾兩次。

一次是校慶剛開幕，收下花飾的時候，另一次則是觀賞上半場演劇，在觀眾席瞄到希利爾的時候。之後便沒再見過他。

莫妮卡如實答覆，艾利歐特聽了，皺眉搔著臉頰開口：

「是沒有多十萬火急啦，不過有些案件想在舞會開始前找他確認一下……原本還想說他鐵定會跟諾頓小姐一起行動才對。」

艾利歐特這番話，聽得莫妮卡一愣一愣地張大了眼睛。

「跟我一起，行動？」

「因為，妳不是和希利爾挺要好的嗎？」

「嗯？我覺得，霍華德大人與希利爾大人，看起來比較要好。」

莫妮卡直言不諱地說出心聲，艾利歐特卻不知為何一臉驚愕，下垂眼睜得老大，眉毛也高高撐起。

「我跟希利爾要好？喂喂喂，別開玩笑了，拜託妳。」

既不是玩笑也不是諷刺，但艾利歐特感覺起來相當不服氣。

莫妮卡正困惑不已，班哲明便像是注意到什麼似地敲了敲手掌。

「喔喔，對了。諾頓小姐是插班生嘛。妳不曉得他們倆以前發生過什麼事，怪不得會這麼想。」

在莫妮卡插班入校之前，希利爾與艾利歐特之間的氣氛與現在不同嗎？

看在莫妮卡眼裡，只覺得兩人就是對普通的好朋友。

或者該說，艾利歐特在面對希利爾的時候，態度會比較自然不做作。

「我還以為，兩位鐵定是，好朋友……」

「好朋友？饒了我吧！」

艾利歐特這會兒整張臉擠成一團不停搖頭了。與其說是不悅，更像是坐立難安的反應。

班哲明開始為一頭霧水的莫妮卡講解：

「艾利歐特不是信奉階級至上主義嗎？他對於自己的貴族身分引以為傲，同時也對於市井平民跨足貴族社會一事頗有微詞。就我個人而言，十分樂見大眾所創的音樂能為貴族階級所接受，但他就是死腦筋，沒辦法。」

「呃，喔……」

這點莫妮卡也理解有加。

中流階級以下的人士與上流階級貴族套交情，向來是艾利歐特相當不樂見的事。

這絕非出自於輕視中流階級以下的人，純粹是他認為，為了克盡本身使命，貴族與平民各自謹守本分，不互相侵犯領域，才是最好的方法。

正因如此，莫妮卡剛插班入校的時期，艾利歐特才會頻繁表現出具攻擊性的態度。現在姑且是處於「暫時保留」的狀態就是了。

「那個，可是，這件事與希利爾大人，又有什麼關係……」

「艾仕利副會長，是海恩侯爵的養子啊。雖然也算是遠親，但親生父親似乎並沒有爵位。」

「……咦？」

莫妮卡一時之間難以相信自己的耳朵。

在莫妮卡所認識的對象中，希利爾是最像貴族的貴族。無論是那大方的舉止、高傲的態度，還是洗鍊的外貌與言行，無一不散發貴族的品格。

正因此，對於希利爾是天生的貴族一事，莫妮卡從來就深信不疑。

「那麼，呃——他與克勞蒂亞大人……」

「喔，那對兄妹沒有血緣關係啦。海恩侯爵只有克勞蒂亞小姐這個親生女兒，所以才會收養副會長好繼承家業。」

利迪爾王國曾有過偏重魔術的時代。在那時，某些透過魔術獲得地位，或是負責管理古代魔導具的家族，收養有魔術天分的小孩當繼承人可謂司空見慣。

近年來這樣的風潮不再盛行，讓養子當繼承人的案例變得相當少見，不過海恩侯爵依然說服各方面的反對收養了希利爾。

（所以，霍華德大人才會……）

莫妮卡總算開始有點頭緒了。

希利爾並非天生的貴族。而艾利歐特最討厭的就是一步登天，跨越身分差距的人。

班哲明把食指當成指揮棒揮個不停，繼續接話講解。

「從前的艾利歐特與艾仕利副會長感情極差……或者該說，艾利歐特一直單方面找副會長的碴。」

「喂，舊帳就別翻了好嗎。」

「明明成天單方面找人家碴，筆試成績卻每科都慘敗……」

「就說別——講——了！」

艾利歐特單手遮臉，另隻手甩個不停制止班哲明，但班哲明一度動起來的舌頭可不是說停就停的。

「筆試都全軍覆沒了，艾利歐特卻不知道收斂，反而幼稚地找副會長較量棋藝喔。當時艾仕利副會長對局的資歷尚淺，完全不是艾利歐特的對手。艾利歐特就這麼不可一世地擺起架子，數落副會長『連棋都下不好，虧你還有臉報上艾仕利家的家名啊』……」

「噯，喂，這件事，只需要提到希利爾的醜態就夠了吧。」

艾利歐特這些藏不住頑劣性格的發言，看來也傳不進現在的班哲明耳裡。

「然而，艾仕利副會長也是個不甘示弱的人，當然沒有就此默不作聲。整整一個月不眠不休地鑽研棋藝之後，艾仕利副會長找艾利歐特發起了復仇戰，勢如破竹地逼得艾利歐特節節敗退，可惜睡眠不足作祟，就這麼癱在棋盤上昏倒了。」

好像在哪裡聽過這段往事。印象中，應該是莫妮卡到學生會室回報自己被選為棋藝大會代表選手的時候吧。

希利爾與艾利歐特的性格雖然天差地遠，但論及自尊心高傲的程度，兩人可是不分軒輊。一旦要互爭高下，不難想像雙方都會激動起來，誰也不讓誰。

「哎呀～艾利歐特當時動搖的模樣，真的是直到現在都教人難忘啊！」

「算我拜託你，趕快忘了吧。」

「也罷，到頭來，多虧會長介入仲裁，兩人才總算是言歸於好了。」

原來如此——莫妮卡才剛點頭，艾利歐特就露出嚴肅的表情找起藉口：

「不是，我才沒跟他歸什麼好的，該怎麼說，就只是覺得至少那傢伙的努力與堅持值得認可……」

「就此締結的火熱友情！起源於身分差距的鬥爭！在競爭與較量之下融合而成的嶄新和諧曲！喔喔～來了，來了來了來了！靈感降臨了！這樣又能譜出一曲……又要有新的樂曲誕生了！」

面對中途跑進自己世界神遊的班哲明，艾利歐特滿臉悲慟地仰天長嘯。

「所以說，就跟你講那不是什麼友情了吧！就跟諾頓小姐一樣！我只是決定，暫且先將他列入觀察中名單而已，就是所謂的一時休戰！我可是早就打定主意，一旦他捅出什麼漏子，我就狠狠笑他幾句『看吧，我就知道！庶民出身的白痴』啦！」

「原、原來如此……」

說實話，莫妮卡只覺得好像懂了，又好像什麼都不懂。總而言之，兩人的關係比表面上看到的更複雜，並非單純地交好，這點莫妮卡是理解了。

艾利歐特把一頭整齊的鳶褐色頭髮搔得亂七八糟，苦澀地喃喃自語起來。

「唉～受不了……為啥會聊起這種事啊。喔，對了，是諾頓小姐害的。都是妳把我跟希利爾誤會成朋友才會這樣。」

「非、非常抱歉……」

只是，如果要說艾利歐特與希利爾交情不好，莫妮卡果然還是不以為然。

當然，要是老實道出這種感想，艾利歐特八成又要發脾氣了，所以莫妮卡沒打算說出口。

「比起我，希利爾明明就跟妳要好得多吧，諾頓小姐？不但時常一起辦公……今天你們不是也一起逛校慶嗎？」

「沒有，我真的只有，在早上遇見他一會兒……」

莫妮卡搖頭，艾利歐特則伸手指向莫妮卡胸口的花飾。

「可是，妳那花飾是希利爾給妳的吧？」

「嗯？你怎麼知道？」

這麼一提，菲利克斯好像也提過類似的事。

綁在薔薇莖上的藍色緞帶的確是希利爾平時結在身上的領結，但並不是什麼獨特到能夠一眼認出來的東西。

是不是緞帶在哪邊寫了希利爾的名字呀——莫妮卡翻起緞帶觀察。艾利歐特見狀，不禁露出傻眼的表情。

「怎麼，妳不知道嗎？花飾大多會選用與贈送者頭髮或眼珠相近的顏色。我這種顏色不起眼的嘛～花色大概就隨便挑，再結個褐色緞帶了事。不過希利爾的顏色那麼特別，誰看了都一目瞭然吧。」

「原來是這樣嗎……」

莫妮卡一本正經地低頭望著胸前的花飾。

美麗的純白色薔薇搭上藍色緞帶，原來如此，的確會令人直接聯想到希利爾的銀髮與深藍色雙眸。

「啊，我懂了……所以其實是這種魔咒嘛。」

「嗯？妳說啥？魔咒？」

莫妮卡回想起好久好久以前讀過的書。

裡頭說利迪爾王國東南部某個地區，相信只要將他人身體的一部分——譬如毛髮之類的繫在身上，就能夠讓對方把力量分給自己。

所以，名聲響亮的戰士或魔術師的毛髮，對於要上戰場的人來說，是非常求之不得的護身符。

這個花飾的魔咒，或許就是從那種習俗演變而來的——莫妮卡這麼想。

「只要別上這個花飾，就能夠讓贈送者把力量分給自己……換句話說，就是能夠讓言行舉止變得跟贈送者一樣，就是這種魔咒對吧！」

「……呃，喔？」

怪不得希利爾會說是「讓妳今天一整天，都不會丟人現眼的魔咒」，莫妮卡總算懂了。

只要言行舉止都能像希利爾那樣落落大方，就算是出席舞會，也不用擔心出糗。

「總覺得，開始湧現一點勇氣了……只要戴著這朵花，我就能夠像希利爾大人那樣舉止大方，也說不定。」

艾利歐特始終一頭霧水地望著莫妮卡，然後他慢慢地將身體向前彎成ㄑ字形，接著抱著肚子渾身顫抖不已。

「那個，霍華德大人？你肚子，會痛嗎？」

「不……呵呵、哈哈，啊哈哈哈哈……沒啦，沒事……噗哈……舉止像希利爾一樣的諾頓小姐……這是怎樣，太勁爆了吧……饒了我吧，笑死人……咕呼……」

「霍、霍華德大人？霍華德大人？」

眼見艾利歐特顫抖到跟抽筋沒兩樣，莫妮卡頓時不知所措。

終於，艾利歐特笑累之後，緩緩抬起上身，拭去下垂眼眼角的淚水說道：

「妳胡扯我跟希利爾要好的事情，就用剛剛魔咒的話題一筆勾銷啦。哎呀～弄到一個好把柄可以挖苦希利爾啦。」

「……咦？那個，呃——……」

「總而言之，就這樣，要是遇到希利爾，幫忙轉告說我在找他吧。我會待在高中部校舍一樓。」

「好、好的。」

小小點頭致意過，莫妮卡便隨著啪噠啪噠的腳步聲離開了現場。

目送著莫妮卡的背影離去，艾利歐特嘴角浮現出略帶諷刺的微笑。

（真是的……「那傢伙」也好，希利爾也好，諾頓小姐也好……怎麼我身邊盡是幫怪人啊。）

非貴族出身者擅自跨越身分差距，這樣的事向來是艾利歐特．霍華德最厭惡的。

話雖如此，也無法因此就否定這樣的人所有的一切，這也是事實。

「只不過，大眾音樂還是不合我的胃口啊。如果真要作曲，麻煩至少格調高尚點吧，班哲明。」

艾利歐特這番話，沒有得到班哲明的回應。

因為正以樹枝在地面勾勒音符的班哲明，早就展開他的音樂世界之旅了。

＊＊＊

與艾利歐特及班哲明分頭後，莫妮卡移動到人煙稀少的地點，確認四下無人之後，抬頭望向樹木。

「尼洛……你在嗎？」

「喔，我在啊。」

黑貓尼洛輕快地跳下樹枝，停到莫妮卡的肩上。

與化身小鳥的琳不同，尼洛畢竟是貓咪，騎在肩上還是挺重的，但為了壓低對話音量，也沒有其他辦法。

「我問你喔，我要找希利爾大人……你有看到他嗎？」

「喔，那個冷冰冰老兄啊。」

具備過剩吸收魔力體質的希利爾，平時都會透過胸針型魔導具將體內蓄積過多的魔力釋放到體外。

而這些魔力都會自動轉換成他擅長的冰屬性魔力，所以尼洛都把他喚作冷冰冰老兄。尼洛基本上就是不打算花力氣去記人的名字。

「他的話，我在那個大館子裡看到嘍。」

大館子——如此形容的尼洛舉起前腳示意的，是用來舉辦舞會或典禮的禮堂。

禮堂與校舍以走廊彼此連通。莫妮卡與尼洛現在的所在地，正是校舍與舞廳的中央。

禮堂在校慶結束後會拿來當作舞會的會場。現在正為了晚上的舞會在進行相關布置準備，應該沒有開放給一般訪客進出。

（等等？怪了，負責準備舞會的應該是梅伍德大人才對……為什麼希利爾大人會跑到禮堂去呢？）

歪頭不解的莫妮卡，伸手抱起肩上的尼洛。肩膀已經被壓得有點痠了。

被莫妮卡抱離肩膀的尼洛，突然用前腳朝莫妮卡的胳膊猛拍。

「喂，莫妮卡。那邊有個可疑的女人喔。」

「……咦？」

「就在那邊，快看。」

朝尼洛的視線看去，可以發現一名女性正在來回打轉。

年齡大約三十五、六歲吧。是頂著焦茶色頭髮，身材纖瘦的女性，身上穿著樸素的衣物與長披肩。

這身穿著打扮，與貴族子女就讀的賽蓮蒂亞學園是稍嫌格格不入了些。

到場參加校慶的大半都是上流階級人士與隨行的僕役。而這位女性的外觀看起來既非貴族，也不像是下人。

「感覺她心神不寧，鬼鬼祟祟的……就那個啦！走在人潮中的莫妮卡就那副德性！」

「對啦～反正我就是，心神不寧，鬼鬼祟祟的啦……」

然而尼洛的形容確實一針見血。

為了不與他人對上視線而低頭走在路邊，每每見到人群聚集就怕得移動到陰影下。尤其當遇到大嗓門的集團更會被嚇得反射性藏身，所以不管走上多久，都沒辦法抵達目的地。

跟走在人潮中的莫妮卡完全是一個模子印出來的。

「她根本怎麼看怎麼可疑吧。或許是入侵者也說不定喔。」

雖然尼洛這麼說，但莫妮卡實在不覺得她有這種嫌疑。

要真是刺客之類的，應該會打扮得更低調。這位女性過於樸素的穿著，在這裡反而引人注目。

觀察低頭女性的側臉，只見她神情陰沉，眉尾下垂。可疑的確是可疑，但也有點像是不知所措的反應。就連這種地方，也跟身陷人潮中的莫妮卡如出一轍。

這麼一想，就覺得這位女性該不會是有什麼煩惱吧。

「我、我去找她……開口關切，看看。」

對於極度怕生的莫妮卡而言，要向素昧平生的人開口搭話，是一件非常需要勇氣的行為。

可是，莫妮卡無論如何就是放不下這位女性。

尼洛仰頭望向莫妮卡，露出滿意的笑容。

「妳也成長了嘛。很好，上吧，上吧。」

說著說著，尼洛從莫妮卡的手中一躍而出，移動到附近的樹木上。此舉的用意，相信是要莫妮卡別依賴尼洛，自己上前解決問題吧。

莫妮卡緊緊握住拳頭，向前邁出了步伐。

她一向拿人多的地方沒轍。就算到了現在，還是覺得人潮很恐怖、陌生人很可怕。

即使如此，莫妮卡還是希望，自己能夠多少向拉娜看齊，成為跟她一樣溫柔善良，能夠在人潮中手牽手替某人帶路的人。

（不要緊，今天的我，有希利爾大人的魔咒，在保佑。）

莫妮卡低頭望向胸前的白玫瑰。

換作希利爾，看到來賓有困擾，一定會上前關切的。

（因為我，是學生會的幹部呀……）

莫妮卡靠近低頭的女人後，絞盡渾身的勇氣出聲。

「那、那個……請、請問妳，有什麼困勞嗎！」

大舌頭了。

果然還是沒能像希利爾那樣落落大方。就在莫妮卡為了殘酷的現實意氣消沉時，女性一臉困惑地抬頭望向了莫妮卡。

女性的五官既平凡又樸素，就是位隨處可見的女性。真要說起來，就是和莫妮卡很相似的類型。稱得上特徵的特徵，頂多就是嘴角長了顆痣而已。

一度垂下睫毛，猶豫著該不該開口的女性，最後還是小聲地問向莫妮卡：

「希利爾……請問我該去哪裡，才能找到希利爾．艾仕利？」

出乎意料的名字傳入耳裡，莫妮卡驚訝地睜大了眼睛。原來她是希利爾認識的人嗎？

「呃——希利爾大人現在在禮堂……」

「禮堂？」

「請、請跟我孩！」

又大舌頭了。

＊＊＊

走在莫妮卡身旁的女性維持一貫的低頭姿勢，偶爾抬頭也只是朝四周瞥一瞥，隨即又不自在地將視線移回腳邊。

莫妮卡煩惱著該找些什麼話題開口才好，但卻只是嘴巴張了又合、張了又合。

（嗚嗚～好、好尷尬……）

像這種時候，要怎樣才能打開話匣子，莫妮卡完全沒有頭緒。

如果是拉娜，一定會用「那條披肩好迷人呢」之類的，拿對方身上穿戴的東西當開場白。

如果是菲利克斯，應該會隨口問起「本校校慶有讓您樂在其中嗎？」、「方才的演劇看過了嗎？」並觀察對方的反應，提供各式各樣話題自然地聊開。

如果是古蓮，大概會是「來嚐嚐咱家的烤肉唄！」這樣吧。

認識的人在這種場合會怎麼做，莫妮卡雖能輕易想像，卻覺得無論哪種模式自己都學不來。

結果，無法提出任何話題的莫妮卡，就這麼暗自在內心抱頭苦惱，默默地帶路。幸好，女性主動看往莫妮卡，輕聲細語開了口。

「妳也是，這所學校的學生嗎？」

「是、是的，沒有錯，我是學生！」

聽到莫妮卡的回答，女性不知為何一臉歉疚，應了一聲：「真抱歉——」

「問了妳這麼失禮的問題，明明看到制服就該明白的。只是……那個，因為妳看起來實在不太像這裡的學生。」

確實，在這間廣收貴族子女的賽蓮蒂亞學園，渾身散發庶民氣息的莫妮卡算是頗為異質的存在。即使身穿同樣的制服，舉手投足中依然會反映出這樣的氣質。

「請問，妳認識希利爾嗎？」

「是、是的，平時總是受他多方關照！」

莫妮卡大力點頭，女性則猶豫了起來，視線徬徨不定。

最後，女性將視線投向腳邊，低聲開口問道：

「像妳這樣百依百順的女生，希利爾沒有對妳擺出盛氣凌人的態度，動不動就開口怒罵嗎？」

「咦，呃——……」

希利爾會擺出盛氣凌人態度的對象，並不僅限於百依百順的莫妮卡。基本上除了菲利克斯以外，他幾乎對誰都是一視同仁地高傲。

莫妮卡思索了一會兒，煩惱該怎麼回答。

希利爾確實是個高傲又易怒的人。可是，莫妮卡很清楚，他並不只是這樣的人。

「希利爾大人他，很溫柔。」

回憶起初次邂逅希利爾的情形，莫妮卡一字一句道出自己的心聲。

「他有仔細地，在為我著想。」

那時候，他發自內心為了跌下樓梯的莫妮卡擔心。

在沒受到任何人要求的情況下，仔細調查莫妮卡跌下樓梯的經緯，最後做出公正裁定的人，也是希利爾。

「學生會的工作，他總是很細心很細心地指導我。在我倒下的時候，他甚至替我完成了份內所有的工作……還、還有，他還請我喝了非常美味的巧克力！」
直到方才都低頭不語的女性，抬起頭來望向莫妮卡。
莫妮卡稍稍挺起胸膛，用指尖摸了摸別在胸口的白薔薇花飾。
「這朵花，也是希利爾大人給我的。為了讓我今天，能夠免於當眾出糗……他送了我能夠鼓起勇氣的魔咒。」
剎那間，女性的面容一緊，就像要哭出來似的。
「這樣嗎……希利爾他……」
呢喃的同時，女性停下了腳步。
希利爾所在的禮堂就在眼前了。但女性卻裹足不前，沒有要進入禮堂的意思。
「那個，希利爾大人就在這間禮堂裡面，喔？」
莫妮卡戰戰兢兢地出聲，不過女性只是輕輕搖了搖頭。
「不了，我現在……果然，還不能與那孩子碰面。」
明明說著還不能碰面，女性臉上所浮現的，卻是祥和又安心的神情。
接著，女性一臉歉疚地垂下眉尾，望向莫妮卡開口賠罪：
「難得遇到妳這麼親切幫我帶路，真對不起……謝謝妳開口關心我，善良的小姑娘。」
「不會，那個，不好意思，沒能幫上妳什麼忙……」
面對搓著指頭的莫妮卡，女性露出了淡淡的微笑。
「能聽過妳這番話真是太好了。既然那孩子……對妳這樣的女孩也能表現得溫柔……」
留下有如喃喃自語般的低語，女性朝正門的方向邁出了腳步。

之後，就這麼頭也不回地離去了。

＊　＊　＊

「打、打攪了。」

稍稍打開禮堂大門往裡頭窺探，便看到希利爾與尼爾正忙著向僕役們發號施令。餐點、飲品、餐具的數量、樂團待命的位置與椅子的配置，以及種種大小業務，必須趁舞會開始前確認清楚的項目要多少有多少。

眼見現場如此忙碌，猶豫著該不該出聲打攪時，注意到莫妮卡的尼爾率先開了口：

「啊，諾頓小姐。有什麼事情嗎？」

「那個～我有事，要找……希利爾大人……」

莫妮卡忸忸怩怩地答覆後，尼爾立刻去幫忙找人。

希利爾停下手邊正在確認的項目，快步朝莫妮卡走來。莫妮卡隨即感受到腳邊傳來一股冷冰冰的空氣。

「諾頓會計嗎。難道校舍那邊出了什麼問題？」

「沒、沒有，不是那麼回事，是霍華德大人在找希利爾大人……說有事情想在舞會前確認，希望我幫忙轉告一聲。那個，霍華德大人應該是待在校舍的一樓……」

「待確認事項？喔喔，可能是樂團那邊有什麼要變更的吧。我明白了，等這兒確認結束，我會馬上過去。」

迅速答覆的希利爾，頭髮罕見地沒有束緊。領結也還沒繫回去。想到希利爾一向對服裝儀容特別囉嗦，更感覺得出他現在有多麼分身乏術。

之所以從方才起就在腳邊感受到冰冷的空氣，恐怕是因為將體內過量魔力轉化為冷氣釋放的胸針型魔導具沒有別在胸前，而是收在口袋裡吧。平常感受到冷空氣的，都是更高一點的部位。

「希利爾大人，有去看，演劇嗎？」

「嗯，跟梅伍德總務一起看的，不過上半場途中就走了……」

一旁的尼爾聽了希利爾的發言，苦笑著開口補充：

「那時候是邊看邊在舞台下作業，所以稱不太上有好好觀劇啦。」

「唉，也是啦。諾頓會計有連下半場都好好看完嗎？」

聽起來，兩人沒有看到下半場演劇，所以也不清楚當時發生的大小意外。

要是在這裡聽見舞台陷入了半毀狀態，只怕希利爾會當場昏過去，因此莫妮卡決定用曖昧的笑容蒙混過去。

「希利爾大人，那個……方才有位女性，好像，想要找希利爾大人。」

「找我？」

直到現在，莫妮卡才發現，別說那位女性的來歷了，自己就連名字都忘了問人家。

「對、對不起。我忘記問對方名字了……呃——頭髮是焦茶色……啊，對了，她嘴角長了一顆痣。」

原先一臉狐疑地皺著眉頭的希利爾聽了，突然倒抽一口氣。

「那位女性，現在在什麼地方？」

「呃——我到剛剛都還在為她帶路，不過她說果然還不能見面，就轉身離開了……」
希利爾舉起一隻手，蓋在自己的臉上。
從指縫間窺見的五官擠在一起，有如喜極而泣的神情。
「……原來她來了嗎。」
小聲到一不注意就會聽漏的這句咕噥，並不是在講給莫妮卡聽，而是喃喃自語。
「希利爾大人？」
莫妮卡困惑地抬頭關切，希利爾隨即深深一鞠躬。
「謝謝妳，為了我重要的客人帶路。」
開口道出的感謝中，嗓音顯得有些顫抖。

＊　＊　＊

走出賽蓮蒂亞學園正門的那位女性，乘上了停在校園旁的馬車。
馬車上的紋章是海恩侯爵家紋，馬車也氣派得恰如其分。
自己真配不上這輛馬車——茫然地抱著這種想法，女性坐到了座席的角落縮在一塊兒。
女性的名字是美樂．韋恩。
美樂年過三十五，就是個隨處可見的乏味女人。一身市井平民的穿著打扮，與氣派的馬車絲毫不搭調。
美樂本身也對此有自覺，所以才會縮到角落，盡可能減少自己接觸到馬車的部分。
這輛馬車的主人——海恩侯爵，恐怕還要一陣子才會回到車上吧。

美樂低頭發呆了一會兒，接著才像是想起什麼似的，從包包裡拿出一封信攤開。

『致母親大人：

近來涼風日漸趨寒，宿舍周圍也開始會飄下冰霜了。

眼見殿下衣物的厚度亦與日俱增，為免殿下因我受寒，我日夜不懈地練習如何駕馭自身魔力。

今後我仍會努力，以成為不愧對海恩侯爵繼承人身分的人才為目標，持續成長精進。』

接下來有好段內容，都是在描述自身的近況。

其實，信的內容早就反覆讀得滾瓜爛熟，根本用不著翻出來看。

即使如此，美樂還是以目光緩緩掃視信紙上工整的字跡。

美樂很清楚。撰寫這封信的人，總會反覆推敲好幾遍好幾遍，才讓最後的內容定案。

那人拿廢紙打草稿，為了該如何撰文傷透腦筋的模樣，對美樂而言一點都不難想像。

『今年又到了這個季節，賽蓮蒂亞學園的校慶將近。

相信母親大人諸事繁忙，但若撥得出時間，望請務必賞光。

海恩侯爵也已承諾，屆時可幫忙安排馬車。

對我而言，今年將是最後一次校慶。擔任學生會長的殿下，大小事務安排既巧妙又到位，我也會全力以赴，協助殿下舉辦一場隆重完美的校慶，若母親大人亦能共襄盛舉，將是我無上的幸福。

冬日漸近，寒風越發刺骨，請務必保重身子。

日前有幸獲得以最新技術製作的巧克力。加入溫熱牛奶中飲用甚為可口，又可保暖驅寒。這兒隨信附上，若不介意還請品嘗品嘗。

妳的孩兒敬上』

就在反覆讀了四遍左右的時候，馬車車門喀噹一聲打開了。

上車的是一位嘴上有蓄鬍的黑髮壯年男性——海恩侯爵。

他是美樂完全無法與之相比的，身分高貴的人士。

「哎呀，妳已經回來了嗎。」

「……是的。」

「妳和希利爾——」

美樂輕輕搖了搖頭，海恩侯爵隨即簡短應了聲：「這樣嗎。」

那是不令人感受到肯定或否定，口吻十分祥和的回應。

既然返回馬車上，就代表海恩侯爵已經把事情辦完了吧。話雖如此，他仍然沒有向車伕下達啟程的指示。

待美樂默不作聲一會兒，海恩侯爵才撥弄著鬍鬚開口：

「說實話，我根本沒想到妳會提出想參觀校慶的要求……啊，我的意思並不是在嫌妳跟來很麻煩。」

海恩侯爵舉手制止了打算反射性開口賠罪的美樂。

無論自己有沒有過失，美樂總是習慣性地把「真對不起，很抱歉」之類的謝罪掛在嘴邊。

美樂的亡夫在生前，凡是有什麼不順心的事，總會立刻咒罵、甚至動手毆打美樂。

所以美樂的視線才會總在腳邊徬徨，即使偶爾抬頭，也會無意識地窺探他人的臉色。

就在美樂窺探著侯爵臉色時，侯爵別開了水藍色的雙眼，低頭繼續說道：

「在我看來，妳對於要怎麼與兒子……與希利爾相處，感到無所適從。」

這句話刺痛了美樂的胸膛。

美樂雙手蓋在臉上，歉疚地垂下頭去。

「是的，一點也沒錯。因為那孩子他……實在跟他父親太像了。」

美樂的亡夫雖然有著艾仕利家的血緣，卻沒有被賦予爵位。

可是他卻以流有高貴血統自居，四處作威作福，結果遭到眾人孤立，工作也沒了著落，最後沉溺酒精，搞壞身體過世了。

容貌與這樣的父親如出一轍的兒子，一直讓美樂不知該如何相處。

「……每當那孩子，驕傲地告訴我他在學校考了第一名，我就緊張得不知所措，深怕他是不是會步上父親的後塵。」

兒時的希利爾，其實只是希望讓母親讚美一聲：「做得真好，你很努力喔。」這樣吧。

然而，美樂卻連這種稀鬆平常的誇獎都說不出口。

一旦誇獎他，這孩子一定會得意忘形，最後變成跟父親一樣傲慢的人——這種擔憂始終在美樂的腦海揮之不去。

「成績什麼的，根本用不著太好。只要能有凡人的水準，我就很滿足……」

偏偏希利爾卻是個努力的人，而且還很優秀。

他深信只要更加更加努力，有一天母親一定會開口讚美自己。

就在他鍥而不捨的努力獲得了認同，海恩侯爵提出要收養他並提供金錢資助時，希利爾肯定如此心想——

這樣母親一定也願意稱讚自己了。一定會開心了。

可是，美樂卻一把推開了這樣的希利爾。

——啊啊，你果然，還是貴族之子啊。

聽到這句話之後，希利爾那受傷的表情，美樂至今仍無法忘懷。

「我今天，其實，是打算來看那孩子最後一眼……然後就此永遠不再見面。」

希利爾每個月都會寫信寄來，所以美樂對於兒子過著怎樣的生活一清二楚。

被提拔為王子的側近，又當上學生會副會長的希利爾，以貴族之子應有的言行舉止，過著十分充實的校園生活。而這也符合周遭對他的期待。

希利爾已經是個能獨當一面的貴族了。既然如此，他也就不再需要，平民出身的母親了——美樂想這麼相信。

「可是……剛才遇到的那個女孩子，不停誇獎著希利爾。她還說，希利爾很溫柔。」

那是個看起來百依百順又內向，打扮樸素的少女。那名少女答覆時雖然忸忸怩怩，卻仍賣力地讚揚希利爾。

美樂吸了吸鼻子，擠出沙啞的嗓音。

「那孩子還說，希利爾把花送給了她。」

亡夫還在世的時候，幼小的希利爾看到美樂挨了丈夫咒罵而哭泣，開口安慰說：「母親大人，只要妳看了漂亮的花，一定就能打起精神了。」並摘花回來送給美樂。

希利爾無論何時，總是使盡渾身解數，希望能讓母親開心。

明明如此，美樂卻始終拒絕希利爾，就連回信都不曾寫過。

稍早之前送來的巧克力，也甚至還沒有開封。

「聽了那個女孩的話，我總算發現了……我因為太過恐懼外子的面容，而沒有好好去正視那孩子的本質。」

海恩侯爵就像在瞭望景色一般，將視線投向窗外。這個人很清楚，美樂一旦被人直直注視著雙眼，反而會心生退縮。

就這樣，保持視線朝外的姿勢，海恩侯爵自言自語般地開口：

「打從初次見面時起，希利爾就是個渴望獲得認同的少年。正因如此，他有著強烈的上進心。就在他明白自己的知識量及不上妹妹克勞蒂亞時，他也沒有就此放棄，反而決定要取得自己專屬的武器，從而開始鑽研魔術。」

當侯爵發現希利爾有著容易過度緊逼自己的個性時，希利爾已經逞強過頭，患上了過剩攝取魔力症。

那時候，希利爾的反應似乎是極度膽怯，深怕自己是否會因此遭到養父捨棄。

「他雖然還有許多不成熟之處，但個性認真又勤勉，又懂得上進。將來，我打算安排他成為我正式的繼承者。」

說到這裡，海恩侯爵暫且打住，窺探起美樂的反應。

這位理性又懂得處世的侯爵，並沒有急著開口催促，而是靜靜等待美樂咀嚼與理解話中含意。

能夠有這樣一位聰明的人成為希利爾的養父真是太好了——美樂總是這麼想。

「……真的是非常，感激不盡。」

待美樂沙啞地低語回應，海恩侯爵才點點頭，繼續補充。

「我本身，並沒有禁止希利爾與身為親生母親的妳會面。然而希利爾卻總是猶豫不決，遲遲不敢動身回老家……我想他是害怕遭到妳拒絕吧。」

美樂握緊了擺在膝上的拳頭。

（對不起，對不起，讓你有一個這麼軟弱的母親。對不起，我沒有好好相信你。）

對於沉默不語，除了顫抖之外無能為力的美樂，侯爵以沉穩的嗓音提議：

「寫信給他吧。漸行漸遠的人際關係，就應該趁早補救。」

語畢，海恩侯爵向車伕下達了啟程的指示。

馬車開始緩緩前行。美樂委身於馬車行進的振動，闔上了雙眼。

復甦於眼底的，是往昔懷念的光景。

「母親大人，為什麼，那個男的總是這樣打妳。」

「哎唷，希利爾。怎麼把父親大人喚作那個男的，不可以呀。」

「我無法理解。換作是我，才不會出手傷害自己重視的人。我重視的人要是哭了或垂頭喪氣，我還巴不得趕快沖些甜美的飲品安慰人家呢。」

「說得也是。要是你將來遇見了心儀的女生，一定要這樣珍惜人家喔。」

那孩子，有好好記得母親說過的話。

等回家之後，就打開還沒開封的巧克力吧，美樂茫然地心想。

然後，等喝過泡好的巧克力，就寫信告訴兒子——

寒假時，只要你方便，就回家一趟吧。

✦ 第八章　無情的魔女

學生會長菲利克斯．亞克．利迪爾正在向舞台負責人詢問詳情。

今年的舞台劇實在太精彩了，那般魄力十足的表演可不是隨隨便便就看得到——觀眾們大多是這種感想，但看在知情的人們眼裡，意外事故接連上演的程度簡直超乎想像。

根據調查結果顯示，事情的起因似乎是表演用的火藥遭到唐突颳起的強風給吹倒。

後台工作人員口徑一致地表示，火藥裝置是有牢牢固定住的，但現場已嚴重毀損，難以斷定說詞的真偽。

不幸中的大幸是沒有釀成火災，可要不是代演英雄拉爾夫的古蓮剛巧會使用飛行魔術，只怕古蓮與艾莉安奴都已經成了嚴重燒傷的傷患。

「啊啊～殿下。我好怕，真的是害怕極了。」

詢問告一段落之後，艾莉安奴便湊向菲利克斯搭起話來。

艾莉安奴淚眼汪汪地流著一滴接一滴的淚水，帶著一臉尋求安慰的表情抬頭仰望菲利克斯。

光是這個舉動，就讓菲利克斯大致上搞懂了來龍去脈。

（喔，原來是她搞的鬼嗎。）

就連原先負責扮演拉爾夫的男同學受傷，八成也是艾莉安奴設計的吧。

即使帶著冰冷的眼神浮現「只會幹傻事」的想法，菲利克斯還是道出了體諒艾莉安奴的發言。

「不過舞台還是成功了。多虧了妳跟達德利同學的名演技啊。你們演出的拉爾夫與愛梅莉亞果真不愧對初代國王夫妻的名號。」

「……謝謝殿下誇獎。」

「哎呀，這麼一提，妳的英雄達德利同學上哪兒去了？」

「我也不清楚，誰知道呢。」

菲利克斯一搬出古蓮吹捧，艾莉安奴的態度立刻顯而易見地冷淡下來。

（雖然對達德利同學不太好意思，但請他代班果然是對的。）

打從古蓮插班入學時，菲利克斯就知道他是七賢人的弟子。

所以菲利克斯才會認為，即使艾莉安奴耍了什麼把戲，古蓮大概也有辦法應付，從而推薦他代演拉爾夫。

對此一無所知的古蓮，也漂亮地回應了菲利克斯的期待。

（因為〈結界魔術師〉好像在打探我的事情，我才一直對他的弟子百般提防……不過達德利同學看來還挺靠得住呢。）

在腦海一角思索著這些事情，菲利克斯指示舞台相關人士趕快撤除崩毀的布景。

艾莉安奴雖然帶著想要人陪伴的眼神望著自己，但菲利克斯畢竟公務繁忙。要把時間花在她身上稍嫌浪費了點。

那麼，差不多得開始進行舞會的準備了——抱著這種念頭要離開舞台時，艾莉安奴突然揪住了菲利克斯的衣襬。

「菲利克斯大人……今年，你願意選我當第一位舞伴嗎？」

今年——還真好意思講呢，菲利克斯心中忍不住覺得可笑。

艾莉安奴每年都希望當菲利克斯的第一位舞伴。幾乎已經堪稱例行公事了。

然後，菲利克斯沒有拒絕這項要求的權利。

因為，艾莉安奴乃是第二王子菲利克斯．亞克．利迪爾的從表妹，同時也是克拉克福特公爵推崇的首席候選未婚妻。

「當然，只要妳這麼希望。」

只要安分地點頭回應，艾莉安奴通常都會就此滿足。

然而，今天的她卻莫名死纏爛打。

「我想要一個承諾……一目瞭然的承諾。」

艾莉安奴想要的是什麼，實在再明白不過——舞會前慣例的花飾。她是在使性子要求菲利克斯送她一朵。

至今為止，菲利克斯一度也不曾主動湊這種熱鬧。

因為公務繁忙的他，必須得配合當下局勢所需變更舞伴，有時更得以來賓為優先。

最重要的是，一旦他贈與某人花飾，難保不會被當作自己已經選定了未婚妻。

無意間，菲利克斯腦海裡湧現了一位少女的身影。

那是靦腆地回答——別在胸口的白色薔薇是「讓自己一整天都能免於出糗的魔咒」的莫妮卡。

要是告訴她，那朵薔薇其實是在邀請對方共舞的象徵，不知莫妮卡會露出怎樣的表情。

如果菲利克斯用結了碧綠色緞帶的黃色薔薇邀請莫妮卡共舞，她又會作出怎樣的反應呢？

她肯定不會像艾莉安奴這樣臉頰泛紅。反倒會一臉鐵青得像是要昏倒，囔囔著：「我、我實在擔待不起，不可能，不可能啦～～～」並猛力搖頭搖到腦袋幾乎要分家吧。

（說成魔咒什麼的，也未免太詐了吧，希利爾。）

明明菲利克斯就連想隨意送薔薇給人的自由，都不被允許擁有。

嘴裡響起臼齒咬緊的聲音。喔喔，這可不行。咬牙切齒就擠不出美麗的笑容了。如此在心中告誡自己後，菲利克斯重新向艾莉安奴擺出了笑臉。

（雖然我對花飾這些沒什麼心思……）

在笑容底下，菲利克斯腦海裡浮現的，是在柯拉普東的祭典之夜，讓他東奔西走尋找的一位女孩。

——現在的我是幽靈。是不存在任何地方，區區的幽靈莫妮卡。所以……

害羞地伸向他的小巧手掌。

為了顧慮他的感受，絞盡腦汁道出口的，溫柔又笨拙的邀約。

——我們這對幽靈少年少女，不如就一起去夜遊吧，艾……唔，艾伊克！

如果要送花，還是送給那位少女最好。

（畢竟，這樣一定很開心。）

＊　＊　＊

隨口安撫過艾莉安奴的菲利克斯，為了進行舞會前的相關最終確認來到校舍。

冬日將近的這個季節，太陽下山得特別早。窗外可以看見逐漸染上黃昏色彩的天空。

再過不久，鐘聲就會響起，告知本日開放給一般來賓的時間已經結束了吧。到時，學生們就會一度返回宿舍更衣打點，再前來參加夜間的舞會。
等結束最終確認與檢查，自己也回宿舍一趟好了。
思索著接下來的行程安排，菲利克斯在校舍一樓的走廊行進。
「殿下。」
聽見來自背後的喚聲，菲利克斯停下腳步。回頭一看，正快步朝自己走來的，是將銀髮整齊束在後頸的纖瘦青年──學生會副會長希利爾．艾仕利。
這麼一提，今天好像沒怎麼看過他嘛。明明直到去年為止，希利爾每次都吵著要護衛菲利克斯，成天窩在身邊待命。
「嗨，希利爾。今天幾乎都沒看到你呢。」
「實在非常抱歉，稍微有點要務纏身。」
一臉歉疚地如此答覆，眉尾下垂的希利爾，又突然露出注意到什麼的表情。
「恕我失禮……殿下的頭髮上，有蟲子──」
就在希利爾朝菲利克斯的頭髮伸手的瞬間，一個黑色物體冷不防地從窗外飛進來，攀在希利爾的手臂上。
唬嚇──！張牙舞爪地發出這聲威嚇的生物，是一隻金色瞳孔的黑貓。
「貓？是迷路闖進來的嗎……請稍待一會兒，殿下。我這就趕牠出去。」
希利爾帶著困惑的表情垂下手臂，打算抓住黑貓。
可是，蹲下的希利爾膝蓋才剛觸地，黑貓便立刻躲開伸來的手，往希利爾腦袋一踩，縱身飛越菲利克斯的身旁拔腿就跑。

「你這……！」

希利爾不耐煩地轉頭，結果他望向菲利克斯身後的雙眼，突然間睜得老大。

注意到腳步聲的菲利克斯，也緩緩回過身來。

被窗口透進的夕陽光芒染得遍地橙紅的走廊上，一位淺褐色頭髮的嬌小少女正邁步走向這兒。那是學生會會計莫妮卡·諾頓。

她無言地抱起竄到腳邊的黑貓，再向窗口伸手讓黑貓逃出窗外。

也不曉得是不是錯覺，她那稚氣未脫的側臉，感覺上比平時更加面無表情。

菲利克斯正打算開口喚出莫妮卡的名字，莫妮卡卻搶先一步望向菲利克斯背後的希利爾開口：

「希利爾大人，那個，我有事情想找你到別間房間談……」

「出了什麼問題嗎？」

聽見希利爾這麼問，莫妮卡踩著笨重的步伐跑到兩人面前，忸忸怩怩地搓起指頭。

無論那笨手笨腳的跑步方式、孩子氣的舉動，還是眉尾下垂的不安表情，都與平時的她如出一轍。

「呃——是沒出什麼問題，不過有些很重要的事情，無論如何都想在舞會前告訴你……」

將手緊握在胸前，一臉走投無路的莫妮卡，抬頭望向希利爾說道：

「非得是希利爾大人不可！拜、拜託你了！」

莫妮卡專注地凝視希利爾，神情之拚命，簡直像要進行某種重大的告白。在她的眼裡，根本就沒有菲利克斯。

菲利克斯不禁將手伸往胸口緊緊揪住衣物，彷彿有什麼東西在胸膛深處焚燒，幾乎讓人喘不過氣。

「知道了，妳說吧。」

「謝、謝謝你。那個——這些話不希望被別人聽見，煩請跟我來……」

說著說著，莫妮卡拉起希利爾外衣的衣襬。

主動向人伸手也好，拉住他人外衣的衣襬也好，就莫妮卡而言，都是非常罕見的舉動。

為什麼，胸膛深處會像是有某種東西在嘎吱作響呢。

「我明白了，馬上來。殿下，恕我先行告退。」

「嗯。」

菲利克斯無意識地舉起一隻手，遮住了嘴邊。

總覺得，現在的自己，並沒有以沉穩溫和的完美王子臉孔露出笑容。

＊　＊　＊

莫妮卡將希利爾帶到附近的空教室之後，便在窗口轉身面向希利爾。

來自背後的夕陽照射，在莫妮卡的臉上形成了陰影。希利爾好似感覺有些刺眼般，瞇細了眼睛開口詢問：

「所以，要找我說什麼？」

「……」

莫妮卡沉默不語。那張凝視著希利爾的臉蛋稚氣未脫，就與面對算式或棋盤時同樣地面無表情。

希利爾有點不耐煩地皺起了眉頭。

這時，叮咚噹咚的鐘聲響起。校慶開放給一般來賓的時間結束了。

同學們現在想必正為了替晚上的舞會作準備，紛紛朝宿舍開始移動吧。校舍裡應該已經沒剩多少人了才對。

——叮咚噹咚，叮咚噹咚，叮咚、噹咚……

最後的鐘聲，與一陣啪嘰啪嘰的乾澀雜音同時響起。那是雷屬性魔術發動時特有的聲響。

鐘聲的餘韻猶存，希利爾周圍就先浮現了金色光芒，形成雷光的牢籠將他禁閉其中。

「這是……妳到底，在搞什麼鬼。諾頓小姐！」

「希利爾大人，不會把我喚作諾頓小姐。他不是直呼我全名，就是叫我諾頓會計。」

背著夕陽光線，略顯孩子氣的昏暗臉孔中，兩顆眼珠正閃耀著璀璨的綠光。

缺乏感情起伏的嗓音靜靜地問道：

「你到底，是什麼人？」

莫妮卡很喜歡被希利爾喚作諾頓會計。每次聽到他這麼叫，就感覺自己被認可為學生會幹部的一員，身體也自然而然地抬頭挺胸。

所以，聽到眼前這個男人把自己喚作諾頓小姐，胸口就不由得湧現一股梗塞般的不暢快感。

「就只不過因為喚法與平時不同，妳就對人做出這種舉動嗎？」

隔著雷光牢籠狠瞪莫妮卡的這個男人，由上到下都像是與希利爾一個模子印出來的。

那意志堅定的五官也好，梳理整齊的銀髮也好，纖瘦的身形也好——若只看構成的數字，就與平時的他幾乎無異。

但是，莫妮卡知道——

「那個領結，是從早上戴到現在的嗎？」

「……是又如何？」

「希利爾大人的領結，在我這裡。」

莫妮卡向別在自己胸前的花飾伸手，以指尖摸了摸上頭的緞帶。

而最大的決定性差異，就是眼前這個男人用來固定領結的胸針。

希利爾有過剩吸收魔力的體質，為了釋放魔力，胸針型魔導具總是不離身。

「希利爾大人的胸針是魔導具。而你的，卻只是普通的胸針。」

用感測魔術觀察便一目瞭然。即使造得很精巧，與希利爾的胸針相似的也只有外型。

就像是在棋盤上一步步將對手逼近死路般，莫妮卡語調平淡地接話：

「上半場演劇，我在觀眾席遠遠看到了獨自在場的希利爾大人。可是，希利爾大人已經證言過，那時自己與梅伍德大人一起在舞台旁作業。」

恐怕，莫妮卡在觀眾席看到的希利爾，是冒牌貨吧。

這個男人，就是這樣虎視眈眈地覬覦接近菲利克斯的機會。

然後，莫妮卡已經隱約察覺到面前這個男人的真面目。

「為什麼，你在看到這個雷光牢籠的瞬間，就認為是我下的手呢？明明我根本就沒有詠唱。」

首次見識到無詠唱魔術的人，十之八九都會認為是周圍有其他人躲在一旁詠唱。

使用無詠唱魔術的魔術師，全世界就只有一個——會把那樣獨一無二的存在，與眼前的莫妮卡聯想在一起的人，並不是那麼常見。

然而，眼前這個男人卻一口咬定雷光牢籠是莫妮卡所為。

「你之所以會認為這道雷光牢籠出自我的手，是因為你早已一度見過我的魔術……就在棋藝大會的時候。」

逃亡的棋藝大會入侵者，與米妮瓦教師尤金・皮特曼有著如出一轍的外表。

所以，莫妮卡才會認為對方原本就長得與皮特曼十分神似，但那恐怕是錯的。

「幻術，並不是可以在移動的狀況下長時間維持的東西。你用來變身成希利爾大人外表的，就跟那時候的龍化魔術一樣，也是肉體操作魔術嗎？」

眼前的男人緩緩揚起嘴角，整張嘴如新月般上吊笑了起來。

纖細的頸子下，喉嚨不停振動，發出沙啞的笑聲。那有如熬煮過的蜂蜜，甜膩又黏不溜丟的嗓音，與記憶中的棋藝大會入侵者完全一致。

「哼……哼哼……啊哈哈～真有一套。不愧是七賢人之一——〈沉默魔女〉莫妮卡・艾瓦雷特。說真的，我到現在還不敢相信喔？那個〈沉默魔女〉，竟然會是這～種小姑娘！」

要說不敢相信，莫妮卡也是一樣。就莫妮卡所知，肉體操作魔術是用來令小傷癒合，又或是暫時性強化肉體用的。

但這個男人，在棋藝大會時卻是透過類似龍化魔術的東西令肉體暫時變化外型，這次又變身成幾可亂真的希利爾。換言之，他連骨骼及色素都能改變。

（帝國的肉體操作魔術……雖然有聽過傳聞，可沒想到已經進展到這種程度。）

帝國以醫療用魔術之一環為由，解禁肉體操作魔術的研究，才只是這一年來的事情而已。

莫妮卡精於研究魔術式，所以很清楚。眼前這男人的肉體操作魔術，絕非短短一年多就能研發成功的。恐怕打從更早之前，就已經在進行相關研究了。

至於那是這男人獨自進行的研究，還是整個國家參與的規模，就無從判斷了。

（比起這些，更令人在意的……還是這個人的目的。）

如果是想要暗殺菲利克斯，其他方法應該要多少有多少。

無論是棋藝大會那時，還是這次的舉動，這男人都詭異得令人摸不透。

「你的目的，真的是暗殺殿下嗎？」

自己也覺得八成得不到什麼正經的回覆，果真一如所料地遭到男人嘲笑。

「想知道嗎？拿出實力來逼供怎麼樣。」

「你沒有，乖乖就範的意思嗎？」

莫妮卡語調顯得強硬，男人也收起了笑容。

然後以冰冷的眼神瞪著莫妮卡，用神似希利爾的聲音說道：

「妳有辦法下手攻擊我嗎，諾頓會計。」

就算頭腦明白對方是冒牌貨，但要攻擊一個外表與親近的人相似的對象，內心依然是會有所抗拒的。

正因為深知這個道理，男人才故意挑釁莫妮卡。用與希利爾真假莫辨，甚至讓人以為自己在與希利爾本人為敵的聲音與表情。

不過，莫妮卡答得毫不猶豫：

「我可以。」

就像在面對棋盤時一樣，莫妮卡面無表情地凝視著男人，以缺乏感情起伏的聲音宣告：

「只要把你當作，數字的集合體就行了。」

莫妮卡主動錯開自己的認知，讓精神沉浸在數字的世界裡。

眼中所見之物，只剩下構成人體的數字。只要還沉浸在數字與魔術的世界中，莫妮卡就能夠無止盡地無情，無止盡地強悍。

男人用希利爾的臉孔悻悻地咂了咂嘴。但無論那咂嘴的聲音、還是煩躁扭曲的臉孔，全都無法動搖莫妮卡的心。現在的莫妮卡，就只是把聲音與表情的變化，全都認識成數字而已。

被困在雷光牢籠中的男人舉起右手一揮。

「……那麼，這招如何？」

男人把暗藏的小瓶子對準莫妮卡扔了出去。

瓶裡裝著的是毒，又或是強酸嗎。

小瓶子穿過雷光牢籠的夾縫，朝莫妮卡直直飛來。

＊＊＊

變身為希利爾的男人——尤安露出了勝券在握的笑容。

瓶子裡裝的是高揮發性的毒液。瓶子砸碎的同時，毒氣便會瀰漫室內。只需吸入少許，意識就會馬上陷入朦朧，想站著都成問題。

尤安本身對毒有抗性，行動可以不受影響，至於這個小魔女，相信三兩下就會不支倒地。

就算〈沉默魔女〉展開防禦結界，一般防禦結界也擋不下揮發在空氣中的毒素。想隔絕毒素必須展開抗毒專用的防禦結界，而毒氣一時片刻之間散不去，沉默魔女到時就得被逼著邊維持結界邊戰鬥。

除此之外，只要莫妮卡的注意力轉移到小瓶子上，在走廊待命的搭檔海蒂就會趁機潛入室內。穿著賽蓮蒂亞學園制服，假扮成學生的海蒂，已經在走廊把攻擊魔術的詠唱結束了大半。雷箭顯現在海蒂的指尖，蓄勢待發地瞄準〈沉默魔女〉。

（來吧，看妳怎麼辦？）

〈沉默魔女〉正目不轉睛地盯著瓶子。

眼看小瓶子即將摔在〈沉默魔女〉腳邊的瞬間，一陣微風吹起，接住了小瓶子。看來她沒選擇展開防禦結界，而是決定用風充作緩衝墊避免瓶子摔破。

雖然是個不錯的選擇，但這樣尤安的勝利便不可動搖了。

尤安在高速詠唱的同時咧嘴一笑。

（將死妳嘍，小不點。）

戰鬥與下棋一樣。每次能做出的行動是有限的。

雖然有例外存在，但魔術師能同時維持的魔術基本上以兩道為限。

就好比騎士作戰時會以右手拿劍、左手持盾一樣，魔術師戰鬥時的基本戰術，也是同時展開攻擊魔術與防禦魔術。

然後，〈沉默魔女〉已經耗費了兩個行動，一是維持封住尤安行動的雷光牢籠，二是施展風系魔術接住小瓶子。

換言之，〈沉默魔女〉現在等同於毫無防備，只要等詠唱結束的海蒂發動攻擊魔術，尤安再同時龍化上前令〈沉默魔女〉無力化，勝負就分曉了。

「——『射穿他，雷』！」

海蒂念出了術式的最後一小節，剎那間，十五支雷箭同時射向〈沉默魔女〉。

不可能閃避的攻擊迫在眉睫，但〈沉默魔女〉卻不為所動，只是面無表情地凝視著雷箭……

「……解析完畢。」

既不是詠唱也不是什麼特殊行動，純粹就只是〈沉默魔女〉低聲的喃喃自語。

現場響起一陣有如小泡沫破裂的啪嘰啪嘰聲。包圍著尤安的雷光牢籠突然改變組成與外型，變成好幾條又細又長的光束。

（這是……）

雷系魔術變成的極細絲線，在〈沉默魔女〉面前以放射狀展開。接著又出現了更多絲線，把已經展開的絲線彼此聯繫在一起。

這是以雷系魔術編織而成的蜘蛛網。

海蒂射出的十五支雷箭，一支不漏地全被金光閃閃的蜘蛛網捕捉。不僅如此，雷箭還像吹糖般融解，與蜘蛛網合而為一。

前後經過僅僅不到一秒——但就在這麼短的時間內，雷箭全數遭到蜘蛛網吞噬。

尤安與海蒂頓時目瞪口呆。吞噬他人施展的魔術，這種魔術根本從沒聽說也從沒看過。

面對頓失言語的兩人，〈沉默魔女〉帶著缺乏感情起伏的嗓音開口：

「帝國的杜蘭派魔術師愛用的，卡哥迪亞斯魔素配列。特徵是易於短縮，發動迅速。然後……」

泛著綠光的雙眼，隔著閃耀的金色蜘蛛網望了過來。

「弱點是，魔素配列過於單純，容易解讀分析。所以，只要展開配列相同的術式，就能輕而易舉地併吞。」

這個魔女，明明只聽到海蒂詠唱的最後一小節，卻完整掌握了術式的系統，並進一步解析魔素的配列，再展開同樣配列的蜘蛛網。

理論上的確辦得到，但絕對不是在短短一秒以內的時間可以達成的事情。

尤安的背脊打起了冷顫。

在日落時分的昏暗教室內，閃耀著金色光芒的蜘蛛網。

隔著金網佇立面前的，是力量壓倒性強大的正牌捕食者。

不甘示弱的海蒂，勇猛地詠唱起別的魔術，準備向〈沉默魔女〉發起第二波攻擊。

但詠唱都還沒結束，蜘蛛網就以更快的速度張開，一把纏在海蒂身上。

閃耀著金光的絲線，是一根根極細的雷系魔術。只見觸電的海蒂發出「嘎唔」一聲哀號，便當場癱倒在地。

在發動雷網攻擊的過程中，〈沉默魔女〉的視線始終沒有從尤安身上移開。

這個少女瞥都沒瞥往海蒂的方向一眼，就這麼信手拈來制伏了她。

尤安是個能夠藉由肉體操作魔術，自由自在讓身體千變萬化的罕見魔術師。由於這種特異性，人們都把他喚作怪物。

然而，如果讓尤安來說，眼前這個小不點少女遠比他更像頭怪物。

（這就是，利迪爾王國的七賢人……）

尤安立即切換思維，發動龍化的魔術。

（……不要怕。那個蜘蛛網，殺傷力並沒有多大。）

與希利爾．艾仕利神似不已的纖瘦手臂開始膨脹，在皮膚表面浮現起青色的鱗片。指節的骨骼也發生變化，指甲變得有如龍的鉤爪般又尖又長。

龍化的優點並不只在於會讓體能爆發性成長。還會像龍一樣，獲得對魔法攻擊的強大抗性。

（就憑雷系魔術那點小意思，是攔不下我的。）

以左手遮住弱點——眉心，尤安開始前進。

〈沉默魔女〉的無詠唱魔術發動雖快，威力卻沒什麼大不了。尤安是這麼判斷的。更何況這裡是室內，施展不了高威力魔術。

只要守好龍化後的弱點眉心，〈沉默魔女〉的攻擊就不足為懼。

「剎——！」

尤安的利爪撕裂了金色蜘蛛網。雖然手臂被電得發麻，但還不至於會影響行動。這樣要突破肯定不成問題。

成功拉近距離的尤安高高舉起手臂，卻發現手臂撞上了看不見的牆壁。

肉眼無法辨識的牆壁阻擋在尤安周圍，八成是封印結界的一種吧。

牆壁的強度遠比尤安先前用過的水球結界高出許多，就算是經過強化的爪子，亦無法輕易破壞。

（是打算把我關在結界裡，爭取時間去找救兵嗎？）

這樣的話，在那之前把結界破壞了便是。再怎麼強韌的結界，都承受不了高密度魔力集中在同一個點位的攻擊。

但，尤安的爪子還沒破壞結界，〈沉默魔女〉就先開口咕噥了起來：

「把這個，配合固定了座標軸的極小火炎魔術一起使用，就可以烤餅乾，不過——」

「……啥？」

忍不住出聲的尤安，被〈沉默魔女〉投以不帶溫度的視線。

「龍怕冷，所以改用這個。」

下個瞬間，結界內的溫度便顯著地降低。這是水系魔術的一種應用，能夠控制只讓結界內降溫。

龍除了極少數的種族，基本上都比人類更怕冷。一旦體溫降低，動作就會嚴重遲鈍。龍化後的尤安，也同樣背負了這種生態。

有如身處冷凍庫般的酷寒，令尤安不禁意識朦朧。

「咕唔……唔、嗚，啊……」

尤安以銳利的長爪不停嘎哩嘎哩地摳著結界。可是，手指的動作也愈來愈虛弱，最後身體整個靠在結界上癱倒。

硬撐著模糊視線的尤安安仰頭望向〈沉默魔女〉。

這個稚氣未脫的少女，正面無表情地觀察著遍布尤安體表的鱗片。

那雙眼睛，是研究者的眼睛，正聚精會神地試圖解析尤安施放的肉體操作魔術。

（是沒到太誇張的程度，但實在不是望著人類時會出現的眼神。）

尤安可以不把人當人看，只視為任務標的痛下殺手。

而〈沉默魔女〉也可以不把人認知為人，只當作數字集合體動手處理。

兩者間真的有什麼不同嗎？

扭動泛白的嘴唇，尤安諷刺地笑了起來。

「就像是把對手的棋子從盤面上剔除一樣，妳連人命都能夠無情地剔除……這才是妳的本性是嗎，

〈沉默魔女〉莫妮卡・艾瓦雷特。」

有著神似希利爾面容與嗓音的男人，一語道破了莫妮卡的殘酷。

聽了這番話，原本正專注於解析龍化魔術的莫妮卡，思考速度稍微緩慢了下來。

（這人所說的，肯定一點也沒錯。）

只把人類視為數字集合體的莫妮卡，可以在傷人時絲毫不感到心痛……不由自主地就會如此。

無論再怎麼把拉娜那樣溫柔的人當作榜樣，莫妮卡也沒辦法變得像拉娜一樣。

〈沉默魔女〉莫妮卡・艾瓦雷特就是個只把人類當成數字集合體看待的無血無淚魔女。

（即使如此……）

既然這麼做可以保護重要的人，那麼在摘除即將萌芽的惡意時，又有什麼理由要手下留情呢。

莫妮卡施放冰系魔術，把倒地不起的男女入侵者拍檔手腳凍在地面拘束。

（再來就，透過琳小姐向路易斯先生回報……）

「太精彩了，同期閣下。」

「唔呀嗚？」

來自窗口方向的嗓音，嚇得莫妮卡忍不住叫了出來。

猛一轉身，便看到坐在窗台上的路易斯，正以法杖敲著自己的肩膀露出微笑。真不曉得，他到底是什麼時候來到那兒的。

路易斯動作輕快地跳下窗口，把垂在前方的三股辮撥到背後。

單邊眼鏡下的灰紫色眼珠靈活地轉動，俯瞰向倒在地上的兩個入侵者。

「這個用龍化魔術的，和棋藝大會的入侵者是同個人物嗎？」

「是、是的……呃——不管龍化，還是變裝，似乎都是透過肉體操作魔術達成的。」

路易斯應了聲「唔嗯」，嚴肅地瞇細雙眼。

「果然，是帝國的……」

就在路易斯低語時，一陣黏膩的笑聲響起。是變身成希利爾的入侵者，倒在地上以宛若喉嚨抽搐般的動作在發笑。

「哼哼，啊哈，啊哈哈哈哈！」

路易斯連眉頭也不皺一下，一腳踩在男人的後腦上。

接著就這麼來回拽著鞋底，帶著一反野蠻行徑的優雅口吻說道：

「你的笑聲很刺耳，可以麻煩安靜一會兒嗎？想聊天的話，到時我們可以在拘留所聊個夠。」

「哎呀呀～還這麼悠哉……真的沒問題嗎～？」

從這句回應中察覺到不祥的預感，莫妮卡急忙無詠唱發動感測魔術。

從兩名入侵者身上沒有什麼特別的反應。但，拓展感測範圍之後，便在男生宿舍附近發現了詭異的魔力蹤跡。

那是逐漸膨脹，有如漩渦般旋繞的火炎魔力——莫妮卡以前看過這種反應。

「〈螺炎〉？」

莫妮卡喊得有如尖叫，路易斯瞪大雙眼，操著尖銳的嗓音喚了聲：「琳！」

幾秒之後，琳的聲音傳進耳裡。

『在男生宿舍旁，發現了與暗殺用魔導具〈螺炎〉類似的物品。』

聽到琳連這種狀況下都語調淡然自如的回報，路易斯咂了咂嘴轉頭瞪向窗外。

「同期閣下，這裡能交給妳嗎？」

「好、好的。」

幾乎就在莫妮卡點頭的同時，路易斯透過短縮詠唱，發動了飛行魔術飛出窗外。

暗殺用魔導具〈螺炎〉的特徵，在於其驚人的殺傷力。那般非比尋常的威力，就連莫妮卡的防禦結界都會遭到貫穿。

但，如果是〈結界魔術師〉路易斯所展開的防禦結界，相信就能夠徹底封殺〈螺炎〉。況且路易斯本身擅於運用飛行魔術，可以立即抵達現場。

「噯，小不點。」

路易斯離去，回歸寧靜的教室內，男性入侵者開了口。

為了在入侵者做出任何可疑舉動或詠唱時，可以立刻發動攻擊，莫妮卡依舊保持著警戒。而男人只是維持著趴倒在地的姿勢，仰起頭來望向莫妮卡接話。

「妳就沒有想過，我們還有其他同夥的可能性嗎？」

只是虛張聲勢——莫妮卡冷靜地做出判斷。

他的用意恐怕是轉移莫妮卡的注意力，再趁機逃跑。

（〈螺炎〉的確是個威脅，但既然有路易斯先生在，肯定能順利處理。殿下身邊也有琳小姐在幫忙警戒了，所以我現在最恰當的選擇，就是待在這裡不要輕舉妄動。）

就算這男人真有其他同夥，並且為了救出他們倆而向莫妮卡發起攻擊，莫妮卡也能透過無詠唱魔術應對。

「小不點，妳覺得正牌的希利爾．艾仕利，現在怎麼樣了？」

「……咦？」

最後一次見到正牌的希利爾，是在禮堂的時候。莫妮卡之後便沒再見過他。

莫妮卡肩頭打了記寒顫，尤安並沒有看漏這個反應。

「現在這情況呢，都被我的同夥監視在眼裡喔。如果妳繼續下手攻擊，又或是我向同夥打了暗號的話……我的同夥就會殺掉這張臉的主人。」

『——以上，入侵者正以這種說詞在威脅〈沉默魔女〉閣下。』

正以飛行魔術飛往男生宿舍的路易斯耳裡，傳來了琳的報告。

「吹牛皮罷了。用不著當一回事。」

那個同期雖然在待人處事方面有點毛病，腦袋卻靈光得很。絕對沒有蠢到連這點程度的虛張聲勢都看不穿。

把監視入侵者的任務交給莫妮卡期間，路易斯盡量找了最能避人耳目的路線朝男生宿舍移動。

夕陽已經幾乎完全下山，天空正逐漸染上黑夜的群青色。地平線那端的橙紅要轉換為夜色，也只是時間的問題吧。

颳在臉頰的風雖然冰冷到令人深感冬日將近，不過路易斯仍然沒有展開耐寒用的防禦結界，而是發動感測魔術。

〈這是……〉

在魔法兵團身經百戰的路易斯，比莫妮卡更擅長解讀感測魔術的內容。

所以，路易斯馬上就發現，感測結果的不協調感。

被感測魔術捕捉到的魔力反應，的確與〈螺炎〉十分相似。然而，仔細觀察就會發現，魔力膨脹的方式相當不自然。

〈冒牌貨嗎！〉

歸根究柢，魔導具是非常昂貴的東西。更遑論是殺傷力驚人的〈螺炎〉，並不是隨隨便便就能弄到手的。

裝設在男生宿舍的，恐怕只是用來冒充〈螺炎〉的廉價魔導具。就算魔力以螺旋型流向不斷膨脹，也不會真的像〈螺炎〉那樣引爆。

話雖如此，既然是會產生火焰的魔導具，就有可能引發火災。

琳目前無法中斷護衛第二王子的任務，如此一來，能前往回收魔導具的人就只有路易斯。

感覺真不好——路易斯皺起了眉頭。

〈就像是被敵人玩弄在掌心似的。〉

方才在那種狀況下，一旦被對方暗示〈螺炎〉的存在，不用說，當然會由擅長結界術的路易斯前往回收。

〈冒牌的〈螺炎〉是用來調虎離山的？對方不希望我在場？如果是這樣，那幫人的目的……〉

某種念頭浮現在腦海，就在這時，琳罕見地以十萬火急的語調報告。

『路易斯閣下，〈沉默魔女〉閣下她——』

「無論希利爾．艾仕利出什麼事，妳都不在乎嗎？」

男人的說詞，擾亂了莫妮卡的思考。

長於計算的頭腦，已經導出男人這番話只是虛張聲勢的答案。

明明如此，莫妮卡的心卻如此主張——

萬一，這個男人說的是真的呢？

（希利爾大人，會死掉……？）

自己也明白應該要冷靜下來判斷真偽，可是思考卻無法正常運作。

背部冷汗直流，心臟狂跳到吵耳的地步。

莫妮卡總是受到希利爾的幫忙。所以一直希望，如果能透過讓校慶圓滿落幕，多少報答他一點恩情就好了。

『我們絕對，要一起，讓校慶成功，喔。』

莫妮卡先前才向希利爾這麼說過，但卻什麼都還沒有回報。

「不……不要……」

「我可不是隨口說說喔～被我冒充的尤金．皮特曼下場如何，妳也很清楚吧？」

在棋藝大會上，這個男人所冒充的米妮瓦教師尤金．皮特曼，遭到了悽慘的殺害。

這個男人，就是那種為達目的，可以毫不猶豫對人下手的類型。

（不要，不要，不要……！）

面對呆站著不知所措的莫妮卡，男性入侵者那張與希利爾如出一轍的臉孔，以希利爾絕對不會用的方式笑了起來。

帶著嘲笑對手的嘴臉，男人開口接話：

「來吧，要是妳還珍惜希利爾・艾仕利的小命，就快解除這道魔術。」

（得在路易斯先生回來之前，盡量爭取時間。可是，該怎麼做……）

在男人的遊說之下，內心動搖的莫妮卡沒能及時發現——

就在男人耍弄著三寸不爛之舌的期間，另一位入侵者——粗眉毛的女人正以微乎其微的聲音展開詠唱。

女人以魔術生成微弱的火焰，逐步烘烤拘束著右手的冰，並在冰融解得差不多之後，女人動起重獲自由的右手，打開藏在袖口內的瓶蓋，將瓶子扔往莫妮卡腳邊。

瓶子裡裝的，與剛才男人投擲的一樣，是高揮發性的毒液。

當莫妮卡終於察覺到異臭，早就為時已晚。

「……啊，唔啊……咦，啊……？」

頭腦由中心開始麻痺，眼中所見光景頓時扭曲。

理解到自己正遭受攻擊的莫妮卡，反射性地試圖展開魔術式。

然而意識卻陷入朦朧，沒辦法隨心所欲地計算。

美麗的算式與魔術式，一道接著一道扭曲毀壞。

「啊……啊……啊啊……」

癱倒在地，手腳痙攣的莫妮卡面前，男女入侵者破壞了冰，自地面起身。

「我們的目的有兩個。一個是第二王子。然後，另一個呢～……」

變身成希利爾的男人蹲了下來，一把捉住莫妮卡的瀏海，湊到面前殘忍地笑了起來。

「就是活捉〈沉默魔女〉莫妮卡・艾瓦雷特。」

✶ 第九章　滿抽屜珍藏的寶物

在朦朧的意識中，莫妮卡反芻著男人的言下之意。

（要把我活捉？為什麼？）

疑問並未順利表達，只化作了呻吟聲出口。

就像要解答莫妮卡內心的疑惑一般，男人開口說明：

「我也算是半個魔術師喔。所以很清楚。無詠唱魔術根本不是人類辦得到的。」

對莫妮卡而言，會習得無詠唱魔術，只是為了讓自己不必在外人面前開口出聲的苦肉計。

雖然發動迅速又方便，但並沒有什麼更進一步的價值。

可是，男性入侵者卻像在唱歌似的，興高采烈地不斷讚揚無詠唱魔術。

「無詠唱魔術是奇跡喔。如果進貢給主人，一定能博得歡心……反正，另一個目的也已經達成了嘛。」

（……另一個，目的？）

男人剛才說自己的目的有兩個。一個是第二王子。一個是莫妮卡。

（和殿下有關的目的，已經達成了？怎麼回事？）

果然，男人的目的並非暗殺菲利克斯。

可既然如此，到底是為了什麼要刻意變身成希利爾接近菲利克斯？

「尤安，那件事已經確定了嗎？」

眉毛挺拔的女人問起變身成希利爾的男人。

「是呀，雖然沒能成功接觸，但我在極近距離下確認過了，錯不了。確實有痕跡。那是叛徒奧圖爾幹的好事喔。那位大人的判讀果然是對的。」

奧圖爾——道出這個名字的瞬間，尤安原本帶有玩世不恭氣息的嗓音，突然染上明顯的憎惡色彩。

（這個人，只是想在極近距離下確認殿下的狀況？那就是他的目的？可是，為什麼要這麼做？痕跡？奧圖爾？那位大人？誰……？）

莫妮卡死命維持著風中殘燭般的意識，試圖讓大腦繼續思考。

但，任憑內心再怎麼想整理情報，意識卻自顧自地朦朧，無法釐清思緒。

就好像盛在掌心的水從指縫間流走一般，詞彙與情報一則接一則消失。

「好了，趁〈結界魔術師〉還沒回來，趕緊收兵嘍。海蒂，藥給我。」

「好的，尤安。」

被喚作海蒂的眉毛挺拔女性，從制服口袋裡掏出了一罐小瓶子交給尤安。

尤安舉起瓶子在莫妮卡面前晃了晃。裡頭的透明液體蕩漾不停。

「喝了這藥，妳就會當個聽話的乖寶寶嘍。」

瓶子裡裝的，十之八九是高成癮性的藥。

剛攝取之後雖然會產生強烈的宿醉感，但藥效一過，便會引發戒斷症狀，變得想攝取愈來愈多。莫妮卡知道，有些人專靠這種藥讓他人無法違逆自己。

莫妮卡反射性地咬緊牙關，試著反抗。

然而身體使不上力，嘴巴被尤安硬是撬開，海蒂再將藥瓶湊至莫妮卡的嘴邊。

就在藥水即將滴落莫妮卡嘴唇之際，窗口傳來了一陣嗓音。

「你們傷了本大爺的主人是吧？」

踩在窗框上的，是金色瞳孔閃閃發光，一頭黑色短髮，身穿老派長袍的高個子青年。

「尼、洛……」

莫妮卡沙啞地呻吟，緊接著，尼洛以超越人類極限的腳力瞬時拉近距離，毫不留情地揍飛拘束著莫妮卡的尤安。

瞬勢抱起莫妮卡的尼洛，被海蒂朝臉上潑滿了藥水。

但尼洛並未特別顯得動搖，只伸出舌頭舔了舔滑落嘴邊的藥。

望著這道光景，海蒂忍不住揚起粗眉，瞪大雙眼開口：

「明明是一小滴就會讓人不省人事的劇藥……」

「那點程度的藥對本大爺哪管用啊。」

尼洛就這麼抱著莫妮卡，露出睥睨的眼神望向尤安與海蒂。

宛若爬蟲類喘息的咻咻聲自尼洛的喉嚨傳出。化身成人類姿態的尼洛，身上湧起黑霧覆蓋住左半身的皮膚。是過於激烈的憤怒，令變身開始解除了。

「愚蠢的人類，膽敢對本大爺的主人出手。你們應該已經做好粉身碎骨，連一粒粉末都不留的覺悟了吧？」

「你要是敢動我，希利爾·艾仕利的小命就……」

尤安故技重施，但尼洛聽了只是嗤之以鼻。

「那又怎樣。莫妮卡以外的人類會出什麼事，本大爺才沒興趣管咧。」
尼洛金色的眼珠裡，可以看到細得不像人類會有的瞳孔。那雙有別於人類的眼眸，正交互瞪著面前的兩隻獵物。
「然後本大爺對你們也沒興趣，懶得聽你們求饒。死吧。」
尼洛的左半身變回了人的外型。
擺出前傾的姿勢，尼洛有如在地板上滑行般飛奔而出，用沒抱著莫妮卡的那隻手將尤安的臉一把捉進掌心。
正打算順勢將尤安的腦袋狠狠砸在牆上時，尼洛突然皺起眉頭。
「這啥鬼東西？」
緊扣在尤安臉上的手指，就像是握著黏土般陷進了皮膚內。
尼洛反射性放開了手，尤安立刻伸手按上被捏得歪七扭八的臉。尤安的臉上，已經看不見希利爾的五官。
「唉唷好過分嗚～你知道要做一張臉欸～有多麼辛苦麼～？」
嘴巴周圍跟著臉孔一並扭曲，令尤安連聲音都嚴重模糊了起來。
尤安雙手反覆推整，讓皮膚重新服貼在頭蓋骨上。
隨後出現的，是一張陌生男人面孔。
那副在王國不太常見的平坦容貌究竟是尤安本人，又或者，連這個都是別人的長相？莫妮卡實在無從判斷。
舉著方才捉住尤安臉孔的手張張合合，尼洛皺著眉頭開口：

「到底怎麼回事？手一抓就整個陷進去了，真噁心。」
在逐漸朦朧的意識中，莫妮卡設法擠出聲音說道：
「尼洛，你要，小心……那個是，肉體操作，魔術……」
男人使用的肉體操作魔術、龍化，以及變身成他人的術法，全都是未知的技術。大意不得。
尼洛暫緩攻擊，警戒著尤安的肉體操作魔術，刺探尤安與海蒂的動向。
尤安與海蒂也沒有立刻發起攻擊。尼洛並非普通人類的事，他們大概都已經注意到了吧。
率先出聲打破這種膠著狀態的人，是尤安。
「噯～這位黑髮大哥。跟我來場交易如何？〈沉默魔女〉嗅到的藥，我給你中和劑解毒，放、過、我、們、吧？」
說著說著，尤安掏出一支小瓶子，亮在尼洛面前搖晃。
聞言，尼洛浮現一臉凶狠的笑容。
「我只和中意的人類交易。既然你有帶中和劑，把你宰掉再搜刮就解決了。」
「唉唷，好～可怕。那——我就這樣做吧～」
瓶子從尤安的手裡滑落，啪哩一聲碎裂在地，四周頓時泛起白煙。這陣白煙帶有一種刺激性的臭味。恐怕也是毒物吧。
「我和海蒂對毒都有抗性，這點小意思起不了作用……但〈沉默魔女〉恐怕不太妙吧？」
「——！」
驚覺不妙的尼洛，望向懷裡的莫妮卡。
與百毒不侵的尼洛不同，莫妮卡只是普通的人類。更遑論莫妮卡剛剛已經嗅進了別種毒藥。

「嘎啊……唔，啊嗚……唔——」

抱起搔著喉嚨咳嗽，痛苦不堪的莫妮卡，尼洛從窗口一躍而出，逃離毒煙的範圍。

背後傳來尤安的高聲大笑。

「拜嘍～〈沉默魔女〉大人，還有她的騎士先生？——要是你們將來發現了駭人的真相，我們就到時再相見吧～？」

隔著白煙，尤安與海蒂的腳步聲漸行漸遠。兩人大概是打算從通往走廊的門扉逃往校內吧。

（再這樣下去，會被他們逃走……）

痛感自己無能為力的莫妮卡，耳裡突然聽見某種嘀嘀咕咕的細語聲。那不是尤安或海蒂的聲音。也不是尼洛、琳或路易斯，是某種更加陰鬱，有如在詛咒整個世界的嗓音。

「你生涯中感受過最為煎熬的痛楚……我這就替你重現。」

咚喇一聲，鈍重的倒地聲響起。不一會兒，便聽見海蒂大喊「尤安！」的哀號。

飄至窗外的白色毒煙逐漸散去，在教室地板上扭動掙扎的尤安也跟著現形。

一道紫色的紋路浮現在尤安的額頭，那是遭人下咒的對象身上會出現的咒印。

「好燙，好熱，啊啊啊，我的皮膚，我的皮膚啊啊啊，啊，啊啊，唔啊，住手住手住手，啊啊，嘎啊啊！」

口吐白沫，發出異常哀號的尤安，以及挨在他身旁的海蒂，被從窗戶潛入的什麼東西纏住了。

那是變成紫色的植物藤蔓。只見尤安和海蒂雙雙遭到色彩詭異的藤蔓糾纏，一起被拖出窗外。

（到底是，怎麼回事……）

莫妮卡使勁轉動沉重的腦袋，望向藤蔓的來源。

纏住尤安與海蒂的紫色藤蔓，是從一只小小的盆栽蔓延而出的。原本大概只是普通的薔薇盆栽吧。但盆栽內的花卻染上黑色與紫色的斑點，一片片花瓣也都腫得像凹凸不平的肉片抖動著。那些是受到詛咒汙染，異形化之後的花。

將那只盆栽抱在胸前，與莫妮卡等人隔了點距離呆站著的，是身著七賢人長袍的紫髮青年——七賢人之一，〈深淵咒術師〉雷・歐布萊特。

在低垂的夜幕中，雷睜著那雙透出陰森光芒的粉紅色眼眸說道：

「把對方咒殺是三流咒術師的手法……歐布萊特家詛咒的真髓，在於讓對方生不如死，卻又求生不得求死不能……」

「尤安！尤安！」

海蒂死命地揮動小刀，切斷拘束著兩人身體的紫色藤蔓。

但，尤安的慘叫始終未見止息。浮現在額頭上的咒印，正不斷侵蝕著尤安。

「來，儘管在來自深淵的絕望盡頭，悽慘痛苦地掙扎吧……」

雷伸出細長的指尖指向尤安。尤安額頭上的咒印隨即變得更加閃耀，尤安的慘叫也更進一步成了刺耳的尖叫。

能夠不傷及受詛咒的對象身體分毫，同時又重現各種痛苦折磨的駭人咒術專家，那就是〈深淵咒術師〉。

與魔術似是而非的咒術，乃是雷擔任當家的歐布萊特家獨占之技術。因此，咒術是無法透過魔術解除的。

哀號不已的尤安咬緊牙關，轉動眼珠狠狠瞪向了雷。

「算你有一套，七賢人～～～……確實沒想過能保證全身而退，但這也太痛了吧……」

海蒂在一旁撐起呼呼喘著大氣的尤安，快速地進行了詠唱。

兩人身邊隨即颳起一陣風。那是飛行魔術。

「也罷，反正目的有達成一個了……你們就儘管為了遲早要降臨在這個國家的戰禍，陷入絕望深淵吧……！」

又扶又抱地撐著悻悻放話的尤安，海蒂開始以飛行魔術控制兩人升空。

但，想要抱著自己以外的對象飛行，需要非常高度的技術。何況對方是個身形遠在自己之上的男性，難度就更翻倍了。

以飛行魔術飛上天的兩人，看起來就像是垂死鳥兒那般搖搖欲墜。

換作平時的莫妮卡，可以輕易擊落他們，但現在身受毒害，意識朦朧，就連初級魔術都沒法隨心所欲施展。

雷專精的則是咒術，普通魔術師用的飛行魔術非他所長。

「尼洛……你快，追……」

看到莫妮卡揪著自己的長袍懇求，尼洛的鼻梁不禁皺了起來。

「要我放著這種狀態的妳不管？」

「我沒事，不要緊的……拜託你……」

尼洛雖然不情願地嘟起嘴唇，最後還是決定屈服，讓莫妮卡坐在地上靠在校舍牆壁休息。

「總不能違抗主人的命令啊。喂，那邊那個紫紫的。別讓莫妮卡翹辮子啊。」

留下這句話，尼洛便如一陣疾風衝了出去。雖然不清楚還能追蹤到什麼地步，但總比什麼都不做來得強吧。

被喚作「紫紫的」的雷，則是唸唸有詞地咕噥：「是怎樣啊，那傢伙……」，抱著栽有異形化花朵的盆栽走向莫妮卡。

盆栽裡的花如今已染滿黑斑，徹底枯萎。

雷低頭望向盆栽，露出一臉悲傷的表情。

「啊啊……枯掉了……難得有女生推薦我買花……明明是為了紀念被女生主動搭話而買下的……」

那只盆栽，是園藝社在販賣的薔薇幼苗。

仔細一看，雷的長袍口袋裡，還塞了滿滿裝有在義賣跳蚤市場販賣的玩偶及餅乾的小袋子。

看來，他也以他的方式好好享受了這場校慶。

將視線從枯萎的花移到莫妮卡身上，雷嘀嘀咕咕地低語起來：

「雖然不太清楚狀況，但總之我看他們像是敵人，所以就下了詛咒……」

「真的是，幫大忙了。」

「剛才那兩個傢伙，是覬覦的二王子性命的刺客，嗎？」

莫妮卡有點煩惱，該如何回答雷這個問題才好。

那對兩人組──尤安與海蒂的目的並不是暗殺。尤安到底是為了確認什麼，才試圖接近菲利克斯的呢？

雖打算如實答覆「我也不清楚」，但身體還沒辦法好好吸收氧氣，結果莫妮卡才開口就「噫」地喘了起來。況且周圍還有毒霧殘留，風向一個不對，隨時可能吹過來。

眼見莫尼卡一臉鐵青地急促喘氣，雷不知所措地慌亂了起來。

「沉、〈沉默魔女〉！呃——這種時候該如何是好啊……我、我辦得到的頂多也就只有下咒……可到底我該詛咒什麼……！」

「就請你對引發這些事態的刺客下咒吧。」

「已經下了啦！」

反射性喊了一聲之後，雷才驚覺有異回頭。

站在雷身後的人，是把法杖扛在肩上的路易斯。大概是飛得十萬火急，整頭頭髮都亂七八糟。

以笑容默默封殺雷充斥厭惡感的嗓音，路易斯轉頭看往靠在校舍牆壁上的莫妮卡。

「唔嘎，〈結界魔術師〉……」

隨後他皺了皺細眉，唱起短縮詠唱。待法杖一舉，便出現一道透明的結界包住莫妮卡。八成是用來隔絕毒煙的防毒結界。

一般的防禦結界為了能夠呼吸，會在某種程度上允許空氣流通。所以弱點就是無法抵擋被散布在空氣中的毒素。

想要打造能過濾掉毒素，只允許清潔空氣進入的防毒結界，是極度困難的操作。路易斯卻透過短縮詠唱實現了，〈結界魔術師〉的技術果真名副其實。

莫妮卡緩緩深呼吸，攝取清潔的空氣後，撐開沉重的眼皮，仰頭望向路易斯。

路易斯正一臉不悅地瞪著莫妮卡。當然了。好不容易抓到刺客，都怪莫妮卡才讓他們又逃之夭夭。

「路易斯，先生，真的很抱歉……我……」

嘶啞的嗓音中，夾雜著幾許嗚咽。

吸著鼻子低下頭去，別在胸口的白薔薇花飾立刻映入眼簾。

望著這朵花飾，莫妮卡更加覺得自己不爭氣，眼淚頓時決堤。

「只要不去想數字以外的事，明明就很簡單的……可是對方一拿希利爾大人的命來威脅，我就變得，什麼都沒辦法，計算了……」

敵人也好，夥伴也好，只要把周遭所有的人全都代換成數字，莫妮卡想如何精於算計，如何做出冷靜的判斷都不成問題。

可是要將周圍的人——在這所校園邂逅的，溫柔善良的人們，代換為單純的數字，莫妮卡沒辦法這麼做。變得沒辦法這麼做了。

「對不起……對不起……」

面對泣不成聲，滿口賠罪的莫妮卡，路易斯伸起指尖推了推單邊眼鏡，一臉苦澀地回應：

「這次的失態要歸咎於我作戰有疏失。是我的判斷太天真了。要把責任讓妳這種小丫頭來扛，我氣量還沒那麼狹小。」

「可是……」

「妳愛怎麼待人處事對我而言都無關緊要喔，同期閣下。」

表面上像是不顧對方感受的辛辣言論，但聽起來也像是在表明，莫妮卡想把人只當成數字看待也沒關係，想保有人性重拾溫暖也無所謂，路易斯都認同。

實在是很有路易斯風格的兜圈子發言，莫妮卡不由得苦笑。這時，路易斯又補了一句：「只是呢，唉～」並側眼望向雷。

「至少，就因為妳沒把人家當成數字看待，那邊那位咒術師閣下，現在才會出現在這裡幫妳一把，沒錯吧？」

被當成話題中心的雷，露出齜牙咧嘴的表情，威嚇似地瞪向路易斯。
「別以為我不知道，你是沒把我當成數字，但卻當成蛞蝓看待對吧……我清楚得很啦……」
「啊哈哈！」
「給我否定啊～～～！何、何等頑劣的性格……難道我該詛咒的，根本就是這傢伙嗎……」
雷正念念有詞地碎嘴不停，路易斯突然又咕噥了一句——
「歐布萊特家的咒具外流。」
「唔嘎！」
隨著一聲呻吟，雷瞪大了粉紅色的雙眼。
路易斯回以美麗無比的微笑。
「你往後也願意對護衛殿下的任務提供協助對吧，咒術師閣下？」
「沒、沒人性的東西……竟然抓人把柄要脅同僚，這傢伙才徹頭徹尾不是人……！可惡，可惡，總有一天詛咒你……詛咒你走路每五分鐘就撞到一次小趾頭！」
「與其這樣，還不如直接踩碎對方腳掌比較快吧？」
「魔、魔術師不會有的思維……太火爆了……！」
輕描淡寫地無視戰慄的雷，路易斯從長袍口袋裡掏出了一只小小的紙袋。
然後，以就他而言堪稱溫柔無比的動作，將紙袋擺到莫妮卡的掌心。
「路易斯先生，這個是……？」
「妳沒法當作數字看待的，某個地方的某人要送妳的。」
不顧仍殘留指頭的麻痺感，莫妮卡輕輕地打開了紙袋。

紙袋裡頭裝的，是一條隨處可見的白色手帕。只不過，在手帕的一角，繡了一朵黃色的花。

「…………啊……」

復甦在腦海的，是那副明朗快活的笑容。

——在我老家那邊，黃色的花是幸福的象徵嘛，所以常會繡黃花。

——騎馬跟刺繡的約定……我沒法兌現了，對不起啊。

先前預謀要暗殺第二王子，遭到莫妮卡看穿，最後離開了賽蓮蒂亞學園的布萊特伯爵千金——凱西．古羅布。

即使已經得知暗殺未遂事件的真相，莫妮卡仍割捨不下凱西，挺身與路易斯交涉之末，才爭取到將凱西送往修道院。

（凱西她……還記得當時的約定……）

在那令人聯想到春天的可愛黃花上，一顆又一顆的淚珠啪答啪答地滴落。

緊緊握住掌心的手帕，莫妮卡終於有了自覺。

自己從今以後，肯定再也無法將內心重視的人們視為單純的數字。

——這個世界是由數字所構成的。

再也不可以把父親留下的這句話，當成自己逃避的藉口了。

＊＊＊

夜間的舞會，會由路易斯、琳，以及不幸被拖下水的雷負責戒備。

路易斯有云：

『要讓中毒的小丫頭死撐著站上崗位，我還沒那麼慘無人道。妳就趕快回房休息去吧。』

莫妮卡恭敬不如從命，回到閣樓間躺在床鋪上。

太陽已經完全下山，點點的繁星正高掛群青色的夜空，一閃一閃地發亮。或許是時值新月之故，星空看起來比平時更為鮮明。

就這麼茫然望著窗外時，滿天星斗突然遭到一陣黑影遮蔽。原來是黑貓——尼洛。

尼洛靈巧地用前腳打開窗戶入內，跳到床上低頭望向了莫妮卡。

貓的五官與人類不同，但從表情卻感覺得出，尼洛似是有點失落。

「莫妮卡，抱歉。被他們溜了。」

按尼洛所言，尤安與海蒂飛行到一半，便改搭事先藏好的馬車遠走高飛了。

化身成人型的尼洛雖然腳力超乎常人，但再怎樣也追不上馬匹。

「……這樣啊。嗯，不過沒關係。〈深淵咒術師〉大人的詛咒，大概一時片刻是解不開的。」

照雷的說法，那斷斷續續令受詛咒者感受激烈痛楚的咒術，最少也會維持一個月。在這段期間，莫妮卡相信是用不著擔心會遭到尤安襲擊了。

莫妮卡緩緩調勻呼吸，繼續開口：

「尼洛，今天讓你幫了好多忙，謝謝你。」

「妳已經不要緊了嗎？」

「嗯。」

點頭之後，莫妮卡從床鋪挺起上半身。

雖然還沒百分之百復原，但已經恢復到可以起身走動的程度了。

眼見莫妮卡下床站立，尼洛語調急促地關切：

「喂，妳還是繼續躺著比較好吧？」

「不了，我還得，到拉娜的房間去……為舞會做準備才行。」

聞言，尼洛尾巴直豎，金色的雙眼瞪得老大。

「妳連路都走不穩了，還說什麼鬼話！護衛的事，就交給那個壞胚子潤塔塔……」

「不是的。」

尼洛的發言，被莫妮卡靜靜地打斷。

莫妮卡之所以出席舞會，並不是為了護衛。

「這是，我的一點任性。」

莫妮卡皺著臉低語：

「因為，明年舉辦舞會時，我就已經不在了。」

莫妮卡蹲到桌子前，打開上鎖的抽屜。

當初剛來到學園時，抽屜裡還只有父親遺留下來的咖啡壺而已。

而如今，寶物卻已經多到幾乎把抽屜給塞滿。

（我珍藏的，重要的寶物。）

拉娜寫的信與緞帶。

菲利克斯幫忙買下的書與首飾。

凱西託路易斯轉交的刺繡手帕。

以及，點綴在胸口的白薔薇花飾。

每樣每樣都不是送給〈沉默魔女〉，而是贈與名為莫妮卡・諾頓的，微不足道少女的禮物。

莫妮卡陷入祈禱般的心境，閉上了雙眼。

（對不起……對不起……只有現在就好……只要我還待在校園的這段期間就好，請原諒我……）

自己究竟在向誰賠罪呢。

指派任務給自己的路易斯？

還是，被自己欺騙的朋友們？

……肯定，全部都是吧。

曾幾何時，自己能作為莫妮卡・諾頓所度過的時間，莫妮卡已經難以放手了。

即使明知道，自己在欺騙大家。

（但我還是希望，一會兒就好，我想繼續當……莫妮卡・諾頓……）

第十章　我是屬於你的

在莫妮卡說服尼洛，來到拉娜房間拜訪時，拉娜睜大了眼睛，一本正經地盯著莫妮卡的臉瞧。

「感覺妳好像不太舒服耶。嗳，妳還好嗎？要不要休息一下？」

雖然自認已經抬頭挺胸，也試著擺出了若無其事的表情，但莫妮卡的臉色似乎還是很糟，糟到一眼就看得出身體不舒服。

莫妮卡謊稱是因為頭一次參加校慶，得意忘形玩過頭太累，讓拉娜幫忙打點禮服的穿戴。

拉娜借給莫妮卡的晚會用禮服，好像在拉娜的父親請女縫工修改之際，做了不少加工。

色調沉穩的綠色禮服，上半身採用的是裝飾偏少的簡潔設計。

裙子的部分是從腰間多加一層一路延伸至裙襬的美麗蕾絲，每跨出一步，充滿光澤的質地就會隨著腳步搖曳不停。

整體的風格偏可愛，卻又不至於孩子氣。搶眼而不做作，精緻但不奢華。

這件每處小細節都不失用心的禮服，就連對時尚一竅不通的莫妮卡看了，也坦率地覺得或許和自己很搭調。

不僅如此，拉娜還幫莫妮卡在頭髮上綁了與禮服同色的緞帶，連著緞帶一起編理髮型。

然後將刻意留下的一束頭髮，綁成細細的三股辮。

「為什麼，還要刻意綁一條三股辮？」

「哼哼哼，妳馬上就知道。」

拉娜笑著回應，將手中的三股辮稍稍鬆開，再一圈圈捲起來，用大頭針固定。

造型完畢之後，扎好的三股辮看起來就宛若一朵花。

「好厲害！頭髮變成花了……！」

「這是最近正紅的髮型喔。」

得意洋洋地挺起胸膛的拉娜，側髮也同樣整理成了花的造型。

莫妮卡見狀，自然流露出傻里傻氣的笑容。

「……欸嘿嘿，和拉娜成對。」

「對、對耶！很可愛吧！」

「嗯。欸嘿嘿。」

拉娜幫忙編好的髮型即使不依靠氣派的髮飾，一樣美麗耐看，最重要的是非常精緻。

待處理好頭髮，拉娜又俐落地為莫妮卡化起了妝。相較於棋藝大會那時，這次上的妝顯得較為華麗了些。

化妝完畢之後，莫妮卡便將白薔薇花飾別上胸口。

正因禮服的上半身走簡素風格，更加襯托了薔薇的雪白。

「這樣子，希利爾副會長肯定也會開心！」

聽到收拾著化妝用品的拉娜這麼說，莫妮卡歪頭不解。

（為什麼希利爾大人要開心呀？）

整肅服裝儀容，作為學生會幹部才不會丟臉，希利爾也會因此開心，是這個意思嗎？

莫妮卡在內心自問自答，拉娜則望著白薔薇花飾，笑瞇瞇地揚起了嘴角。

「加油喔。」

「……嗯、嗯？」

＊＊＊

廉布魯格公爵千金艾莉安奴．凱悅，為了今日的舞會特地準備了新禮服。

出自知名裁縫師之手的桃色禮服用料輕飄柔軟，加倍襯托出艾莉安奴楚楚可憐的魅力。

飄逸的小麥色秀髮可愛地扎成一束，搭配滿滿的花飾，簡直就如同妖精公主般動人，僕役們都異口同聲地如此稱讚。

艾莉安奴是第二王子的從表妹，也是賽蓮蒂亞學園三大美女之一，今天還出演了舞台劇女主角。

所以理所當然，只要踏進會場一步，論誰都會將目光投注在艾莉安奴身上才對。

明明如此，入耳的讚賞聲，卻不是在誇獎艾莉安奴。

「啊啊～果然光是布莉吉特小姐有出席，現場就賞心悅目多啦。」

「克勞蒂亞小姐好美麗呀……給人一種只有她所在之處成了異空間的感覺呢。」

艾莉安奴追著群眾的視線望去。

率先映入眼簾的，是正與來賓談笑風生的學生會書記——雪路貝里侯爵千金布莉吉特．葛萊安。

低胸款式的葡萄色蕾絲禮服絕非人人都能穿得上相，在她身上卻顯得合襯無比。

再怎麼說，比那身禮服更引人注目的，是那更勝服裝的豔麗美貌，以及閃閃動人的金色捲髮。

身穿高裸露禮服卻又能不顯低俗，想來全要歸功於她那洋溢知性與品格的舉止吧。最重要的是，她事先掌握所有來賓的來歷與人際關係，依不同對象提供合適話題的話術，絕非任何人都學得來的。

艾莉安奴在扇子下轉動眼珠，望向布莉吉特對向的牆壁。

仰靠在牆邊的休息用沙發上，露出一臉憂鬱表情的，乃是海恩侯爵千金克勞蒂亞·艾仕利。

身上的深藍色修長禮服，巧妙地襯托出她高貴的美感。

那頭濃豔的黑髮整齊地綁在一塊兒，以大尺寸髮飾固定，只留下一撮側髮垂在臉旁。之所以連那撮側髮都顯得無比美麗，或許是出於她那散發神祕美感的五官吧。

有如娃娃般面無表情呆坐的她，光是稍微有點小動作，甚至只是眨眨眼，就令周圍群眾好似在期待什麼一般，朝她投以熱情的視線。

即使身處華麗熱鬧的舞會會場，布莉吉特與克勞蒂亞的美貌依舊鶴立雞群。

艾莉安奴也是與布莉吉特、克勞蒂亞齊名的校園三大美女。然而，與她們倆相比，無論如何就是顯得略遜一籌。

（那又怎麼樣。作為一位千金小姐，家世與端莊也是評價重點啊。我的家世比任何人都高貴，要論舉止端莊，我也不在那兩人之下。）

轉頭面向身旁的男同學們，艾莉安奴露出了一抹微笑。

僅是如此，就讓他們紛紛笑容滿面地圍住艾莉安奴，讚揚聲此起彼落。

簡直就像春日的妖精。多麼楚楚可憐啊。可愛到令人胸口快要被掐碎了——透過這些讚美令心情好轉的同時，艾莉安奴悄悄在扇子下搜尋菲利克斯的蹤影。

沒花多少時間便發現了菲利克斯。再怎麼說，他畢竟是現場存在感最為壓倒性強烈的人物。要找他易如反掌。

可能的話，艾莉安奴很想接近菲利克斯，問問他對自己這身禮服有什麼感想，但菲利克斯正與外祖父克拉克福特公爵在談話。

在這兒硬是插入兩人之間，以一名端莊的千金小姐而言是不及格的。要盡可能表現得含蓄，神態自若地接近菲利克斯，讓他主動向自己開口，這才是正確答案。

菲利克斯絕對不會無視艾莉安奴。因為艾莉安奴才是最配得上菲利克斯的千金小姐。

（……哎呀？）

無意間，艾莉安奴注意到後方的桌邊有些熱鬧。是一群女同學正圍著某位男生起鬨。

被圍在中心的，是在今日舞台劇代班演出英雄拉爾夫的古蓮．達德利。他那出眾的身高，就算有女同學擋著，也一眼就認得出來。

看來是他今天在舞台上的表現，勾起了千金小姐們的好奇心。

（哎呀哎呀，真是的……那種粗魯又沒水準的男人是有哪裡好呀？這些高攀不起菲利克斯大人的女人也真可憐。）

在內心挖苦這些圍著古蓮起鬨的千金小姐們，艾莉安奴豎起耳朵試著確認他們在聊什麼。

千金小姐們除了伴隨著歡呼尖叫聲，不停闡述今天的演劇有多棒之外，還不忘每幾句話便深入打探古蓮的身家背景。

某位千金帶著薔薇色的臉龐，一臉心醉神迷地問向古蓮：

「我聽說，達德利大人是七賢人〈結界魔術師〉的弟子……」

「沒錯哩！」

簡短的問答，卻令艾莉安奴大受衝擊。

（什、什麼——……！）

說起古蓮．達德利，他是高中部二年級的插班生，因為言行舉止與貴族完全背道而馳，所以和周圍格格不入。只不過，或許是討喜的性格所致，他似乎還交得到朋友。

若要讓艾莉安奴來說，古蓮．達德利就是個配不上賽蓮蒂亞學園的不良少年。

明明如此，卻不知為何和部分學生會幹部有來有往，連菲利克斯都對他另眼相看。

（七賢人的弟子？而且還是〈結界魔術師〉，那可是連在社交界都人氣鼎旺的潛力股啊。一旦當上了七賢人，地位就與伯爵相當，更重要的是會成為國王陛下的顧問……完全就是重臣中的重臣。古蓮．達德利也預定會這麼發展？）

放任讚美自己的言詞左耳進右耳出，艾莉安奴開始把精神集中在古蓮等人的對話上。

「達德利大人今天的打扮，實在非常合襯呢。」

「欸嘿嘿，這身禮服也是師父幫我打點的哩！」

論誰都一目瞭然，古蓮身上的禮服出自一流裁縫師之手。衣襟的造型也好，整體的輪廓也好，這件修長的禮服處處都掌握住時下最流行的風格，穿在手長腳長的古蓮身上堪稱絕配。

他的師父路易斯．米萊在社交界，也是貴婦們有口皆碑的時尚領袖。他所打點的禮服果真不負盛名，讓古蓮穿在身上徹底改頭換面。

要說有什麼缺憾，那頭不修邊幅的金茶色頭髮四處亂翹是有點美中不足，即使如此，找遍現場所有年輕人，就屬古蓮．達德利的存在感最能匹敵菲利克斯。當然有部分理由出自他大而無當的體格與嗓門就是了。

一位千金小姐含羞帶怯地向古蓮發問：

「達德利大人已經拿定主意，要與哪位佳人共舞了嗎？」

「嗯──我畢竟不是那麼擅長社交舞咩。總而言之，我今晚的目標是吃東西吃個過癮。」

「哎呀～達德利大人真是的！」

千金們似乎都被達德利奔放的反應逗得樂不可支。

這時，又有位千金半開玩笑地問起：

「嗳，達德利大人喜歡怎樣的女性呢？」

「哎呀～這我也想知道呢！」

「我也是！」

是呀，我也務必想弄個清楚。艾莉安奴這會兒更加全神貫注在接收對話內容。

只見古蓮雙手抱胸，唔嗯──一聲陷入沉思，視線遊走在半空中好一會兒，才終於回答：

「愛梅莉亞王妃吧。」

初代國王拉爾夫的妻子愛梅莉亞──今日舞台上由艾莉安奴扮演的角色。

這言下之意，豈不等於公然宣言自己傾慕的人就是扮演愛梅莉亞的艾莉安奴嗎。

（哎呀！哎呀！這種事情，怎麼不直接到我面前開口嘛！）

這樣一來，艾莉安奴就可以當面回覆古蓮──

──比起拉爾夫，我更愛菲利克斯大人！

盤算著這種壞主意的艾莉安奴耳裡，再度傳進了古蓮的嗓音。

「打從小時候讀初代國王故事開始，我就一直很喜歡愛梅莉亞那樣帥氣威風的女人哩。又酷又能幹，剛正不阿且直言不諱，但又願意認真聽我說話……每次看到我受傷都會發脾氣，邊罵『真拿你沒辦法』邊幫我療傷，像這樣比我年長的大姊姊就是我最喜歡的類型！」

艾莉安奴差點驚愕到目瞪口呆。

古蓮所舉出的條件，從頭到尾都與艾莉安奴的特質相反。

更別提艾莉安奴還是高中部一年級，年紀比古蓮小。

艾莉安奴扇子一倒，遮起忍不住抽搐的臉龐。

一旁的男同學們見狀，接連出聲關切：「有哪裡不舒服嗎？」艾莉安奴趕緊擺回楚楚可憐的美麗笑容，用裝無辜的眼神望向男同學們。

「還不都怪大家這麼稱讚不停，害我都難為情了。」

說著說著，艾莉安奴露出一道可愛的微笑，迷得周圍男同學全都傻笑起來。

看吧，這才是正常的反應呀。古蓮．達德利眼光再差也該有個限度。有幸與這麼楚楚可憐的美少女同台演出，竟然別說稱讚了，就連一句問候都沒有！

要是有朝這兒寒暄一下……有誇獎艾莉安奴幾句，那起碼可以認同，他多少還算是有點眼光。

也不曉得是不是艾莉安奴這番想法奏效，古蓮突然抬起頭，朝艾莉安奴望了過來。

當然，艾莉安奴絲毫沒打算主動開口。就算古蓮先問候了，首先也得擺出愛理不理的態度才行。哎呀，請問是哪位？——至少要這樣挖苦幾句。

「喂——！」

古蓮大步大步走近，然後從艾莉安奴一旁颯爽地擦身而過，朝站在入口附近的嬌小少女搭起話來。

「啊，果然沒錯，是莫妮卡！那件就是拉娜說的禮服嗎？妳穿起來超合適喔！」

「謝、謝謝你……欸嘿。」

扇子摔落在地的艾莉安奴立刻受到身旁男同學們的百般關切，然而他們的擔憂並沒有傳進艾莉安奴耳裡。

只見艾莉安奴就這麼凝視著古蓮．達德利與莫妮卡．諾頓。在那對藍灰色的雙眼中，正燃燒著寂靜的怒火。

既然演變到這個地步，也顧不了那麼多了。

艾莉安奴快步朝菲利克斯走去。

＊　＊　＊

與古蓮交談的莫妮卡，不時接收到來自周圍的羨慕眼光。

主要都是來自想和古蓮聊天的女同學。肯定是今天舞台劇的影響吧。

回想起舞台最後爆起的如雷掌聲，以及檯面下的各種手忙腳亂，莫妮卡暗自在內心苦笑。

「這麼一提，莫妮卡妳今天沒跟拉娜一起來嗎？」

「呃——其實……」

在抵達這棟禮堂之前，拉娜其實一直都在身邊。

可當抵達會場之後，拉娜留下一句：「有我在的話，人家會不好邀吧。」便分頭行動了。

聽到莫妮卡一臉困惑地如此描述之後，古蓮歪頭感到不解。

「她是想讓誰邀誰做什麼呀？」

「我也，不是很清楚……」

回想拉娜露出的意味深長笑容，莫妮卡也和古蓮一樣歪頭不解。

總而言之，感覺這件事繼續思考下去也不會有答案，莫妮卡決定就此打住。

「古蓮同學，呃——那套衣服真迷人呢。」

莫妮卡雖然缺乏對這類時尚服飾的感性，還是感覺得出來那身禮服與古蓮很搭調。

聽見莫妮卡坦率讚美，古蓮難為情地搔了搔滿是亂髮的腦袋。

「嘿嘿，其實這套衣服，是師父幫我準備的。」

「路……〈結界魔術師〉大人嗎？」

差點讓「路易斯先生」五個字脫口而出，莫妮卡慌忙改口。

畢竟古蓮並不曉得路易斯與莫妮卡是同期，也不清楚莫妮卡的真實身分。

「我啊，還以為舞會是穿制服出席的，連禮服都沒準備哩。沒想到，今天一大清早，師父的契約精靈小姐就幫我送了一整套禮服來。」

今早，莫妮卡溜出房間與〈深淵咒術師〉雷・歐布萊特碰面的不久之前，琳才被路易斯傳喚而離開了閣樓間。

看來，琳那時被路易斯找出去的理由，就是要幫忙遞送這套禮服。

（路易斯先生，好周到啊～）

莫妮卡自己也才剛在前一陣子，收到路易斯所贈送的外出服與大衣。

先把潛入任務硬塞給莫妮卡，又指派一無所知的弟子入學當誘餌，路易斯明明就是個這麼我行我素的男人，卻很奇妙地注重這種小環節。

這時，古蓮突然望著莫妮卡背後「啊」了一聲。莫妮卡也反射性地轉頭與古蓮看往同個方向。

古蓮的視線前方，一身藍紫色禮服的希利爾正環顧著四周快步前進。表情看起來有點焦急。是不是發生了什麼問題呀。

莫妮卡還來不及出聲關切，古蓮就先大力揮著手嚷嚷起來。

「副會長，晚安——！有什麼事在傷腦筋嗎？」

「唔？古蓮．達德利和諾頓會計啊。」

希利爾走到兩人面前，又再度環顧了下四周。

接著，垂下他總是上吊的眉尾，一臉困擾地說：

「你們有看到樂團的指揮嗎？」

按希利爾的說法，樂團指揮去上洗手間，結果就這麼迷了路，害得演奏遲遲無法開始。

莫妮卡開始望向周圍，向希利爾詢問：

「希利爾大人，你知道那位指揮，有什麼特徵嗎？」

「身高和我差不多，年過五十，身材有點發福，留著髮尾微捲的白髮，穿著黑色禮服。」

「呃——如果能知道手腳的長度，或是五官部位的正確尺寸，就能更提升精確度了……」

「誰會知道啊！……慢著，什麼叫精確度，什麼意思？」

莫妮卡沒有回應希利爾的疑問，而是悄悄無詠唱發動遠視魔術。

這樣就能一望無際確認遠方了……原本是這麼想，但莫妮卡長得太矮，結果視線還是被周圍的人群給擋住。

「嗚～……」

才剛試著墊腳尖，古蓮就一副心有靈犀的表情，雙手伸進莫妮卡腋下，將那嬌小的身體一把抬上半空中。

希利爾立刻瞪大了雙眼。

「小子！你在幹什麼？」

「這樣就能看得遠嘍！莫妮卡，有看到樂團指揮嗎——？」

被古蓮抬起來有點——不，是非常讓人難為情，但拜此之賜，確實能夠大範圍掃視了。

光是一眼看過，莫妮卡就能正確地解讀出人類的身高或手腳長度。

即使目標比較遠，只要根據距離及角度下去計算，就能在某種程度上推算出正確的數值。

被古蓮抬在半空中的莫妮卡，維持著固定視線開始描述：

「找到三位符合條件的男性。把頭髮綁在腦後的，鷹勾鼻的，還有身旁跟著一位婦人的。鷹勾鼻的那位左右手長度微妙地不同，我想可能是有在玩某種樂器……」

「那位鷹勾鼻的人物領口有別針嗎？樂團成員應該都會戴著。」

雖然是常人難以辨識的距離，但莫妮卡有遠視魔術加持，要確認男性的胸口並不是什麼問題。

調節魔術控制視野景深對焦，隨後就連男性別在領口的別針是小提琴造型都看得一清二楚。

「他戴著一只，小提琴造型的別針。」

「就是他，肯定沒錯。不好意思，要麻煩妳帶路了。」

「好、好的！」

莫妮卡向抬起自己的古蓮道謝後，便與希利爾一同前去找樂團指揮。

樂團指揮離得挺遠的，希利爾瞇起眼睛朝莫妮卡指示的方向猛瞪，一臉狐疑地說道：
「虧妳這麼遠也看得見。」
當然不可能老實回答自己用了遠視魔術，莫妮卡只好曖昧地笑著打馬虎眼。
「呃——因為，我的視力，還不錯。」
這倒不是徹頭徹尾的謊言。莫妮卡明明平時就老待在暗處看書，視力卻一點也沒變差。雖然也沒好到能夠不靠魔術就裸眼掃視會場每個角落就是了。
兩人很快就找到樂團指揮。希利爾向對方打招呼後，便一起回到了樂團所在地。
待樂曲正式展開演奏，希利爾才一副鬆了口氣的模樣撫著胸膛。
「真的是幫大忙了，感謝妳。畢竟樂團今年的規模比往年都來得大……也因此，意想不到的狀況也格外多。」
「那個～請問，樂團相關問題不是由梅伍德大人負責的嗎？」
舞會後臺的相關工作基本上都是尼爾的業務。
這麼一提，希利爾好像從事前準備的階段就已經開始幫尼爾的忙，是不是在莫妮卡不知道的地方出了什麼差錯呀？
「那個，難道是梅伍德大人出了什麼事情嗎？是不是我也來幫忙比較好……」
「沒有，不是這麼回事。」
希利爾緩緩搖頭，感覺有那麼一點尷尬，游移著視線繼續接話：
「是我主動提出要和梅伍德總務換班，好讓他能擠出一點自由時間。」
「……？」

為什麼希利爾要這麼做呀？如此思考的莫妮卡，突然發現某件事。

在今天這場校慶，莫妮卡的行動其實相對自由。會計在活動當天的工作量偏少當然也是理由之一，但既然身為學生會幹部，就算被指派了更多的工作，也一點都不奇怪。

校慶開始前，菲利克斯曾對莫妮卡這麼說——

『這對妳來說，是第一次舉辦的校慶吧。今天就盡情樂在其中吧。』

（原來，我是受到大家關照，被分派了比較少的工作呀……）

然後，希利爾恐怕也同樣地關照了尼爾。為了讓公務繁忙的尼爾，盡可能享受這場舞會。

對於自己直到現在才發現這件事，莫妮卡暗自感到羞恥。這時，一位負責接待的同學快步來到希利爾身旁，湊向耳邊說了些什麼。

聽著聽著，希利爾的細眉為之一顫，答道：「這樣啊，我馬上去。」

隨後，希利爾交互望向莫妮卡的臉及她胸前的花飾，一臉苦澀地開口：

「諾頓會計，可以拜託妳一件事嗎。」

「好、好的！請問是什麼事！」

「接待處出了一點狀況，我必須得盡速趕去處理，但廚房那邊的聯絡人員不足。在換班的同學抵達之前，希望能麻煩妳充當廚房的聯絡人。」

廚房的聯絡人，主要負責傳遞會場與廚房之間的訊息。

基本上服務生與料理人都會直接溝通，但如果出現雙方都無法解決的狀況，聯絡人就要負責調度需要的物品，或是出面解決問題。

以往，希利爾都從未將這類工作分配給莫妮卡。溝通能力低落的莫妮卡，向來只會接到在後臺處理數字的相關作業。

正因如此，希利爾恐怕相當不安吧。當然莫妮卡也一樣。

換作以前，莫妮卡肯定會搖頭直呼：「不、不可能啦，我不行。」

（可是，現在的我，身上有魔咒加持……！）

莫妮卡低頭凝視胸前的白玫瑰。那是希利爾送給自己的，能避免出糗的魔咒。將花飾徹底烙印在眼底之後，莫妮卡抬頭答覆：

「我、我會加油。」

希利爾表情苦澀依舊。他內心大概也十分糾結吧。莫妮卡的內向怕生是貨真價實的。他肯定甚感不安，不曉得把這項工作交給莫妮卡是否妥當。

「……如果沒發生任何意外，妳就只需要待命即可。萬一真的出了問題，記得一定要找我。」

「好、好的！」

比平時更使勁地回應之後，忽然短暫地頭昏眼花。

雖然毒素已經排出體外，身體卻尚未恢復萬全。再加上，還累積了在校園四處奔波一整天的疲勞。

即使如此，還是得加油。因為希利爾應該也同樣疲累。

莫妮卡挺直穿了束腰的背桿，起步朝併設於禮堂的廚房移動。

＊＊＊

舞會會場的一角，菲利克斯正與外祖父克拉克福特公爵兩人靜靜地交談。

「今天的舞台劇，諸侯們都讚不絕口。」
面對一如往常嚴厲的克拉克福特公爵，菲利克斯露出一臉被外公稱讚的乖孫笑容。
「那真是太好了。若外祖父大人也看得盡興，就是我無上的光榮。」
「聽說扮演主角的，是〈結界魔術師〉的弟子。」
「高中部二年級的古蓮．達德利同學。他是非常優秀的學生喔。」
「好好慰勞他一番。」
言下之意，是要菲利克斯去「攏絡那個第一王子派的〈結界魔術師〉的弟子。」
菲利克斯保持著不變的柔和笑容，瞇細了雙眼答道：
「是，外祖父大人。」
王國最有權有勢的大貴族，以及他的王子外孫。這兩人的互動無時無刻不是眾所矚目的焦點。
就在所有人都想找這兩人攀談的狀況下，有一名少女颯爽地接近他們，行了一記淑女禮。
那是廉布魯格公爵千金——艾莉安奴．凱悅。
「晚安您好，閣下。」
「艾莉安奴小姐嗎。今天的舞台劇，妳表演得華麗動人，著實配得上初代王妃愛梅莉亞。」
聽到克拉克福特公爵這番話，艾莉安奴的臉色頓時亮了起來。
「哎呀，太榮幸了！閣下已經和家父聊過了嗎？」
「嗯，方才小聊了會兒。」
「今年的冬至假期，還請務必賞光到我們領地來玩喔。和殿下一起。」
「我會考慮。」

克拉克福特公爵讚美艾莉安奴「配得上初代王妃愛梅莉亞」。

那也可以認為是在暗示，艾莉安奴才正是配得上王妃寶座的人物。

也不曉得艾莉安奴是不是聽出了這個弦外之音，只見她羞紅著臉露出喜悅無比的表情。

不久，樂團總算開始演奏，克拉克福特公爵於是望向菲利克斯與艾莉安奴說道：

「開始跳舞了，你們也去跳吧。」

艾莉安奴沒有明顯表現出誇耀勝利的態度，還是帶著含蓄淑女的表情仰望菲利克斯。

「菲利克斯大人……你願意與我共舞一曲嗎？」

「當然，樂意之至。」

菲利克斯露出甜美的微笑，邀請艾莉安奴前往舞廳。

兩人起舞之後，眾人的視線立刻聚集在兩人身上。

俊美王子與公爵千金共舞，論誰都看得如痴如醉。

踏出完美舞步的兩人，趁著轉換行進方向的短短一瞬間，各自環伺了周遭一圈。

艾莉安奴搜索著古蓮的身影。結果古蓮正在輕食桌吃得滿嘴肉。當然，根本就沒在關注舞廳。

菲利克斯搜索著莫妮卡的身影。結果莫妮卡正在與希利爾交談。當然，根本就沒在關注舞廳。

（哎呀～哎呀～哎呀……比起我的舞姿，竟然更陶醉在美食當中，這人的神經到底怎麼長的呀？還不快點一臉稱羨地看過來，古蓮．達德利！快給我咬著指頭，眼睜睜看著我與殿下共舞啊。別在那邊咬什麼香腸！）

（莫妮卡看起來似乎對花飾的含意一知半解……也不向人家解釋清楚，就假稱是什麼「魔咒」送給人家，用這種手段邀莫妮卡共舞，會不會太詐了點啊，希利爾？）

（我可是正在跟殿下共舞喔？還不快往這邊多關注一下？難道你真的對我沒半點興趣？）

（無論我在和誰共舞，莫妮卡一定都不感興趣吧～嗯我早知道了。只不過，好歹我們也是先前共度了一夜的關係，應該可以再稍微對我多抱點那方面的意識吧？）

視線再度交會的菲利克斯與艾莉安奴，雙雙向彼此露出了一臉無可挑剔的完美笑容。

「能夠像這樣與殿下共舞，簡直像美夢成真。」

「那是我的光榮。」

兩人就這麼各自將心思放在不同對象身上，共享舞蹈時光。

＊＊＊

黑髮千金克勞蒂亞・艾仕利整個人癱靠在沙發上，不停散發著陰鬱的氣場。

那陰鬱的程度，就算說今天家裡有人遭遇意外，都會教人忍不住信以為真。

但是，不管表情再怎麼陰沉，都無損她過人的美貌。

尤其看在陷入愛河的男人們眼裡，那陰沉的模樣似乎也成了帶有夢幻美感的縹緲愁容。

「克勞蒂亞小姐，能否拜託妳收下我的薔薇呢？」

蹲跪在克勞蒂亞面前，遞出薔薇花飾的男人，是今天的第九號挑戰者。

克勞蒂亞在扇子下呼～地嘆了口氣。

「就快二位數了呢……」

「什麼？」

是指被扔進垃圾桶的花朵數目。
緩緩挺起靠在肘墊上的身體，克勞蒂亞注視起遞送在面前的紅玫瑰。
「花我很喜歡喔。」
「我特地挑選了和妳很相配的薔薇。這是在我家栽培的新品種，香味格外強烈……」
「是呀，味道真香……」
克勞蒂亞那宛若娃娃的臉上，浮現一抹淡淡的微笑。
單是如此就足以令周圍的人全部屏息被她給迷倒，她就是美麗到這種地步。
這位洋溢神祕美感的貌美千金就這麼保持著美麗的笑容，向獻上花朵的男人開口：
「……香得太過頭，讓人連戴都不想戴在身上呢。」
男人的表情瞬間凍結。在一旁豎著耳朵關注這段對話的人們，都忍不住竊笑了起來。
大多數人都會因此灰心喪志，不過第九號挑戰者倒是頗為百折不撓。
「我的家族，和艾仕利家一直緣分匪淺……」
「已經是三世代以前的事了呢。」
「我打從很久很久以前，就一直想和克勞蒂亞小姐促膝長談一番。」
「如果想要艾仕利家的人脈，去找兄長攀關係比較快喔。」
「不是的，我感興趣的對象是妳，克勞蒂亞小姐。我從來就沒有見過，像妳這樣美麗的女性。」
男人以充滿熱情的視線緊緊凝望克勞蒂亞。
克勞蒂亞瞇細了瑠璃色的雙眸，以扇子遮住嘴邊。
「哎呀，好位少見多怪的男士，真、迷、人……這樣你每次遇見新的對象，就可以搬出同樣的說詞一用再用了呢。」

會場氣氛明明這麼熱絡，卻只有克勞蒂亞就坐的沙發周圍冰冷得有如颳著暴風雪。

在無言以對的男人背後，有人語帶保留地出了聲。

「那個，不好意思……」

有點尷尬地站在男人背後的，是身穿禮服的嬌小少年——學生會總務尼爾・庫雷・梅伍德。

克勞蒂亞面無表情地望向尼爾。

「為什麼你明明身為未婚夫，卻還那麼老實地排隊？」

「咦咦？就算有婚約，也不可以隨隨便便插隊吧！」

有夠正經八百。

向克勞蒂亞求愛的男人，也清楚尼爾是克勞蒂亞的未婚夫。第九號挑戰者就這麼擠出客套式的笑容，垂頭喪氣地鎩羽而歸了。

連看也不看向自己表白的男人一眼，克勞蒂亞始終仰頭望著尼爾。

身為學生會幹部的尼爾，辦活動時總是公務纏身。現在恐怕也還在工作吧。正因如此，光是像這樣忙裡偷閒向克勞蒂亞搭話都顯得稀奇。

「出了什麼事嗎？」

聽到克勞蒂亞這麼問，尼爾笨拙地清了清嗓子，伸出藏在背後的右手。

他握在手裡的，是一朵以橙色薔薇結上褐色緞帶做成的花飾。

面對雙眼緩緩睜大的克勞蒂亞，尼爾害羞地說道：

「妳願意，和我跳支舞嗎？」

克勞蒂亞整整花了好幾秒鐘，才確實領悟到尼爾在說什麼。

絕對不是在挖苦或瞧不起他，真的只是言語卡在喉嚨，沒辦法立刻出口回應。

「我以為，那朵薔薇不是直到邀舞的前一刻再送，而是該早早用來預約才對。」

好開心，我很樂意——比這些話語更快出口的，盡是這種不討喜又不可愛的回覆。

然而尼爾卻絲毫未顯不悅，反倒露出一臉賠不是的表情。

「哇，對、對不起。因為，我根本不曉得當天會不會有時間可以跳舞。明明自己都不確定，還送人家什麼預約邀舞的象徵，我覺得會對克勞蒂亞小姐很失禮……」

尼爾道出的解釋完全一如希利爾所料。

克勞蒂亞睜大的雙眼，慢慢瞇成了柔和的笑容。

「你可以，幫我別上花飾嗎？」

「好的！」

尼爾彎下身子，向坐在沙發上的克勞蒂亞胸前伸手。

那極力避免接觸到克勞蒂亞身體的慎重動作，如實呈現了他正經八百的性格。

別好花飾之後，尼爾露出一臉苦笑。

「如果要搭配妳今天穿的藍色禮服，應該選別種顏色的薔薇比較好呢。真不好意思……只選了我自己，喜歡的顏色。」

「……我很喜歡喔。」

連這種時候，都顧慮著克勞蒂亞的心情，比起染上自己的顏色，更在意適不適合對方。就喜歡這樣的他。

（明明你大可更用力把我染成你的顏色的。）

希望尼爾可以更執著一點，更用力向周圍表明「克勞蒂亞是屬於我的」。

如此一來，克勞蒂亞就可以把象徵邀舞的薔薇，驕傲地炫耀給眾人，讓大家都知道——

——我是屬於尼爾的。

克勞蒂亞一伸出手臂，尼爾便以自然的動作牽起手掌。

兩人比肩而立，便看得出克勞蒂亞比尼爾高出幾分。雖然克勞蒂亞已經刻意選了比較低的鞋子，身高差距看在旁人眼裡還是相當明顯。

「我還以為，你是不是討厭跟高個子的女人跳舞呢。」

「咦？對、對不起，我長得太矮，會害妳跳起來綁手綁腳對吧？那個，要是跳得太辛苦，還請跟我說一聲喔？」

看吧，就連這樣的狀況下，尼爾都不忘要為了克勞蒂亞著想。

怎麼會有這麼可恨又可愛，令人深愛不已的人呀。

「開玩笑，要我跳到早上也沒問題喔。」

「啊，不好意思，這我沒辦法。」

當場遭到回絕，克勞蒂亞有點悻悻地瞪向尼爾，他隨即一臉傷腦筋地補充：

「艾仕利副會長他，頂下了我的工作呢。明明自己都忙不過來了，副會長卻從一大早就不停幫我處理公務……」

說到這裡，尼爾突然驚覺什麼似的，伸手摀住自己的嘴巴。

然後一臉尷尬地仰頭望向克勞蒂亞。

「他叫我要向克勞蒂亞小姐保密……對不起，拜託剛剛那些話別傳出去……」

「……」

論克勞蒂亞再怎麼環顧四周，舞廳裡也找不到希利爾的身影。

八成正在檯面下東奔西走吧，為了讓尼爾能夠有段自由時間，不惜把自己的事拋在腦後。

（多麼符合那個人的作風啊。明明就是根大木頭，卻用這麼奇怪的方式關照人……真討厭。）

得找個機會還這份人情才行——克勞蒂亞暗自心想。

可能的話，最好是加倍奉還，讓那位兄長用格外厭惡的表情向自己道謝。

✶ 第十一章　算式也好，魔術式也好，都比不上……

被交付重責大任的莫妮卡，為了擔任廚房與服務生的聯絡人，離開了舞會會場，從走廊動身前往併設於禮堂的廚房。

禮堂的廚房就只有在舉辦這種大規模活動的日子才會使用，設備本身似乎還是校舍的廚房比較充實。因此，有部分料理是在校舍廚房製作，再運送至禮堂。

從保持敞開的廚房大門向內窺看，便見到料理人們正忙碌不已地四處打轉。這兒氣氛熱絡的程度，更勝舞會會場。

（這、這種時候，是不是好好向人家打招呼比較妥當呀。否則突然闖進一個穿禮服的女同學，大家一定會懷疑我想幹嘛吧，應該要先自我介紹……可是，大家看起來都好忙……）

要向忙著工作的人開口搭話，對於內向人士而言是一座極高的門檻。

莫妮卡正不知所措，身材魁梧的料理人就望著莫妮卡喚了起來。

「怎麼啦，小姑娘！迷路了嗎？」

「不、不不不不不是的，那個，我是，學生會幹部……來接手聯絡人崗位……」

聽到這番輕聲答覆，料理人表情頓時亮了起來。

「喔喔，來得正好！今兒個天氣不錯對吧？」

「是、是的……」

「咱們這兒的年輕人啊，把用來冷藏冰點心的冰塊擺在外頭，今天偏偏就這麼豔陽高照，結果全都給融化啦。所以說，希望可以拜託學生會副會長，給咱們造一點冰塊啊。」

希利爾原本說，如果沒發生任何意外，就只需要待命即可，看來終究是沒那麼容易。

魁梧的男性料理人拿出一只大盆子交給莫妮卡。盆子大到要成年人雙手並用才抱得住。

「差不多把這個裝滿就可以了。拜託妳嘍！」

馬上接到了人家的託付。

莫妮卡將手臂伸至極限接下大盆子，步履蹣跚地朝走廊移動。

（用魔術生成的冰也沒問題，就代表不是要直接入口，而是用來冷藏其他物品的，沒錯吧。）

魔術生成的冰裡頭含有魔力，對魔力不具備抗性的人一旦大量攝取，就會引起魔力中毒，因此不宜食用。

不過，若只是用來放置在裝有冰點心的容器外側以供冷藏，就算用魔術生成的冰塊也沒問題。

料理人應該是打算拜託擅長冰系魔術的希利爾製冰吧，但希利爾現在忙得亖，可能的話，希望可以不要勞煩到他。

莫妮卡用鼻子哼著氣，抱著大盆子來到走廊盡頭，開始以無詠唱魔術製作冰塊。

（盡可能排除掉雜質，透明漂亮的冰塊應該會讓對方看了比較開心吧。）

由莫妮卡出馬，要讓盆子裝滿冰塊根本用不上十秒。

「弄好了……」

心滿意足地喘了口氣，莫妮卡伸手抱住盆子，使勁準備抬起來。

「唔咕～～～呼，唔唔——……」

到這個關頭才發現，裝滿冰塊的盆子重到完全抬不動。

過於初步的疏失，令人幾乎要懷疑七賢人稱號是不是買來的。

莫妮卡雖然奮鬥了好一會兒，結果還是不得不放棄抬起盆子的想法，只能就地蹲下，雙手按住盆子開始用推的。

是可以用風系魔術讓盆子浮起來運送，可一旦被人看見，魔術師的身分就會穿幫。所以，莫妮卡只好默默地獨自推著盆子前進。

（我不要，為了這種事，去給別人添麻煩……）

菲利克斯與希利爾，都為了讓莫妮卡能盡情參與首度的校慶，刻意幫莫妮卡安排較少的工作。對莫妮卡關照有加。

絕對不想為了自己的疏失，去給這樣溫柔的人們增加困擾。不想因此被他們討厭。不想要，背叛他們對自己的期待。

這項工作，是以自己的意志決定要接的。非得好好達成使命不可。莫妮卡這麼告訴自己。

更何況稍早之前，自己才剛因為判斷出錯而讓刺客逃跑。如此嚴重的失態，導致莫妮卡現在更加害怕失敗，害怕給人添麻煩。

「呼～……呼～……唔嗚嗚嗚……」

幸好，這裡離廚房還不算太遠。只要加把勁，應該是有辦法推到的。

不停喘著大氣，努力推著盆子的莫妮卡，忽然間遭到頭痛侵襲。伴隨著強烈的目眩，眼中所見景象突然大為扭曲。

（……啊……）

一整天四處奔波，經歷過戰鬥，甚至吸進毒氣，疲憊交加的身體，還沒有恢復到能夠使勁做出這種激烈動作的地步。

頭痛別說要減緩，甚至不停加劇，眼前突然短暫地泛白，緊接著，便轉為一片黑暗。

（討厭……還不，可以……我明明就，還沒，有……）

按在盆子上的指頭一滑，莫妮卡小小的身軀就這麼瞬間脫力，當場癱倒在地。

感覺得到自己渾身發涼，意識逐漸遠去。

（我明明就，還沒有，幫上忙……）

＊　＊　＊

解決了接待處出錯導致的問題後，希利爾快步走向廚房。

粗略觀察會場，乍見之下是沒出什麼差錯。然而活動辦得愈是盛大，就愈容易在眼睛看不見的地方發生小問題。

這類小問題一旦置之不理，三兩下就會演變成大麻煩。所以，在不勞煩菲利克斯的前提下排除掉這些小問題，就是希利爾作為菲利克斯得力助手的職責。

（雖然總算是設法騰出了時間，讓梅伍德總務與克勞蒂亞能夠共舞……可待會樂團演奏告一段落，就又要開始忙了。）

考慮著接下來的行程，彎過走廊轉角的希利爾，發現廚房大門前圍了一圈人牆。

看來像是廚房的工作人員圍著某人。從人牆縫隙間隱約可見的綠色裙襬，令希利爾背脊頓時發涼。

「出了什麼事！」
跑步趕到現場，希利爾立刻明白自己的想像是對的。
倒在地板上，被廚房工作人員照護著的人，正是莫妮卡。
廚房的料理人一臉憂心地望著莫妮卡說道：
「副會長，這孩子倒在走廊……」
希利爾立刻蹲下為莫妮卡脫掉手套把脈。雖然還有脈搏，但十分微弱。而且整隻手掌連指尖都冰冷無比。
（她有化妝，所以剛剛沒注意到臉色蒼白……）
是因為疲勞與緊張，再加上貧血所以昏過去了嗎。無論如何，放她倒在這種地方，實在於心不忍。
禮堂二樓有幾間休息用的小房間。到那兒去的話，應該還能找到毛毯之類的用品。
「我會帶她到休息室去。全員請各自回歸崗位。」
向廚房工作人員下完指示，希利爾便一把抱起了莫妮卡。雖然對臂力沒什麼自信，但只是抱到二樓休息室的話，自己一個人應該還有辦法。
抱著莫妮卡的希利爾，眼中映入了擱置在地面的盆子。盆子裡滿是高純度的漂亮冰塊，八成是透過魔術生成的。
「……這些冰？」
聽到希利爾這麼問，魁梧的料理人抬起盆子回答：
「料理要用的冰塊融光了，所以我拜託這孩子準備一些過來。是副會長你幫忙用魔術造的吧？真是幫大忙了，多謝啊。只要有這些，就可以好好冷藏冰點心啦。」

希利爾並沒有準備這些冰塊。既然如此，莫妮卡是從哪裡找來的？

（是從校舍的廚房運來的嗎？但，冰塊卻又幾乎沒怎麼融化……）

希利爾低頭凝視著沉眠的莫妮卡。

方才抱起莫妮卡時，她順勢彎起的手臂正垂在肚子上。

把脈時脫下手套的右手臂，瘦得有如樹枝。手掌遠比希利爾嬌小許多，中指還長了一道繭。那是一天握筆好幾小時的人才會有的手。

希利爾朝這隻手凝視了一會兒，隨後，立刻邁步朝休息室動身。

＊＊＊

隱約可以聽見遠處傳來的音樂聲。

（那是社交舞課聽過的曲子……華爾滋的三進位法……）

是三拍子才對喔，三拍子。記得在當時，凱西就是如此苦笑著糾正莫妮卡。

隨著和朋友們練舞的日常回憶湧現心頭，莫妮卡緩緩睜開了雙眼。

在朦朧的視野裡見到的，是憂心地望著自己的深藍色眼眸。

「希利爾，大人……」

動起發麻的舌頭呢喃後，希利爾才放心地喘了口氣。

溫吞地仰起身子，莫妮卡開始確認現況。自己現在身上蓋了一條毛毯，躺在沙發上。

然後希利爾正從距離沙發稍遠的位置望著自己。

「會覺得冷嗎？」

這麼一句話，莫妮卡便明白了希利爾刻意保持距離的理由。

具備過剩吸收魔力體質，會將體內過多的魔力轉化為冷氣釋放的希利爾，是擔心自己若待在身邊，會害得莫妮卡著涼。

「那個，希利爾大人，我、我……」

環顧四周，感覺這兒似曾相識。應該是禮堂二樓的休息室。

為什麼自己會睡在這種地方？

（我記得，我剛剛是在運冰塊……）

「妳在廚房門口暈倒了。妳沒有印象嗎？」

「……唔！」

莫妮卡嘴巴張合不停，舉起雙手覆在蒼白的臉上。

還動得了，沒有大礙，原本雖然這麼認為，但莫妮卡身體疲憊的程度，似乎遠在自己的預料之上。

明明如此，卻對自己過度自信，到頭來還是得勞煩別人收拾善後。

「非、非常對不起……給希利爾大人，添了麻煩……」

原本打算獨力完成被交付的工作。沒想到，卻變成了這樣子。

失敗的理由很明顯。那就是對自己的體力過於自信。然後，因為害怕勞煩別人，引起別人的反感，而沒有勇於向人求助。

對於怕生的莫妮卡而言，要向誰開口求助，請人幫忙自己，這樣的意願是非常低的。

與其被別人露出厭惡的表情，還不如自己設法解決來得好。

然後就這麼自以為是地拒絕求助，導致了失敗。

（結果，我別說是幫忙，甚至還給人造成困擾……）

滑落臉頰的水滴，濡濕了胸前的花瓣。

「真的，很抱歉……」

低頭忍著不讓喉嚨發出嗚咽聲，接著便聽見希利爾的嘆息。

啊啊，一定是對我失望了——莫妮卡發著抖心想。

「妳身體不適嗎？」

莫妮卡依然低著頭，不肯定也不否定地吸了吸鼻子。這時，希利爾又開口補充：

「那些冰，廚房的人員非常感謝，說是幫了大忙。」

莫妮卡猛然回神，抬頭朝希利爾望了過去。

希利爾的表情與其說是在生氣，倒不如說是困擾。

「諾頓會計對於交涉或聯絡相關工作不在行，這我很清楚。明明如此，卻主動表明願意幫忙接下這份工作，我對這樣的精神給予好評。」

「……唔，咦？」

「本次雖因未能充分管理健康而導致這樣的結果，但妳也完成了最低限應完成的工作。」

莫妮卡沾著淚珠的睫毛不停眨動，接著，希利爾又一如往常地豎起眉角訓話：

「當然，一直這樣下去也不是辦法，遲早必須要讓妳習慣交涉相關工作！下次身體不適，記得提早報備！需要人手時，務必向周圍求助！」

「好、好的！」

「殿下預定要推舉梅伍德總務擔任明年度的學生會長。一旦梅伍德總務當上會長，已經具備幹部經驗的諾頓會計，想必會被繼續指名就任幹部吧。」

現在的二年級學生會幹部就只有尼爾與莫妮卡。其他幹部全都是三年級。

若菲利克斯畢業後由尼爾接任會長，有學生會經驗的莫妮卡，繼續被選作幹部一點也不奇怪。

「梅伍德總務成了會長後，妳就要當他的得力助手。所以不善處理人際關係這個弱點妳必須克服。把這件事好好牢記胸口，今後也務必精進……」

希利爾以莫妮卡明年也理所當然會留在校園的口吻叮嚀著。

可是，莫妮卡．諾頓明年就不在了。

莫妮卡之所以待在這所學校，是為了護衛菲利克斯。

菲利克斯畢業的同時，莫妮卡待在這所學校的理由也會隨之消失。

所以，在菲利克斯與希利爾畢業之際，莫妮卡也將離開這所校園，回歸七賢人之一——〈沉默魔女〉莫妮卡．艾瓦雷特的身分。

（所以，我才想趁今年的舞會，想辦法留下點貢獻……）

眼見莫妮卡顯得消沉，希利爾感覺有點尷尬地清了清嗓子。

「然後，姑且先不提作為學生會幹部的職責……吧。」

「……？」

仰頭望向欲言又止的希利爾，只見希利爾正一瞥一瞥地瞄向莫妮卡胸口的花飾。

「妳不是很期待舞會嗎？……抱歉還找妳出來幫忙工作。」

「咦？」

出乎意料的發言，令莫妮卡當場呆住。

自己可曾說過任何一句，很期待舞會之類的發言？

（啊，說過，今早在學生會室的時候……）

莫妮卡這才終於想起。

早上，溜出女生宿舍的舉動遭到布莉吉特目擊，莫妮卡為了打馬虎眼，在大家面前拿自己是在偷偷練習舞藝當藉口。

（該不會，希利爾大人他，一直很在意這件事……唔！）

過意不去的莫妮卡臉色開始發青。

歸根究柢，莫妮卡根本一點都不想在舞會上跳舞。

比起跳舞，莫妮卡更希望自己能以學生會會計莫妮卡・諾頓的身分，幫上某人的忙。雖然到頭來還是失敗了。

「那個，我果然，還是覺得別跳了……那個，畢竟跳得很差，會害陪我跳的人一起出糗……」

莫妮卡生硬地笑著回答，希利爾卻不知為何露出有點生氣的表情。

為什麼，他會生氣啊？莫妮卡正覺得不可思議，希利爾便朝沙發走了過來。

接著在莫妮卡面前蹲下，單膝觸地伸出手來。

「在這裡不會被任何人看見，也不用擔心出什麼糗了吧。」

美麗的深藍色眼眸裡，映著一臉茫然的莫妮卡身影。

「妳願意和我共舞一曲嗎，女士？」

被那眼神給射穿的莫妮卡，將自己的手擺到了伸在面前的手掌上。

配合著遠遠傳來的樂團演奏聲，希利爾引領著莫妮卡起舞。

上次像這樣和希利爾共舞，已經是練習社交舞的時候了。

希利爾還是那麼善於引導，自然地帶領著舞步笨拙的莫妮卡。

莫妮卡原地轉了一圈，裝飾有蕾絲的裙襬也隨著旋轉輕柔地展開。轉身後搖晃的身體馬上得到希利爾的支撐，重新踏起舞步。

運動或舞動身體都是莫妮卡最不擅長的事。但現在卻坦率地覺得跳舞很開心。

終於，在演奏尚未結束前，希利爾先停下腳步，結束了這支舞。

原以為是為了身體不適的莫妮卡著想而早早結束，但希利爾卻皺起柳眉低聲說道：

「跳得比以前還差，是怎麼回事啊……」

那有點在瞪人的表情，與跳舞時的貴公子態度天差地遠，是一如往常的希利爾．艾仕利。

哇，是一如往常的希利爾大人……雖然內心湧現一股奇妙的安心感，莫妮卡還是咕噥著找起藉口：

「非、非常抱歉。只要專注於思考算式，讓腦袋放空的話，就能跳得更像樣一點了。可是……」

實際上，莫妮卡就是用這個方法通過了社交舞的補考。

就莫妮卡而言，與其滿腦子東想西想，不如讓算式填滿思緒，任憑舞伴引導，跳起來還比較輕鬆。

可是，莫妮卡現在卻沒有這麼做。

「總覺得，現在讓腦袋塞滿數字……實在太過可惜……」

對莫妮卡來說，最美麗的世界，就是充滿數字的世界。

莫妮卡從來就沒遇過，比算式或魔術式更能讓自己忘情陶醉的東西。

可是就只有現在，無論算式也好，魔術式也好，都比不上以莫妮卡．諾頓的身分所度過的，令人想

深深烙印在腦海中的時光。

眼見莫妮卡輕輕垂下眉尾，希利爾視線游移起來，語調粗魯地回應：

「到明年舞會之前，記得努力練得更有模有樣些。」

把想要哭泣的心情藏在胸口，莫妮卡曖昧地回以微笑。

（對不起，希利爾大人。明年這個時候……我就不在這個地方了。）

所以，比起算式，比起魔術式，莫妮卡現在更想要回憶。

就像那滿抽屜珍藏的寶物一般，閃閃發亮的回憶。

✶ 終章　化作星辰之英雄的幸福

希利爾讓莫妮卡坐回沙發後，拾起落在沙發角落的毛毯攤開，為莫妮卡披在肩上。
「我差不多該回現場去了。諾頓會計妳在身體恢復之前，就先待這兒休息。」
「好的，那個……真的是在許多方面，都太對不起了。」
本來是想幫忙的，卻反接受人家的幫助。
再想到希利爾可能為了替莫妮卡著想而百般顧慮，就忍不住滿肚子過意不去的心情。
但希利爾卻只是以他一如往常的作風，雙手抱胸高傲地用鼻子哼了一聲。
「這點小意思，對於身為殿下得力助手的我而言，根本不算什麼。更何況梅伍德總務很快也會回到崗位上。」
起初剛認識時，每每都感覺希利爾高傲的舉止很給人帶來壓力，可最近反倒會感到安心。
以指尖觸摸著垂在胸口花飾上的緞帶，莫妮卡仰頭望向希利爾。
「希利爾大人，非常謝謝你，送給我這個魔咒……拜此之賜，我今天才能夠比往常更努力加油。」
希利爾的眼神稍微柔和了幾分。
上揚的嘴角，浮現著淡淡的微笑。
「……這樣啊。」
好似銘感五內地低語回應後，希利爾離開了休息室。

聽著門扉靜靜闔上的聲音，莫妮卡伸手將披在肩上的毛毯使勁扯緊了些。
雖然頭昏目眩的狀況已經改善，但畢竟先前才剛暈倒過。應該聽話再休息一陣子比較妥當。
無意間望向窗外的莫妮卡，望著高掛夜空閃耀的繁星，呼～地感嘆了一聲。
不曉得，〈詠星魔女〉現在是不是也一樣仰望夜空，靜靜守候著王國的前程。
（這麼一提，〈詠星魔女〉大人上次提到的話題，到底是怎麼回事呀。）
先前，到〈詠星魔女〉的宅邸作客時，她曾一臉憂心地提過：
『我向來觀星，都會格外著重在國家未來與王族命運的部分……但差不多從十年前開始，就只有菲利克斯殿下的命運，我怎麼看就是看不出來呢～』
這陣子，菲利克斯的身邊發生的重大事件可謂層出不窮。
凱西犯下的暗殺未遂事件，棋藝大會的入侵者事件，還有今天再度登場的刺客尤安與海蒂。
隨便哪起都算是非同小可的嚴重事件，但〈詠星魔女〉卻連一件都沒能成功預知。
（那個入侵者尤安說的話實在令人在意……那個人的目的並非行刺殿下。那麼，到底又是為了什麼而入侵校園的？）
尤安當時這麼說：
『是呀，雖然沒能成功接觸，但我在極近距離下確認過了，錯不了。確實有痕跡。那是叛徒奧圖爾幹的好事喔。那位大人的判讀果然是對的。』
尤安到底是在極近距離下，確認了菲利克斯身上的什麼？叛徒奧圖爾是誰？尤安提到的那位大人又是何方神聖？愈想愈不明白，愈猜愈理不清頭緒。
莫妮卡湊向窗邊，茫然地望著閃閃發亮的星空。

裡頭到底哪顆星，代表著菲利克斯的命運呢。

「……啊咦？」

莫妮卡沒辦法在夜空中找到菲利克斯的命運……但，卻在星空正下方的樹木旁找到了菲利克斯的身影。

一時之間不敢相信自己的眼睛，莫妮卡慌忙發動了遠視魔術。

用魔術辨識到的那位人物，身材確實是不折不扣的黃金比例。

「為、為什麼，殿下會跑到那種地方？」

驚愕不已的莫妮卡用眼神守候著菲利克斯的動向。

才剛開始思考菲利克斯溜出舞會會場到底打算幹嘛……便看到他在環顧四周之後，竟然連禮服都沒脫，就這麼爬起了樹來。

「咦咦咦咦？」

堪稱這場舞會主角的人物，這會兒正溜出會場爬樹，這樣的狀況實在太教人難以理解。

無論如何，莫妮卡只知道，這是身為護衛的自己無法置之不理的狀況。

莫妮卡慌忙衝出房間，朝菲利克斯直奔而去。

＊　＊　＊

莫妮卡把菲利克斯正在爬的樹是什麼形狀記得一清二楚，因此衝出會場後，很快便找到了那棵樹。

聚精會神地注視，便從樹葉的縫隙間瞧見那美麗的金髮。

「殿、殿殿、殿下～……」

仰頭望向樹上出聲後不久，樹葉便嘎沙嘎沙地動了起來。

「我說，妳還真是擅長找出我的下落呢。」

這個從樹上嗤嗤地笑著俯瞰莫妮卡的人，身輕如燕地一躍而下，在莫妮卡的面前著地。

從那麼高的地方跳下來不要緊嗎？莫妮卡雖然心驚膽跳，但菲利克斯只是一派輕鬆地用指尖摘下沾在頭髮上的葉子。

「殿下，舞、舞會呢……？」

「外祖父大人離開會場了，所以我想稍微到外頭來透透氣。」

「如果只是想稍微透透氣，應該用不著爬樹吧……？」

莫妮卡戰戰兢兢地發問，菲利克斯則是露出了惡作劇般的笑容。

那副笑容，是那晚在柯拉普東看過的，艾伊克的笑容。

「誰教今天的星空看起來那麼清晰呢。」

「殿下喜歡，星星嗎？」

「倒也不。」

菲利克斯乾脆地否認，仰頭望向星空，瞇細雙眼繼續補充：

「我本身對星星是沒特別感興趣，但我朋友研究很深。結果每每聽他解說，讓我的天文知識不知不覺也豐富了起來。就因為這樣，害我每到星空清晰的夜晚，就忍不住想外出。」

說著說著，菲利克斯以極其自然的態度牽起莫妮卡的手，並將另隻手添在莫妮卡的腰間。這舉動，簡直就像是準備與莫妮卡跳舞似的。

「那個，殿下，再不快點回會場的話……」

「稍微陪我一下吧。反正在會場裡，妳也不會願意和我共舞吧？」

突然被一語道破，莫妮卡只好乖乖接受菲利克斯的引導。

兩人踏起的步伐，與其說是跳舞，更像是單純配合曲調在散步。

莫妮卡明明就踏得亂七八糟，他卻甚至有種樂在其中的感覺。

「真讓人忍不住想起以前指導妳舞步時的情景呢。我記得那個時候，妳在腦裡想的是寶石的反射率對吧？」

「唔……」

「妳願意，試著想想我嗎？」

實際上，莫妮卡現在本來就滿腦子都是菲利克斯。

主要是關於要怎麼護衛啦，或者〈詠星魔女〉為什麼看不見他的命運之類的。

當然，也不能傻傻地這麼老實回答，莫妮卡只得支支吾吾地含糊其辭，這時，菲利克斯又惡作劇地笑了起來，將嘴巴湊到莫妮卡耳邊：

「那件禮服，很適合妳喔。明明楚楚可憐，卻又不經意散發含蓄的華美，巧妙地襯托出妳的魅力呢。妳果然和綠色很搭調。嗯，森林般的深綠雖然很好，但有如春日新芽的色澤也不錯。」

「謝、謝謝殿下讚美……」

身上穿的禮服被稱讚雖然有點不好意思，但也像是在稱讚幫忙準備禮服的拉娜，讓人莫名開心。

「髮型也很可愛喔。那兒編得像朵花的部分，是好朋友幫妳造型的嗎？」

「是的，是拉娜幫我編的！」

莫妮卡回答得有些得意，菲利克斯見狀，稍稍揚起其中一邊嘴角笑了起來。明明就是很溫柔的笑臉，卻不知是否夜裡光線所致，令神情看起來微妙地灰暗。

「實在是，有點嫉妒呢。」

「……咦？」

感覺得出來，抱在莫妮卡腰間的手正在逐漸使力。

音樂明明還在演奏，舞步卻停了下來。

菲利克斯碧綠的眼眸，用一種了無生氣的眼神，凝視著莫妮卡胸口的花飾。然後以沒抱在腰間的那隻手，伸向莫妮卡的頸子。

戴著手套的指尖，沿著莫妮卡的脖子劃了起來。

「我送給妳的貴橄欖石，妳明明就連戴都不願意戴。」

撼動雙耳的低沉嗓音，令莫妮卡的身體無意識地打顫。

直到現在，莫妮卡才總算察覺，和菲利克斯一起觀賞舞台劇時，他格外在意莫妮卡頸子的理由。

那種有點鬧彆扭的嗓音，就跟在柯拉普東街上相遇時的他如出一轍。

「……艾伊，克。」

「嗯。」

「我還……沒有，成為時髦高手，所以……」

「即使如此，我還是很想看看，妳戴上那副首飾的模樣。」

這樣簡直就像，菲利克斯在嫉妒拉娜幫忙編的髮型或希利爾送的花飾似的。明明根本就不可能有那種事才對。

菲利克斯用一種莫名熱情的眼神，望著陷入混亂的莫妮卡開口：

「寶石閃耀的光芒，就好似閃爍的星光呢。就算今晚出現流星雨劃過天際，只要妳願意戴上那副首飾……我的視線一定也會被妳給奪走，連流星都吸引不了我吧。」

甜美端正的五官在極近距離下凝視著自己，莫妮卡眼珠轉個不停，死命動腦思考。

「流、流流、流……」

「嗯？」

「流星雖然比滾落在我們腳邊的小石子還來得更小更輕巧，但卻又那樣地美麗。要說為什麼，是因為流星乃以我們難以想像的超高速在移動，從王國移動到鄰國甚至用不到一秒鐘。高速移動的物體之所以發光的理由，與寶石的閃爍原理其實截然不同。歸根究柢，若非受到賦魔而帶有魔力，那寶石本身是不會發光的，只會反射外來光線……」

菲利克斯伸手按上嘴邊，肩頭一顫一顫地抖了起來。

還以為他要抖著喉嚨發出嗤嗤笑聲，結果是大大方方地哈哈大笑。

那種笑法，是艾伊克的笑法。

「原來妳不光是數字，就連對天文也很熟悉啊。」

「……呃——」

莫妮卡並沒有專門進修過天文學，但曾為了執行〈詠星魔女〉的委託，嘗試計算星體軌道。因此，天文學的基礎知識還算是小有涉獵。

「生物學深入鑽研下去，會發現就是些極小的數字在累積。相反的，天文學則盡是遠比國家預算還龐大的數字……那個，雙方都非常有趣，以數學的意義而言。」

「妳將來，是不是想當個學者？」

「……我也不清楚。」

一時想不到該怎麼回答菲利克斯的問題，莫妮卡曖昧地笑了笑。

這輩子一路走來，莫妮卡都對於前途沒什麼頭緒，就只是抱著對他人的恐懼，隨波逐流地過活……驀然回首，才發現自己成了七賢人。

至於當上七賢人之後，就是終日窩在山間小屋忘情研究魔術。

就這層意義而言，要說莫妮卡已經是魔術研究者也不為過。而且恐怕還是王國內最高峰等級的。

眼見莫妮卡沉默不語，菲利克斯擺出真摯的態度告訴莫妮卡：

「如果妳有本身專精的領域，想要走上相關出路，需不需要我向柯貝可伯爵說一聲？」

「不、不必了，用不著勞煩殿下，幫我做到這種程度……」

「從賽蓮蒂亞學園畢業的女同學，出路多半都是結婚。雖然不清楚柯貝可伯爵有沒有打算把妳嫁出去……不過，妳有想和誰結婚的念頭嗎？」

這個問題，莫妮卡就答得乾脆。

「沒有。」

只有這點可以明確否定。

豈止對愛對戀都毫無頭緒，甚至對人類恐懼到無以復加的魔女，憑什麼可以擁有構築溫暖家庭的未來呢。

離開賽蓮蒂亞學園之後，自己肯定又會回山間小屋，足不出戶地生活吧。

然後就這樣，一輩子與算式及魔術式為伍。

把在這所賽蓮蒂亞學園留下的回憶，當成寶物一輩子珍藏在胸口。

想著想著，莫妮卡眼神空洞地低下了頭，結果手掌馬上被菲利克斯牽起。

不停眨眼仰頭望向菲利克斯，只見他正露出一臉柔和的微笑。

（這是殿下的笑容？還是艾伊克的笑容？）

面對找不出答案的莫妮卡，他緩緩開口：

「以前，朋友送給我的那番話，我現在送給妳吧。『我希望妳不要為了其他任何人，而是為了自己，找到能夠沉醉其中的東西。希望妳找到許多，妳自己喜歡的東西，妳自己看了開心的東西。』」

那是在鳴鐘祭當晚，艾伊克曾經提過的一段話。

他說，就是因為這樣，他才會不停尋找能夠讓自己沉醉其中的東西。

「我所剩的自由，肯定已經寥寥無幾了。所以，如果這個願望能夠由妳來繼承，我會很開心。」

道出這番話時，他所露出的落寞笑容，是艾伊克的笑容。

「那你……艾伊克你呢？」

長久以來，始終惦記在胸口的，朋友贈與自己的一番話，他現在正打算放棄。要把寄宿在這番話裡頭的心願，全數託付給莫妮卡。

發現這件事實的瞬間，莫妮卡才首次驚覺，眼前這位青年身上所散發的，某種岌岌可危的氣息。

「你那位朋友說的，是希望艾伊克找到艾伊克喜歡的事物沒錯吧？你打算，就這麼放棄，了嗎？」

莫妮卡這句語調生澀的提問，他只是靜靜地低語回應：

「即使會違背友人的心願，我也有想要達成的願望。」

戴著手套的指尖，指向了東邊夜空某顆特別明亮碩大的星。

「妳看，把那邊特大的星星連成兩道梯形，就是英雄拉爾夫座。初代國王拉爾夫在瀕死之際，害怕自己的存在將為世人所遺忘。因此，拉爾夫的妻子愛梅莉亞才求助於暗之精靈王艾爾迪奧拉，讓拉爾夫在死後成為星座。好讓世人每每仰望夜空，都會回想起拉爾夫的事蹟。」

為什麼，突然開始聊什麼神話呢？

起先，莫妮卡以為他是為了不想回答而轉移話題，但莫妮卡的直覺告訴自己，並不是這麼回事。

恐怕，莫妮卡現在正觸及某種事物，與眼前這位青年的根幹相關的事物。

那雙仰望著英雄之星的碧綠雙眸，顯得有些恍惚。

「在死去之後，還能像英雄拉爾夫那樣，留下自己的光芒閃耀於空……妳不認為，那是件非常幸福的事嗎？」

莫妮卡的頸子當場打起冷顫。

無論何時，菲利克斯總是沉穩又溫和地微笑。即使被人笑稱是克拉克福特公爵的傀儡，他還是表現得像個彬彬有禮的人偶，他就是這麼一個模範生王子。

然而，現在眼前這位仰望著星空的青年，眼裡確實寄宿著執著之火。

在那道火焰中，莫妮卡感受到一股沉靜的妄執。

菲利克斯將視線由星空轉回莫妮卡身上，再度浮現他一如往常的平穩溫和笑容。

「差不多開始轉涼了。妳也很冷吧？我們進去吧。」

那甜美的嗓音，溫柔的笑容，全都是他用來隱藏真心的手段。

現在無論再怎麼問，他肯定都不會再袒露真心了。

帶著蒼白的臉色點頭，莫妮卡跟在菲利克斯身後邁出了步伐。

有一名人物，正從遠處的陽台，俯瞰著溜出會場的菲利克斯與莫妮卡。
那名人物就是學生會書記——布莉吉特·葛萊安。
她緊握扇子的手正微微顫抖。並非出自於寒冷，而是受到湧現胸口的激情所影響。
任由琥珀色的雙眸自眼底閃著光芒，貌美千金帶著扼殺情感的語調低聲咕噥：
「……還不快點，把我的殿下還來。」

【祕密章節】

叛徒咒術師的下落

Whereabouts of the traitor

「……哈、啾！」

在舉行舞會的禮堂屋頂上，頂著滿天星斗的〈結界魔術師〉路易斯．米萊輕輕打了記噴嚏，渾身顫抖不已。

迎面而來的風是令人切身感受到冬日造訪的北風。如果早知道要在屋頂上待這麼久，就該把禦寒衣物也一起帶上的——路易斯暗自在內心反省。

「喔喔～好冷好冷……」

路易斯嘴裡咕噥著，同時從懷裡取出一只小酒瓶仰頭灌了灌。想迅速確實地讓身體暖起來，就只有烈酒最實在。

要是能進到舞會會場內，就犯不著在這兒挨寒受凍了，可惜校外人士只要沒接到克拉克福特公爵直接邀請，就不得參加晚上的舞會。

理所當然，第一王子派的路易斯不可能受邀。

所以才只好忍受著屋頂的冷風，在這兒進行警護工作。

（也罷，反正八成沒有人，會特地挑舞會入侵吧……）

來賓都事先經過克拉克福特公爵嚴加篩選了，嚴加戒備的程度更是不在話下。

雖然應該不至於有人會在這種狀況下引發事件，但不怕一萬只怕萬一。

（……話又說回來——）

路易斯發動遠視魔術，望向禮堂一旁的庭園。

在那兒交談的，是護衛目標第二王子以及〈沉默魔女〉莫妮卡．艾瓦雷特。

（明明都已經叫她去休息，也未免太敬業了。）

如果接近到能聽見對話內容的距離，難保不會被這個直覺敏銳的第二王子察覺。所以路易斯才僅止於透過遠視魔術窺伺的程度。

（贏得第二王子的信賴當然是喜事一樁……但總覺得，那個小丫頭對第二王子陷得太深了。）

往後訂立作戰時，也許有必要將這點也納入考量。

就在路易斯思索著這些事，舉起酒瓶猛灌時，一身女僕裝扮的琳突然一聲不發地降落在身後。

其實用小鳥的模樣比較不引人注目，但反正已經入夜，不用太在意吧。路易斯沒有轉頭望向琳，只是繼續用遠視魔術觀察第二王子與莫妮卡，並開口問道：

「校園內有出現異常嗎？」

「沒有。此外，這裡有來自在校外巡邏的〈深淵咒術師〉要轉達的訊息。」

回想起那個死氣沉沉的咒術師面孔，路易斯皺了皺眉頭。

「簡單扼要告訴我大綱就好。」

「對路易斯閣下的抱怨、想獲得愛情的渴望、對於不愛自己的世界發出的詛咒、對於菇類的嫉妒，以及校園周邊沒有可疑人士的報告……以上。」

不出所料，其中九成根本連聽的價值都沒有。

校園周邊沒發現可疑人士雖然算是好消息，但歸根究柢，那個陰沉咒術師自己就是最可疑的。

也罷，反正就算被人盤問，他身上畢竟還是穿了七賢人的長袍，所以不至於被捕。應該吧。

（是說，刺客的目的到底是什麼來著。如果是想暗殺第二王子，明明就該有更簡單的做法吧。）

要說刺客潛入後做了什麼，就只是變個裝接近第二王子而已。

在那之後，路易斯雖然調查過整個校園，但除了已經回收的冒牌〈螺炎〉之外，再也沒找到其他類似魔導具的機關。

「琳，妳當時有聽到刺客與〈沉默魔女〉閣下的對話吧？針對這次潛入的目的，那對刺客有說溜嘴什麼事情嗎？」

「是的，非常滑溜溜地說溜了嘴。」

輕輕點頭之後，琳以缺乏抑揚頓挫的語調開始重現對話。

「入侵者們是這麼說的：

『尤安，那件事已經確定了嗎？』

『是呀，雖然沒能成功接觸，但我在極近距離下確認過了，錯不了。確實有痕跡。那是叛徒奧圖爾幹的好事喔。那位大人的判讀果然是對的。』

……以上。」

奧圖爾在帝國算是滿普遍的名字。那個刺客跟帝國有掛勾的推測，果然十之八九沒有錯。

不過，帝國那邊的人刻意接近第二王子的理由是？叛徒奧圖爾又是誰？

（……難不成——）

一則假設浮現在路易斯的腦海中。

那是則過於天馬行空，離譜可笑的假設。

然而，這則假設倘若屬實，〈詠星魔女〉看不見第二王子命運的理由就說得通了。

（陛下已經隱約察覺到這件事了？所以才會為了找出小辮子，把我送去監視？）

但這不是可以隨便向國王開口請示的事。一個不好，路易斯就會因為對王族不敬的罪名腦袋分家。最重要的是，這則假設要是成真，那可是整個王國都會為之動搖的重大事件。

想到這裡，嘴角忍不住自然上揚。路易斯伸手添在嘴邊，抖著喉嚨咯咯地竊笑起來。

「路易斯閣下的表情，像極了打著壞主意的大壞蛋。」

「什麼打壞主意，講得真難聽。我只是一想到克拉克福特公爵的破滅，就忍不住發笑而已。」

路易斯的假設如果正確，克拉克福特公爵將難逃與第二王子共同破滅的命運吧。

克拉克福特公爵也好，第二王子也好，路易斯都沒什麼好感，因此沒理由手下留情。

（但是，就暫且對〈沉默魔女〉保密吧……那個小丫頭，已經變得太容易受感情扯後腿了。）

一旦得知第二王子將陷入破滅，難以預料莫妮卡會怎麼行動。

既然如此，把這個假設一路隱瞞到最後關頭，才是最妥當的吧。

舔了舔乾燥的嘴唇，路易斯露出凶狠的笑容喃喃自語：

「就是因為這樣，欺負強者才讓人欲罷不能啊。」

＊＊＊

賽蓮蒂亞學園校慶隔天，利迪爾王國東南部街道上行駛著一輛格外氣派的馬車。

馬車並不只是體積大，還安裝了最新技術的避震魔導具。

如此舒適的大型馬車所載的，是廉布魯格公爵夫婦及數名僕役，以及一位渾身旅裝的男子。

這名旅裝的男子就坐在廉布魯格公爵正對面，帶著滿臉諂媚笑容鼓舌如簧地開口說道：

「哇哈——哎呀～不好意思啦，我這種衣衫不整的髒鬼還能搭這麼氣派的馬車。」

這名男子叫做巴托洛梅烏斯。他在一頭短黑髮外捲著頭巾，年約二十五歲。

和這樣的他對話的廉布魯格公爵，則是位身材纖瘦的中年男子。說得好聽點是高雅，但實際上隱約給人一種靠不住的感覺。

廉布魯格公爵用幾乎要被馬車行駛聲蓋過的嗓音，聲若蚊蠅地回應：

「不不不，還請別放在心上。馬車能像這樣舒適地行駛，都是託你的福啊。巴托洛梅烏斯老弟。」

昨日，出席賽蓮蒂亞學園校慶的廉布魯格公爵夫婦，馬車在回程路上出了點問題。用來抑制車體震動的魔導具有部分毀損，導致馬車震動的程度比普通的馬車還嚴重。

裝設魔導具的馬車雖然便利，卻有著懂得如何維修的人員稀少這樣的難處。更遑論還是在街道行駛途中，想找人修理就更緣木求魚了。

就在廉布魯格公爵一行人傷透腦筋時，碰巧路過一旁的，就是巴托洛梅烏斯。

身為旅行技術人員的他，在聽取狀況之後，三兩下就以手頭上的工具修好了馬車。據他所說，以前他似乎在魔導具工坊工作過。

就這樣，對巴托洛梅烏斯感謝有加的廉布魯格公爵，為了招待他到自己宅邸作客，決定邀他搭馬車同行。

「等回到宅邸，再請務必容我們好好酬謝你一番。」

「哎呀～真的是太感謝了。除了感謝之外，我也有件事想順便拜託老爺。如老爺所見，我呢就是個技術人員，手頭上正好缺了點工作……」

聽到巴托洛梅烏斯兜著圈子開口要求幫忙安排工作，廉布魯格公爵穩重地點了點頭。

「既然如此，想不想在我們家工作？」

「真的可以嗎！哎呀～這真是幫大忙啦！我啊～就只有手特別巧這個長處。有什麼雜事缺人手請儘管開口。管他是漆牆、修理馬廄，還是縫補衣物，我通通一手包辦！」

在駛向廉布魯格公爵領地的馬車內，有一名男子正暗自心急如焚。

這名男子是從前進入歐布萊特家，偷了咒術與咒具後逃亡的咒術師。

（沒想到，歐布萊特家已經嗅到蛛絲馬跡了……）

目睹第三代〈深淵咒術師〉前往賽蓮蒂亞學園校慶的場面，令男人急得像熱鍋上的螞蟻。

一旦被抓回歐布萊特家，自己肯定再也無緣拜見天日。

還年少的現任當家姑且不提，前代當家可是個想多殘忍就多殘忍的老妖婆。

到時肯定會有各種超乎想像的痛苦刑罰在等著折磨自己。

而且是遵照歐布萊特家的教誨，不讓人以死解脫，刻意留下一口氣長久凌辱折磨的殘忍刑罰。

回想起前代當家的邪惡笑容，男人不禁打起冷顫。

（那位大人……閣下應該會保護我免於遭到歐布萊特家的毒手。但，研究再這麼遲遲提不出成果的話，遲早我也會遭到捨棄。像前陣子，主打精神干涉魔術的維克托．松禮就被切割了。）

原本在賽蓮蒂亞學園任教的維克托．松禮，因為侵占校園預算公款以及使用準禁術的罪名遭捕入獄。恐怕再也無法於魔術圈東山再起。

（非得分秒必爭把傀儡咒完成不可。在閣下決定放棄我之前。）

怎麼能在這種地方劃下句點——男人緊緊握住擺在膝上的拳頭。
一路走來雙手不知道玷汙了多少次，事到如今已經不能回頭了。
「巴托洛梅烏斯老弟手當然巧啦。竟然能在這麼短的時間內修好魔導具款式的馬車。」
聽到廉布魯格公爵讚美，只見巴托洛梅烏斯嘴巴張得老大，哇哈哈笑了起來。真是個嗓門大而無謂的男人。
巴托洛梅烏斯摸著自己的落腮鬍，用煞有其事的口吻開口：
「哎呀～不是那麼大不了的事啦。魔導具這種東西呢，基本上是建立在縝密的計算上才能成立的，少掉任何一個環節都會變得七零八落。我呢～就只是把那個少掉的環節簡單填起來罷了。」
「喔？計算是指……」
「魔導具呢——或者該說是魔術式吧，魔術式深入鑽研下去，基本上就是數學的世界嘍。要說是由數字所構成的也不為過。」
巴托洛梅烏斯不經意道出的那句話，令隱瞞身分的咒術師倒抽了一口氣。
——這個世界是由數字所構成的。
那是，他最為痛恨的男人的口頭禪。
（啊啊～啊啊～……你就連死了，講過的話都還要折磨我……你的存在就跟詛咒沒兩樣啊，韋內迪克特。）
遭捕入獄的教師維克特．松禮。
還有，遭處以火刑的韋內迪克特．雷因。
隨著兩位破滅人士的身影浮現在腦海，男人在內心向自己喊話。

（我絕不會失敗。絕不會……）

所謂咒術，乃是自人心深淵所湧現的毒素。

即使明白自己的精神正緩慢受到這些毒素所侵蝕，男人還是將一切都寄託在咒術上。

因為除了咒術，自己已經一無所有了。

目前為止的登場人物

Characters of the Silent Witch

Characters Secrets of the Silent Witch

莫妮卡・艾瓦雷特

七賢人之一〈沉默魔女〉。原本對於潛入生活排斥有加，但現在想盡可能珍惜以莫妮卡・諾頓身分所度過的每一分每一秒。

路易斯・米萊

七賢人之一〈結界魔術師〉。在師父〈紫煙魔術師〉面前總抬不起頭——只是表面上的假象，其實是個抬頭抬得好好的，找到機會就想補一腳的壞徒弟。

尼洛

莫妮卡的使魔。在校慶過程中最努力的地方，是忍著不被古蓮烤肉的誘惑給打垮。忍得超級努力。本大爺真了不起。真真正正了不起。

琳姿貝兒菲

與路易斯簽訂契約的風之高位精靈。校慶期間四處打聽小道消息，因此無謂地精通了校內各種羅曼史與謠言。

梅爾麗・哈維

七賢人之一〈詠星魔女〉。利迪爾王國的首席預言家。為了詠星過著日夜顛倒的生活，因此致力於保養肌膚。興趣是觀賞美少年。

菲利克斯・亞克・利迪爾

利迪爾王國的第二王子，賽蓮蒂亞學園的學生會長。為了像成為星座的英雄那樣留名青史——只為了這個目的而始終保持完美形象的王子殿下。

雷・歐布萊特

七賢人之一〈深淵咒術師〉。校慶時躲在樹蔭下偷偷觀賞舞台劇，還買下了所有被女學生推薦的商品。暗自享受著這場校慶。

希利爾・艾仕利

海恩侯爵公子（養子）。學生會副會長。本屆校慶成了至今為止留下最多回憶的校慶，為此對許多人抱著感謝的心。當然，也包括那個傻勁十足的學妹。

Characters Secrets of the Silent Witch

艾利歐特・霍華德

戴資維伯爵公子。學生會書記。有位比自己年長的未婚妻，對方也來參加了校慶，但卻因為學生會工作過於繁忙而幾乎沒能陪到對方。

尼爾・庫雷・梅伍德

梅伍德男爵公子。學生會總務。〈調停者家系〉出身。一旦學生間發生摩擦，就常會被找去調停，連學長姊都對他另眼相看。

布莉吉特・葛萊安

雪路貝里侯爵千金。學生會書記。校慶時被大量仰慕者獻上花飾。甚至有人表示不跳舞也沒關係，至少請收下花飾就好。但本人堅持一朵也不收。

拉娜・可雷特

可雷特男爵千金。為了要出借給莫妮卡的禮服，數度與父親信件往來討論。「我想讓好朋友穿得漂漂亮亮去參加舞會」這段文句，讓父親看得非常欣慰。

伊莎貝爾・諾頓

柯貝可伯爵千金。莫妮卡執行任務的協助者，每個月不間斷寄回家裡的信，總是寫滿了與憧憬的姊姊相關的話題。與弟弟亨利很要好。一家人都是〈沉默魔女〉的粉絲。

克勞蒂亞・艾仕利

海恩侯爵千金，希利爾的義妹，尼爾的未婚妻。校慶時和父親簡短交談了幾句，其後便一直待在宿舍房間讀書讀到舞會開始。

古蓮・達德利

賽蓮蒂亞學園高中部二年級生。老家開肉舖，路易斯的弟子。由於頻繁出入路易斯的家，所以路易斯的老婆跟琳都與他相識。

班哲明・摩爾丁

賽蓮蒂亞學園高中部三年級生。宮廷音樂家家族出身，校慶時金援自己的夫人們大量來訪，應接不暇的花花公子。

Characters Secrets of the Silent Witch

艾莉安奴・凱悅

廉布魯格伯爵千金。菲利克斯的從表妹。校園三大美女之一。表面上是文靜的淑女千金，但其實自尊心極高，個性又不甘示弱。魔術本領只有淺嘗程度。

巴尼・瓊斯

安柏德伯爵公子。莫妮卡就讀魔術師養成機構米妮瓦時的學友。為了繼承家業準備從米妮瓦退學。一直到賽蓮蒂亞校慶舉辦前，都不斷煩惱著該怎樣開口搭話才自然。

威廉・瑪克雷崗

賽蓮蒂亞學園基礎魔術學教師，同時也是上級魔術師。通稱〈水咬魔術師〉。對於水中目標的攻擊精準度無人能出其右，年輕時是討伐水龍的首席強者。

基甸・拉塞福

魔術師養成機構米妮瓦的教師，同時也是上級魔術師。通稱〈紫煙魔術師〉。路易斯的師父，莫妮卡的恩師。會使用為菸斗裡的煙附加魔力的特殊魔術。

✦後記

由衷感謝大家購買這本《Silent Witch》第四集。

這次一整本都是校慶篇。

網路版的校慶篇大約在八萬字左右，原本也考慮過要跟下一篇故事合在同一本。

在討論過後，被告知可以整本以校慶故事為主的我，開心地抱著「這樣可以加筆加個過癮了！」的念頭，落落長地多寫了一大堆東西。

結果真的寫得落落長，差點又突破文字數上限。

……歷史就是不斷地這樣重演呢。

校慶篇告一段落，下一集第五集就要進入寒假篇了……不過，在那之前我還寫了校慶後～寒假前的故事，這部分會以第四集after的形式出版。

正式書名是《Silent Witch Ⅳ -after- 沉默魔女的事件簿》。

莫妮卡身邊的人們也會大肆活躍，浩浩蕩蕩雞飛狗跳……就是這樣熱鬧故事的集錦。

像是黑貓與女僕透過書本吸收不必要的知識、會長私底下大搞粉絲活動、副會長鬼吼鬼叫、下垂眼給要得團團轉、肉鋪小開活力十足地飛來飛去、反派千金不斷地裝反派千金……

大致上就是一如往常的《Silent Witch》。

這種感覺的第四集after，日本預定在二〇二二年十月上市。
從本頁的QR碼或網址就可以試閱日文版的序章。
如果這本after也能讓大家樂在其中，就是我無上的幸福。

https://kadokawabooks.jp/blog/SW4-a_prologue.html
※這是二〇二二年八月時的資訊。
※有可能因為系統所需等不得已的狀況，在未經預告的狀況下結束公開。
※提供對象為電腦與智慧型手機（部分機種有可能無法使用）。

此外，由桟とび老師負責作畫的漫畫版，現在日本也推出了單行本第一集。
在分鏡與對白框所下的工夫與配置、控制高潮起伏的手法、展現角色魅力的方式……漫畫實在是好厲害的技術——抱著這種感想，臉上表情有如在社會課觀摩時，目睹職人手法的小學生，那樣的原作者就是我。
在這種高深技術下推出的漫畫版《Silent Witch》，也請大家多多指教。
我最喜歡的是「轟嘎啦噗啵——！」之後的尼洛。
非常感謝藤実なんな老師這次也幫忙繪製美麗的插圖。
髮型，畫得有夠用心……真的太用心了……！超可愛！看到彩頁時我就是這麼感動。
就連時髦零蛋莫妮卡，在看到鏡子的瞬間，都會「哇~……！」一聲，雙眼閃閃發亮，我覺得這次的彩頁就是迷人到這種地步。

筆下的內容實際被描繪成圖，果然感動也會隨之升級呢。

在跨頁彩圖中，窩在莫妮卡頭上縮成一團毛球的尼洛令我極度中意。

多虧各方大德用力支持，第四集也像這樣平安上市了。容我在此向各位讀者大德致上深深的謝意。

送來很棒的粉絲信與應景明信片的各位，也請趁此機會收下我的感謝。

感想也好，加油打氣的話也好，每則每則都令我無比開心。

我非常喜歡觀察信紙，無論是纖細美麗的花紋，還是朝氣十足的可愛花紋，每種都教人百看不厭。

每次看見繪有可愛角色的新信紙，嘴角總是忍不住上揚。

用封蠟封住的信紙，開封時總是不自覺抬頭挺胸。

其中也不乏送我可愛書籤與迷人插圖的讀者，真想把這些都找個漂亮的盒子收藏起來～我每天都抱著這種念頭四處找盒子。真的真的非常感謝大家。

我今後也會盡心盡力寫作，期待我們還能夠在下一集相遇。

依空まつり

位於戀愛光譜極端的我們 1~5 待續

Kadokawa Fantastic Novels

作者：長岡マキ子　插畫：magako

手牽著手走在路上。
光是這樣就讓人內心充滿溫暖。

這次將獻上高中生活最大的樂趣——校外教學！經歷了無法如意的人際關係、充滿煎熬的思念之情與許多歡笑的時刻後，大家都逐漸成長。龍斗當然也是——「爸爸、媽媽。謝謝你們生下我。加島龍斗，十七歲，即將登大人啦！」呃……咦？怎麼回事？

各 **NT$220~250/HK$73~83**

轉生就是劍 1~6 待續

Kadokawa Fantastic Novels

作者：棚架ユウ　插畫：るろお

在武鬥大會迎戰眾強敵！
覺醒──黑雷姬！

武鬥大賽終於正式開鑼。師父與芙蘭在露米娜身邊修行了一段期間，磨拳擦掌準備好挑戰大賽。兩人在預賽一路過關斬將，然而複賽強敵環伺，面對實力遠勝自己的各路好手，芙蘭準備使出殺手鐧，但是……

各 NT$250~280/HK$83~93

倖存鍊金術師的
城市慢活記
06
book six
The survived alchemist with a dream of quiet town life.
[作者]のの原兎太 [插畫]ox
written by Usata Nonohara
illustration by ox
Kadokawa Fantastic Novels

其實是繼妹。
～總覺得剛來的繼弟很黏我～ 1~2 待續

Kadokawa Fantastic Novels

作者：白井ムク　插畫：千種みのり

「老哥，你陪我練習……接吻吧？」
刺激的請求，開啟了全新的混亂局面！

晶的個性隨性，是個可愛過頭的弟……是像弟弟一樣的繼妹。自從她向我表明心意後，和我相處的距離還是老樣子。不對，我們之間的距離反而縮短，每天都過著心頭小鹿亂撞的兄妹生活！這是我和晶以一對兄妹、一對男女的身分，又成長了一點點的第二集！

各 **NT$260/HK$87**

非人學生與厭世教師 1 待續

Kadokawa Fantastic Novels

作者：来栖夏芽　插畫：泉彩

討厭人類的教師與充滿魅力的非人少女們，
熱鬧的校園劇現正開幕！

年近三十的尼特，人間零打算到大自然圍繞的山中學校以悠哉的教師生活復健，結果那裡竟是教育非人種族成為人類的女校？這並非異世界奇幻篇章，也不是重啟人生的轉生冒險，只是平凡教師在有點奇特的學校與幾個目標成為人類的非人少女們相處的故事。

NT$250/HK$83

繼母的拖油瓶是我的前女友 1~9 待續

Kadokawa Fantastic Novels

作者：紙城境介　插畫：たかやKi

該選擇與結女再次兩情相悅的未來，
還是幫助伊佐奈發揚才華的夢想？

水斗為伊佐奈的才華深深著迷，熱衷於她的職涯規劃。兩人為了轉換心情去聽遊戲創作者演講，主講人卻是結女的父親！儘管自知對結女的感情日益增長，然而事態將可能演變成家庭問題，水斗在戀情與現實間搖擺不定，結女卻開始積極進攻——

各 **NT$220~270/HK$73~90**

關於我轉生變成史萊姆這檔事 1~19 待續

Kadokawa Fantastic Novels

作者：伏瀨　插畫：みっつばー

最後的大戰已然開打——
超人氣魔物轉生幻想曲第十九集登場！

為了阻止米迦勒的野心，利姆路等人在各處展開激戰，然而魔王雷昂還是因菲德維的計策被擄走。米迦勒的下個目標，是擁有其前宿主魯德拉靈魂的異界訪客——勇者正幸。另一方面，米迦勒自己也開始行動，使情況越發混亂……

各 **NT$240~340/HK$80~113**

魔王學院的不適任者～史上最強的魔王始祖，轉生就讀子孫們的學校～ 1~10〈下〉待續

Kadokawa Fantastic Novels

作者：秋　插畫：しずまよしのり

阿諾斯要與迫使歷代世界滅亡的元凶對峙！
現在就將幕後黑手——那個不講理的存在粉碎吧！

謊稱是「世界的意思」的敵人，眼看就要將地上世界籠罩在破滅的烈焰之中。在這種絕望的狀況下，人類、精靈與龍人……過去與阿諾斯敵對、衝突，然後締結友好關係的人們，紛紛趕往迪魯海德的天空救援！第十章〈眾神的蒼穹篇〉堂堂完結！

各 **NT$250~320/HK$83~107**

自從能夠讀取他人祕密後，我的校園戀愛喜劇就此開演 1 待續

Kadokawa Fantastic Novels

作者：ケンノジ　插畫：成海七海

弱小的路人甲變身為戀愛強者！
把高嶺之花和辣妹都悉數攻陷，EASY戀愛喜劇！

有一天，我變得能夠「看見」可說是他人祕密的「狀態欄」——高冷正妹其實愛搞笑!?巨乳辣妹其實很純情!?嬌小學姊其實很暴力!?我想趁機和以學校第一美少女聞名、偷偷單戀的高宇治同學加深情誼，卻發現她和學校第一花美男正在交往的真相……

NT$220/HK$73

除了我之外，你不准和別人上演愛情喜劇 1~6（完）

Kadokawa Fantastic Novels

作者：羽場楽人　插畫：イコモチ

兩情相悅的兩人遇到最大危機!?
愛情喜劇迎向波瀾萬丈的完結篇！

經過文化祭上的公開求婚，我與夜華成為公認情侶。我們處於幸福的巔峰，然而情況急轉直下。夜華的雙親回國，提議一家人移居美國？夜華當然大力反對，但針對是否赴美的父女爭執持續不斷……只是高中生的我們，難道要被迫分離嗎？

各 NT$200~270/HK$67~90

不時輕聲地以俄語遮羞的鄰座艾莉同學 1~4.5 待續

Kadokawa Fantastic Novels

作者：燦燦SUN　插畫：ももこ

政近中了有希的催眠術而成為溺愛系型男？
描寫學生會成員夏季插曲的外傳短篇集登場！

艾莉進行超辣修行而前往拉麵店，遇到一名意外人物？想讓艾莉穿上可愛的泳裝！解放慾望的瑪夏害得艾莉成為換裝娃娃？又強又美麗的姊姊大人茅咲，與會長統也墜入情網的過程——充滿夏季風情的外傳短篇集繽紛登場！

各 **NT$200~260/HK$67~87**

續・魔法科高中的劣等生

魔法人聯社 1~5 待續

Kadokawa Fantastic Novels

作者：佐島 勤　插畫：石田可奈

在聖遺物「指南針」的引導下
達也將前往古代傳說都市「香巴拉」！

從USNA沙斯塔山出土的「指南針」或許是古代高度魔法文明都市香巴拉的引路工具。認為香巴拉遺跡或許位於中亞的達也，前往印度波斯聯邦。此時逃離警方強制搜查的FAIR首領洛基・狄恩卻接見來自大亞聯盟特殊任務部隊「八仙」之一……

各 **NT$200~220/HK$67~73**

國家圖書館出版品預行編目資料

Silent Witch：沉默魔女的祕密/依空まつり作；吊木光譯. -- 初版. -- 臺北市：臺灣角川股份有限公司, 2023.06-

冊； 公分. -- (Kadokawa fantastic novels)

譯自：サイレント.ウィッチ：沈黙の魔女の隠しごと

ISBN 978-626-352-620-4(第4冊：平裝)

861.57 112005534

Kadokawa
Fantastic
Novels

Silent Witch～沉默魔女的祕密～ Ⅳ

（原著名：サイレント・ウィッチⅣ 沈黙の魔女の隠しごと）

2023年6月7日　初版第1刷發行

作　者：依空まつり
插　畫：藤実なんな
譯　者：吊木光
發行人：岩崎剛人
總編輯：蔡佩芬
編　輯：黎夢萍
美術設計：莊捷寧
印　務：李明修（主任）、張加恩（主任）、張凱棋
發行所：台灣角川股份有限公司
地　址：104台北市中山區松江路223號3樓
電　話：（02）2515-3000
傳　真：（02）2515-0033
網　址：www.kadokawa.com.tw
劃撥帳戶：台灣角川股份有限公司
劃撥帳號：19487412
法律顧問：有澤法律事務所
製　版：巨茂科技印刷有限公司
ISBN：978-626-352-620-4